五色石主人
小說研究

徐志平◎著

感 謝

本書曾獲國科會甲種論文獎助

謹此致謝

目錄

第一章　緒論

第一節　研究對象之說明

　　本書研究的對象是清朝初年的通俗小說作家五色石主人，以及他所撰寫的兩部小說作品：話本小說《八洞天》和長篇的英雄傳奇小說《快士傳》。

　　五色石主人姓錢名尚□（或□尚，原字缺，全名待考），字振之，長洲人（今江蘇省蘇州市的一部分），生平不詳，只能從《八洞天》和《快士傳》這兩部小說中，窺知他大約生長在清朝初年，活躍在順治到康熙中期之間，具有濃厚的儒家思想。詳細的考證，請參見第二章各節。

　　由於《八洞天》一書，是為了「補《五色石》之所未備」而作的（《八洞天・序言》），因此和「筆煉閣主人」所撰寫的《五色石》一書關係十分密切。而由於清代的《禁書總目》載錄了一部《五色石傳奇》，作者是清代有名的文字獄「一柱樓詩案」的主角徐述夔，因而牽扯出一連串的問題：話本小說《五色石》是否就是徐述夔所著的《五色石傳奇》？撰寫《八洞天》和《快士傳》的「五色石主人」和撰寫《五色石》的「筆煉閣主人」是不是同一個人？《五色石》、《八洞天》和《快士傳》這三部小說之間的關係究竟如何？這些問題如果不弄清楚，便無法對五色石主人的小說進行全面而深入的研究。

　　要弄清楚這些問題不是一件簡單的工作，除了必須就文獻本身深入考索之外，還須對於通俗小說的發展情形有一宏觀的、通盤的認識。例如徐述夔生於康熙中葉，卒於乾隆二十八年（1763）或前一年[1]，這個時代有沒有可能產生像《五色石》、《八洞天》這樣的作品？沒有一部中國小說史能夠解決這個問題，也不是隨便翻閱幾部清初的話本小說便能夠加以說明，必須做過全面整理的工作，才能根據這一類小說之形式與內容的發展予以推斷。筆者之所以敢面對這個挑戰，乃是因為之前已經對於清代的話本小說做過比較完整的研究[2]，對於此一文類在清代的發展脈絡有一個初步的掌握的緣故。然而，文學研究畢竟和科學有別，並沒有一定的公式可以套用，即使掌握了一種文類的發展脈絡，並不代表足以將一部小說定位在某一階段，必然還有相當的多的問題需要處理。

　　在對於《五色石》、《八洞天》和《快士傳》這三部小說做過較為精密的考察之後，才能確定「五色石主人」這位小說家創作了那些小說，也才能透過作品本身回過頭來了解這位作家的生平概況和思想傾向。由於無法取得作家的生平資料，我們是透過作品來了解作家的，因此，作家和作品之間產生了緊密的結合，在論文的進行中，必須不斷的互相呼應，甚或一面撰寫後面的章節，一面修正前面的論點。

---

[1]　見陳翔華〈徐述夔及其一柱樓詩獄考略〉，載《文獻》二十四期，1985 年第二期。

[2]　見拙著《清初前期話本小說之研究》（台北，學生書局，1998 年）第一篇〈總論〉。

以上是針對研究對象之作家研究的特殊性之說明。

作品部分，五色石主人所撰寫的《八洞天》和《快士傳》這兩部小說，大約是清順治至康熙中期之間的產物。（詳見第二章第五節）這段期間，也正是通俗小說承晚明遺緒，繼續蓬勃發展的時期。根據陳大康先生的估計，此一時期刊行的小說，現存的就有近百之數。[3]當然此一估計未必準確，因為此一時期許多小說的版本不盡完整，關於寫作年代的認定，還需要做更科學的考察。不過我們從當時人的一些記載，如煙水散人作於順治十五年的《女才子書》，其〈凡例〉說：「稗史至今日，濫觴已極。」西湖釣史在順治庚子（十七年）為《續金瓶梅》所作的〈序〉說：「今天下小說如林。」康熙元年刊行的《春柳鶯》，其〈凡例八則〉也在一開始就提到：「小說，今日濫觴矣！」[4]可見小說在當時的確是相當盛行的。

《八洞天》屬於話本小說，說得更明確一點，是「擬話本」，也就是作家在案頭仿擬說書形式而撰寫的白話短篇小說。這一類小說在此一時期，現存的約有二十七種，二二六篇左右[5]。擬話本的創作以晚明最為昌盛，成績也最好，《三言》中明代作品的部分、凌濛初的《二拍》、席浪仙的《石點頭》、

3　見陳大康《通俗小說的歷史軌》（長沙，湖南出版社，1993 年）頁211。陳先生所統計的時間，約從順治三年到康熙三十年這段期間，與五色石主人撰寫《八洞天》和《快士傳》的時間相當。

4　濫觴二字原意是事物的起源，在此則有泛濫的意思，否則「濫觴已極」解釋不通。

5　同註 2 引書，頁 82。

周清源的《西湖二集》、陸人龍的《型世言》等等，都包含很多具有個人風格的優秀篇章。清初則以李漁為話本小說的大家，作品數量最多（共三十篇[6]），內容也較有可觀。此外較具規模的尚有《豆棚閒話》、《清夜鐘》、《醉醒石》、《西湖佳話》、《生綃剪》等，都各包含十篇以上的白話短篇小說。《五色石》和《八洞天》則各含八篇，這兩部小說在外形上看起來很像，因為《八洞天》明顯是仿造《五色石》的格式來進行小說創作的，然而二者的主題思想和審美意趣則有相當大的殊異，這也是本書必須處理的工作之一。

　　然而，話本小說在清初的繁盛只是迴光反照，康熙中期以後便迅速衰落。目前尚存的康熙中期以後的作品，只有《雨花香》（附《通天樂》）、《娛目醒心編》、《躋春台》等幾部，不但內容十分單薄，形式上也變得相當的雜亂，如《雨花香》就夾雜了作者自著的詩文，甚至還有養生哲學的夫子自道，顯得不倫不類，《娛目醒心編》則頭回和正文輕重不分，也和話本小說的基本模式愈離愈遠了。《八洞天》出現在此一話本小說的迴光反照期，吸收了不少前人寫作的長處，也不可避免的會表現出某一文體在衰亡之前的種種病癥，我們將根據小說的幾項基本元素，將其優劣點逐一的爬梳出來。

　　《快士傳》屬於長篇的英雄傳奇小說，這部小說出現在此一時期，是具有相當意義的。長篇小說的數量在清初前期

6　李漁的話本小說作品集有《十二樓》十二篇、《無聲戲》十二篇，《連城璧》（含外編）則有十八篇，但其中十二篇取自《十二樓》與《無聲戲》，故總計只有三十篇。詳見同註 2 引書，頁 21-26。

非常之少，陳大康先生說：「從所佔相對比例看，它遠不及同時期的中短篇小說，就絕對數量而言，它也比不上通俗小說重新起步的明嘉靖、隆慶、萬曆朝或較為繁榮的明天啟、崇禎朝。」[7]陳先生將這些數量不多的長篇小說分為三類，一類是「改編的或改編向獨創過渡過程中的作品」，一類是「《續金瓶梅》、《水滸後傳》一類的續書」，第三類僅有一部，即西周生的《醒世姻緣傳》，陳先生認為它是「越過了過渡階段而成了例外」的一部重要作品，「而且就目前所知，它也許是最早的一部文人獨創的長篇小說。」[8]陳先生顯然是忽略了《快士傳》的存在，《快士傳》雖然只有十六卷，但字數超過十萬，情節結構複雜，絕對足以定位在長篇小說[9]，而且《快士傳》上無所承，不是改編或改編向獨創的過渡之作，又非續書，它在中國小說演進史上的意義，應該是可以和《醒世姻緣傳》相提並論的。

　　關於英雄傳奇小說的界說，詳見第四章。就英雄傳奇小說的發展而言，齊裕焜先生說：「英雄傳奇從元末明初的《水

---

[7]　同註 3 引書，頁 197。

[8]　同前註，頁 207。

[9]　長篇小說的字數，一般認為在十萬字以上，如方祖燊《小說結構》（台北，東大圖書公司，1995 年）頁 272 謂：「大概字數在一萬字以內為短篇；一兩萬字至幾萬字為中篇；十萬字以上至幾十萬字，甚至兩三百萬字，都是長篇。」當然，字數的多少只是一個大概，不可能用來做為截然劃分的依據。長篇小說除了字數多之外，還需具備「包容性內容」、「整體性結構」等條件（傅騰霄《小說技巧》【台北，洪葉文化公司，1996 年】頁 26-27），而《快士傳》除了字數在十萬字以上，也具備這些條件。

滸傳》產生以來，在明中葉到清中葉形成高潮，以後逐步衰落。」又說：「清中葉以來，英雄傳奇小說中草莽英雄本色盡失，代之而興的是輔佐清官的俠客和風流美貌的俠女，英雄傳奇的生命也就終止了。」[10]據此，則《快士傳》刊行於英雄傳奇小說極盛將衰的階段。事實上，《快士傳》也的確充斥著英雄傳奇小說在此一時期變化中的印記，小說中所歌頌的英雄豪傑，既有不失草莽本色的（有出身綠林的寇尚義，也有殺人後落草的常鬍子），也有經由科舉步入仕途的（董聞），而他們最後都因為替朝廷出力，或出將或入相，得到圓滿的結局，「功名富貴」取代了「官逼民反」，豪傑英雄的叛逆色彩是大大的淡化了。不過，它還沒有向「俠客和俠女」的方向發展，和清中葉以後的英雄風格還有一段距離。

　　以上我們說明了《八洞天》和《快士傳》這兩部小說的性質，以及它們在小說發展史上大概的位置，做為正式析論之前的背景知識。至於此一時期的社會環境與文學思潮等，筆者在《清初前期話本小說之研究》一書中論之已詳[11]，這裡就不再贅述了。

10　齊裕焜《中國古代小說演變史》（蘭州，敦煌文藝出版社，1994 年）頁 208-209。

11　見該書第一篇第二章，同註 2 引書頁 108-142。

第二節　研究動機與方法

筆者在全面探究清初前期之話本小說時，便注意到《五色石》與《八洞天》這兩部話本小說，以及長篇小說《快士傳》之間錯綜複雜的關係，深覺有進一步探討之必要。然而，當時正全力處理此一時期二十七部兩百多篇話本小說的諸多問題，尚無暇對《快士傳》進行深入研究。因而在完成《清初前期話本小說之研究》一書後，便決定對與五色石主人有關的問題進行全面的探論。

本書將分從四個方面，深入研究五色石主人及其小說。

首先是考證。由於五色石主人小說有前一節所說的許多錯綜複雜的問題，因此相關的考證變成一項極為重要的工作。可以這麼說，如果考證的部分不正確，那麼本書大多數的論點將會站不住腳，比如《八洞天》和《快士傳》這兩部小說若非一人所作，筆者卻將二書合觀其藝術表現，則所得的結論豈非大謬不然？故將緒論後的第二章定為〈五色石主人及其作品考證〉。

其次是主題思想探究。為了和第二章的考證相印證，並切實掌握五色石主人的思想傾向，三、四兩章便針對作品的內容，分別探索《八洞天》和《快士傳》這兩部小說的主題思想。由於這兩部小說的性質不同，主題思想也會有所異同，我們在這兩章分論其異，到最後的結論中再述其同。

第三部分為現實反映之研究。此一研究有兩重作用：第一重可以和作者生長的時代相呼應，以回證第一部分的考

證；第二重可以從小說的描繪中，認識、了解明末清初社會
生活的某些面相。狄德羅曾在〈理查生贊〉一文中說：「我敢
說最真實的歷史是滿紙謊言，而你的小說卻字字真實；歷史
描寫幾個個人，你卻描寫人類。」[12]姚一葦先生也說：「詩比
起歷史來更哲學、更莊重、更普遍，或者說更真實。」[13]可見
藝術的真實，是勝過歷史的真實的。而所謂的真實，不在於
是否真有其事，而是當時的社會條件是否可能發生這樣的
事，韋勒克等著的《文學論》一書說：「當文學被用來作為社
會文件時，它往往會刻劃出社會歷史的掠影。」[14]文學作品不
但能反映社會現象，更能表現當時人的普遍心理，而若就社
會生活面貌的展示功能來說，在文學作品中又以小說為最，
陳大康先生說：「任何文學體裁都不可能像小說那樣廣泛地、
幾乎是全方位地同時又相當細致地反映社會生活。」[15]本章根
據從小說中梳理出來的資料之多寡，分就「科舉與士風」、「民
間信仰」、「商業生活」三個層面加以討論。

　　然後討論藝術表現的部分。一般皆以「情節結構」、「人
物形象」以及「環境描寫」為小說之三大要素[16]，故本章即從

12　見《文學理論資料彙編》（台北，華諾文化公司，1986 年）頁 453。

13　姚一葦譯註《詩學箋註》（台北，台灣中華書局，1981 年）頁 88。

14　韋勒克等著、王夢鷗等譯《文學論》（台北，志文出版社，1979 年）
　　頁 164。

15　同註 3 引書，頁 312。

16　見向錦江、張建業主編《文學概論新編》（北京，北京師範學院出
　　版社，1988 年）頁 23-35、葉鳳源主編《文學概論》（上海，華東
　　師大出版社，1990 年）166-168，華勒克等著之《文學論》一書則

「結構藝術」、「寫人藝術」、「環境描寫」三方面探討五色石主人小說寫作藝術的成敗。

最後是結論。總結以上各部分的討論，明確點出五色石主人小說的主題意識、現實意義，以及藝術成就，說明其在中國小說發展史上應有的地位，並略及其對於後來小說可能發生之影響。

稱之為：「一情節、二性格描寫、三配景。」見同註 14 引書，頁359。

第二章　五色石主人及其作品考證

第一節　五色石主人不是徐述夔

　　這個標題在林辰先生《明末清初小說述錄》一書中的〈編餘綴遺〉[1]這篇文章中已經出現過了，林先生論證《五色石》、《八洞天》、《快士傳》等書的作者（他統稱之為五色石主人，其實作者非同一人，詳下一節）不是清代有名的文字獄「《一柱樓詩》案」的男主角徐述夔，舉出了不少內證和外證。林先生所提出來的證據，有些很有說服力，尤其是外證的部分，內證部分的論據就比較薄弱了，還有不少需要補強的地方。

　　清初話本小說《八洞天》以及章回小說《快士傳》都有「五色石主人」所題的序言，《八洞天》序末有「予故廣搜幽覽，取柱史之闕於紀、野乘之闕於載者，集其克如人願之逸事，凡八則，而名之曰《八洞天》」，《快士傳》序末有「因目之曰快士而為之傳云」之語，所以「五色石主人」為《八洞天》和《快士傳》二書之作者是無可懷疑的。

　　那麼五色石主人和徐述夔又是如何扯上關係的呢？五色石主人在《八洞天》的序言中還提到，《八洞天》的寫作，是為了補《五色石》這部書之「所未備」的，《五色石》的作者是「筆煉閣主人」，而《八洞天》序末署「五色石主人題於筆

---

[1]　林辰《明末清初小說述錄》(瀋陽，春風文藝出版社，1985 年)頁147-154。

17

煉閣」，五色石主人既然在「筆煉閣」題序，那麼，「五色石主人」和「筆煉閣主人」便應該是同一個人了。然而，寫作《五色石》的「筆煉閣主人」又是誰呢？前輩學者（如胡士瑩、孫楷第、譚正璧[2]）以《禁書總目》中有一部徐述夔撰的《五色石傳奇》便推斷筆煉閣主人就是徐述夔了。

對於這個發現，有幾位學者提出了一些補充。最早的是陳翔華先生，他在書目文獻出版社出版的點校本《八洞天》的卷首發表了〈五色石主人與《八洞天》〉一文，又在一九八五年《文獻》第二期（總二十四期）發表了〈徐述夔及其《一柱樓詩》獄考略〉一文。陳先生一方面將前輩學者的簡單推論加以強化，另一方面對徐述夔的生平進行探討，這兩篇文章頗有價值，尤其徐述夔生平的部分，由於徐氏被戮屍之後，遺作全面遭禁毀，其生平資料蒐求不易，陳文可說是有關徐述夔研究的一篇力作，文末附了一篇〈竹樓詩鈔序〉，是徐氏僅存的一篇文章，彌足珍貴。不過就「五色石主人」就是徐述夔的論證來說，還是沒能提出真正有力的證據。

可能是受了陳文的影響，研究徐述夔的文章多了起來。一九九四年《文獻》第一期（總五十八期）出現了徐氏老家栟茶中學的于樹華、繆素萍兩位先生發表的〈徐述夔《野菊》詩注〉一文，並證明這三十首〈野菊〉詩是徐氏的作品，這

---

[2]　見胡士瑩《話本小說概論》(台北，丹青出版社，1983 年)頁 637。
孫楷第《中國通俗小說書目》(台北，木鐸出版社，1983 年)頁 119。
譚正璧、譚尋合編《古本稀見小說匯考》(杭州，浙江文藝出版社，1982 年)頁 158。

又是研究徐述夔的極珍貴資料。于樹華先生又和丁祝慶先生合寫〈《五色石》、《八洞天》作者考〉一文，發表於同年的《明清小說研究》第四期，該文認為：徐述夔的書齋「一柱樓」和《五色石》、《八洞天》作者的「筆煉閣」，一為「一柱擎天」一為「煉石補天」意義相同；而《五色石》序言落款「筆煉閣主人題于白雲深處」，白雲深處為隱居之代稱，徐氏科舉失意後以隱士自居，其故居栟茶距海數里，于此可見「雲海茫茫」；以及「序言裏透了作者身世際遇」等，欲進一步證明「五色石主人」即為徐述夔。該文所提出來的內證頗有新意，不過亦不算堅強，尤其將靠海的栟茶鎮說成「白雲深處」，實在太過牽強。

　　一九九〇年三、四期合訂的《明清小說研究》刊出一篇宣嘯東先生的〈《八洞天》和徐述夔〉一文，這篇文章很耐人尋味，一方面，他同意歐陽健先生的看法，認為《五色石》、《八洞天》的作者不是同一人，《五色石》為明人作品而《八洞天》的作者則為清人（詳後文），另一方面，他又從《八洞天》一書的內容中，考證出和徐述夔的許多聯繫，結論是「公元 1738 年以後，徐述夔因科場失意而心灰意冷，寫下了他的《八洞天》」。然而，徐述夔之所以和「五色石主人」有關，正是因為其遭查禁的書目中有《五色石傳奇》，宣文既不承認徐述夔創作《五色石》，等於切斷了二者的關連，卻又欲證明補《五色石》之未備，同為「筆煉閣編述」的《八洞天》為

徐氏之作，豈不矛盾？[3]

如果沒有直接證據，要證明中過舉人，寫作過《學庸講義》、《論語摘要》等嚴肅作品的正統學者徐述夔[4]為通俗小說《五色石》、《八洞天》、《快士傳》的作者，並不是一件簡單的工作。相反的，要證明徐述夔並沒有撰寫這些小說就比較容易了，因為無論從小說發展史的觀點、徐述夔的生平資料、版本學的角度、小說內容的思想的庸俗性等，都很容易找到兩者（小說和作者）間的矛盾之處。

林辰先生的〈五色石主人不是徐述夔〉一文已經提出了一些證明，後來又有蕭欣橋、歐陽健、李同生等先生提出更多的證據，綜合這些位先生的論證，實在很難再相信徐述夔

---

[3] 宣文對《八洞天》有很多有趣的推測，有些推測頗有創意，例如〈正交情〉篇中有一首詠半文錢的詩：半輪明月掩塵埃，依稀猶見開元字；遙想清光未破時，寫盡人間不平事。這首詩宣先生將之解讀為首句言「明已破」、次句言「憶盛世」、三句言「清未亡」、四句言「作惡多」，認為其中寄託了反清復明的思想，所以和徐述夔的思想相合。這種推測不能說沒有道理，不過難道其他的話本小說作者就不能有反清復明思想嗎？這樣的推測顯然是不足夠作為有力證據的。宣文的推測有些則相當牽強，像〈醒敗類〉中的紀望洪、畢思復，說這些名字有反清色彩，這也不易否認，不過如果仔細看這些人物在小說中的表現，例如紀望洪是一個無賴，為了謀奪叔叔的家產，屢次加以誣告，後來被太守重責三十，問邊充軍；畢思復則是一個反覆無常的小人，「平時極是勢利，有兩副衣粧、兩副面孔」，後來險些家破人亡。如果說反清復明的寓意，寄託在這兩位負面人物的名字上，作者也未免太覺悲觀，完全不像是徐述夔的作為了。

[4] 參見雷夢辰《清代各省禁書彙考》（北京，書目文獻出版社，1989年）頁85、168。

有寫作這幾部小說的可能。以下，筆者整理前述學者的意見，加上個人看法，將徐述夔不是五色石主人的理由分述如下：

第一、從小說的發展情形看，徐述夔生長的年代不應出現《五色石》、《八洞天》這兩部話本小說。話本小說的發展，從明末到清初產生了一些變化，特別是在形式上，無論篇目、回目，入話的形式，插詞套語的運用，清初和明末都有很大的不同[5]。以回目的處理方式來說，清初前期最流行的是三字總名配合回目的新形式，例如《五更風》卷一的篇名為：

鸚鵡媒（三字總名）：「報主恩婢烈奴義　酬師誼子孝臣忠」

而《五色石》和《八洞天》的篇目形式也是如此，例如二書的卷一分別是：

二橋春　假相如巧騙老王孫　活雲華終配真才士（《五色石》卷一）

補南陔　收父骨千里遇生父　裹兒尸七年逢活兒（《八洞天》卷一）

　　林辰先生說：「這類標卷名卷目的方式，見之于清初。」[6] 這話是不錯的，不過應該更確切的說「見於清初前期」，也就是康熙中期以前。康熙中期以後，話本

---

[5]　參見拙作《清初前期話本小說之研究》（台北，學生書局，1998 年）第一篇第三章〈話本小說形式在清初前期的重大變化〉。

[6]　同註1引書，頁 153。

小說沒落了，現存的幾部後期作品，都不太像話本小說的樣子。被視為「擬話本小說衰落時期的壓卷之作」[7]的是《雨花香》(附《通天樂》)、《娛目醒心編》、《躋春台》，《躋春台》為光緒年間的作品，四十篇故事已經和話本小說的形式大異其趣，不僅沒有所謂的「回目」(只有三字標題，如〈雙金釧〉、〈十年雞〉等)，也沒有插詞套語，正文間插入一些頗長的說唱的韻文，接近彈詞之類；《娛目醒心編》初刊於乾隆五十七年，其形式和清初前期的話本也有很大的不同，全書十六卷，卷分二或三回不等，其特色是入話特別長，通常佔了一回，這是過去的話本小說所沒有的，文中的插詞套語也全數都刪掉了；《雨花香》約刊於雍正十年左右，也是只有三字標題而沒有回目，許多篇章全是敘述而沒有小說的情節，有些採用了話本故事，如第三種〈雙鶯配〉取材於《雲仙笑》〈平子芳〉篇，但原文被大量刪改，插詞套語全數被刪掉，完全失去了話本的風味。徐述夔出生於康熙四十年[8]，如果說《五色石》和《八洞天》是徐述夔寫的，那麼創作的時代總在康熙末到乾隆初年間，而

7　儲玲珍、張兵校點《話本小說大系‧雨花香‧前言》(江蘇古籍出版社，1990 年)。

8　陳翔華〈徐述夔及其《一柱樓詩》獄考略〉《文獻》1985 年第二期(總二十四期)頁 29 說徐述夔生於康熙中葉，蕭欣橋《五色石‧校後記》(瀋陽，春風文藝出版社，1985 年)頁 217 根據王國棟〈題亡友徐蓮堂遺照〉詩中「我壯君弱冠，無端兩白首」句，而王國棟生於康熙三十年，故知徐述夔(號蓮堂)生於康熙四十年。

《五色石》和《八洞天》的小說形式，完全是清初前期的風格，和後出的《雨花香》、《娛目醒心編》等完全不類。此外，《五色石》和《八洞天》二書，大量充斥才子佳人故事，筆者曾稱《五色石》為「短篇才子佳人小說的半個專集」[9]，才子佳人故事到康熙中期已經沒落了[10]。因此，從小說的發展史來看，徐述夔不會是《五色石》和《八洞天》二書的作者的。

第二、從版本學的觀點看，大連圖書館編的《明清小說序跋選·五色石》條謂：「審其版式紙墨，系清初刻本，這與徐述夔生活年代也不相符。」[11]筆者未能見到原本，所依據的《古本小說集成》本為影本，無法看出「紙墨」情形，但此言既出於藏書豐富的大連圖書館的專家之口，當有所據；至於版式，由於「清代刊本以版式定版本，較為困難。」[12]筆者又非專家，不敢深談。而從避諱情形來看，《五色石》和《八洞天》二書均不避「玄」字，李清志先生說：「『玄』字自康熙朝始，迄清末，各朝均嚴避之。」[13]事實上，由於順治朝不避諱，故康熙初期避諱還不很嚴格，但康熙中期以後轉嚴，因此，這兩部小說刊於康熙中葉以後的可能性非

---

[9]　同註 5 引書，頁 409。
[10]　同註 1 引書，頁 84。
[11]　大連圖書館參考部《明清小說序跋選》(瀋陽，春風文藝出版社，1983 年) 頁 38。
[12]　李清志《古書版本鑑定研究》(台北，文史哲出版社，1986 年) 頁 9。
[13]　同前注，頁 212。

常小。再就《八洞天》來說，其序文有句話謂：「佳胤勿產敗德之門」，不避雍正的「胤」字，而主張徐述夔撰《五色石》、《八洞天》等書的陳翔華先生認為《五色石》作於康熙末年或雍正初年[14]，《八洞天》在其後，當作於雍正年間，雍正時代所刻的書既不避康熙諱又敢不避雍正諱這是不可思議的。由避諱的情形可以反證，陳翔華先生的論據是薄弱的。

第三、從徐述夔的生平資料來看，李同生先生說：「高唱『大明天子重相見，且把壺兒（諧音胡兒）擱半邊』與『乾坤何處可為家』、『拼受霜威未肯降』這些高昂戰歌的徐述夔，根本不可能去歌誦一個自云『我已歸順朝廷，汝等各宜反邪歸正』的伏正（《五色石》卷二），不可能說出『當今新主賢明』（《八洞天》卷七）之類的話。」[15]這話是不無道理的，從徐述夔詩文中「多有繫懷前明，詆譏滿清之語」，這些詆譏語往往在玩文字遊戲，還為學生改名為「徐首髮」、「沈成濯」[16]來諷刺清廷的剃髮政策來看，他是一個對文字十分敏感的人，在寫作時，一定會極力在字句之間避免去歌頌他所痛恨的朝廷，《五色石》卷七也有宋江道出「生前替天行道，

---

[14] 陳翔華〈五色石主人與《八洞天》〉，附於書目文獻出版社 1985 年《八洞天》排印本。

[15] 李同生〈從筆煉閣小說中尋覓筆煉閣〉，《明清小說研究》1990 年第一期，頁 180。

[16] 同註 8 所引陳翔華文，頁 30-31。

一心歸順朝廷」之語，宋江歸順朝廷，落得被毒死的下場，一心反對朝廷的徐述夔不可能會贊同這樣的話。總之，《五色石》和《八洞天》二書如果是徐述夔的著作，是不應出現前述那些字眼的。另外，從《五色石》書中各篇對於年代的稱呼來看，本書有可能作於明代或清初明亡不久，因為它稱元朝年號加上「元」字，如卷一「話說元武宗時」，稱明朝年號卻不加「明」字，如卷二「話說嘉靖年間」、卷四「話說成化年間」、卷五「這樁事在正統年間」等等，徐述夔生於康熙四十年，距離明亡已經五、六十年，習慣上稱呼前朝年號應該都會加上「明朝」、「前朝」等字眼才對。不過，歐陽健先生據此便認定《五色石》「可信為明人作品」[17]，似乎也過於武斷，因為入清以後的話本小說刊本中，直稱明代年號的情形也有不少，例如康熙年間刊行的《生綃剪》第九回便稱「卻說嘉靖年間」，第十五回也稱「卻說萬曆末年」，這是因為作者為由明入清的人物，創作小說的年代離明未遠，明代年號記憶猶新的緣故，因此，最多只能說《五色石》作於清初前期以前，不能用這來證明它是明人作品。但無論如何，已經足以證明《五色石》一書不會是徐述夔所撰的。

李同生先生還從《五色石》、《八洞天》二書中運用的是吳地方言，證明作者「無論如何不會是徐述夔，徐

---

[17] 歐陽健〈《五色石》、《八洞天》審美意趣的重大差異〉，載《明清小說采正》（台北，貫雅文化事業公司，1992 年）頁 245。

述夔是揚州府泰州拼茶場人,他操的是江淮方言。」[18]
李先生舉證歷歷,他的證明是很有說服力的。

第四、從書中所表現的思想看,和徐述夔現存的著作也多所
　　　扞格。《五色石》、《八洞天》二書所表現的思想十分庸
　　　俗,充斥著功名富貴的嚮往,《五色石》卷一甚至有「等
　　　他鄉試過了,再與議婚」的觀念,不以才取人,而以
　　　功名為擇婿的條件,境界未見高明。而徐述夔仰慕陶
　　　淵明,有《和陶詩》之作,陶淵明愛菊,徐氏也有《野
　　　菊詩》三十首,陶淵明棄功名如敝屣,曾被鍾嶸譽為
　　　「古今隱逸詩人之宗」(《詩品》卷中),徐氏《野菊詩》
　　　中也有「城市本非留我地,山林儘可托孤蹤」(其二)、
　　　「肯把形骸攖世網,直將天地當吾廬」(其六)、「莫論
　　　途坦兼途險,到處無關俗慮紛」(其十二)、「一生嗜好
　　　塵中少,自古文章物外多」(其二十)等看淡功名的詩
　　　句。而《五色石》各篇小說幾乎都以主角位極人臣作
　　　為結局,如卷一的黃生「官至尚書,二妻俱封夫人」,
　　　卷二的兩位主角「樊、成二人官至尚書」,卷四的呂玉
　　　「官至文華殿大學士,舜英封一品夫人」,卷六的何嗣
　　　薪「直做到禮部尚書,瑤姿誥封夫人」,卷八的祝生「官
　　　至宰輔」,要說自稱「一生嗜好塵中少」的徐述夔會寫
　　　出《五色石》中那些對高官厚祿充滿艷羨之情的小說,
　　　是難以想像的。

---

[18]　同註14,頁181。

第五、最後，我們檢討一下《禁書總目》徐述夔著作目錄中的《五色石傳奇》是否可能是話本小說《五色石》，以及《五色石》書末總評中所提到的「筆鍊閣主人尚有新編傳奇及評定古志，藏於笥中，當并請其行世，以公同好」，其中的「新編傳奇」可不可能就是話本小說《八洞天》這兩個問題。就第一個問題來說，首先，小說不是不能稱為傳奇，但通俗的白話小說被稱做傳奇是相當罕見的，筆者把大連圖書館編的《明清小說序跋選》檢閱一過，沒有發現那一位小說作者或評者在他的序跋中稱通俗小說為「傳奇」，不是稱「小說」就是稱「稗史」（《覺世名言‧序》）、「稗家小史」（《賽花鈴‧序》）、「稗編小說」（《隋煬帝艷史‧序》）；其次，在睡鄉祭酒的《連城璧‧序》中有這樣一句話：「視其書，非傳奇即稗官野史。」把「傳奇」和「稗官野史」並稱，睡鄉祭酒就是遺民詩人杜濬，前引的《覺世名言‧序》也是他寫的，他既稱小說為「稗史」，那麼「傳奇」就一定不是小說了，看來，清初人對「小說」和「傳奇」的界定是相當清楚的，《五色石傳奇》不會等於話本小說《五色石》。就第二個問題來說，在小說中預告「傳奇」的，以現在可見的例子來看，指的應是戲曲，如李漁在《無聲戲》目錄的第一、二、十二回之下有「此回有傳奇即出」的字樣，即是預告該回故事即將改編為戲曲出版，如第一回〈醜郎君怕嬌偏得艷〉篇，即改編為《十種曲》之一的《奈何天》。准此看來，《五色石》回目總評中的「新編傳奇」，不太可

能就是話本小說《八洞天》。

經過以上五種論證，筆者可以肯定的說，五色石主人不是徐述夔，徐述夔不是《五色石》、《八洞天》等書的作者。

第二節　五色石主人不等於筆煉閣主人

筆者在撰寫《清初前期話本小說研究》一書時，即曾就此問題提出過詳細的討論。筆者當時指出，由於《五色石》的全稱是《筆煉閣編述五色石》，《八洞天》的全稱則是《筆煉閣編述八洞天》，同是「筆煉閣」編述的，而《八洞天》的〈序言〉署「五色石主人題於筆煉閣」，並說明該書是「補《五色石》所未備」，於是學者們便多將「筆煉閣主人」和「五色石主人」看成一個人。只有歐陽健先生存有不同看法，他在〈《五色石》、《八洞天》審美意趣的重大差異〉一文中，仔細比較了二書的標題、篇首、入話、篇尾的形式，已發覺二者有各自的特點，再從小說的思想、旨趣，以及對於年號的使用、對於太監的觀感、對於文字獄的反映等，分析出二書為不同作者的蛛絲馬跡。此外，他也從筆煉閣主人的〈五石色序〉，和五色石主人的〈八洞天序〉見解的差異看出兩者並非同一人，前者說：「女媧氏五色石，吾不知其有焉否也？則吾今日之以文代石而欲補之，亦未知其能補焉否也？」是對造化的神奇，以及自己想以人事中完滿的故事，彌補天道之不足的做法，抱著存疑的態度。後者則說：「假如女媧補天之說古未嘗傳，而吾今日始創言之，未有不指為荒誕不經者。」

這就明白指實了「女媧煉石」是必有之事，還說不信天地間種種神奇的人是「囿於成見，拘於舊聞，有不及知耳！」又說：「況自有天以來，所不必然之事，為自有天以來，所必當然之理。誠知其理之必當然，更何得以其事之不必然而疑之也？」這都是和《五色石》的序文抬槓的說法。所以《八洞天》書中有換目、添耳、男人生乳哺育幼兒等等神異情節的描寫，而《五色石》一書則僅有〈白鉤仙〉篇略涉神異，但篇中還是強調了人事的努力，和《八洞天》書中乞靈於超自然的力量是截然不同的。

　　歐陽先生的分析是很具有說服力的，現再舉數例加以討論，以證明《五色石》和《八洞天》不是同一個人的作品。

第一、標題的不同。這裡的不同不是形式上的，在形式上，
　　　二書的標題是類似的，都是三字總名配合雙句回目，
　　　但二書的三字總名有淺顯和僻奧的不同，如《五色石》
　　　的〈二橋春〉、〈雙雕慶〉等，一目瞭然，而《八洞天》
　　　的〈補南陔〉、〈續在原〉等，則用了冷僻的典故，必
　　　須加以詮解才能讓讀者理解，因之，《八洞天》各篇結
　　　尾都用一段詮釋題目的文字作為結束，如〈補南陔〉
　　　篇的結尾云：「《詩經》〈南陔〉之篇，乃孝子思養父母
　　　而作。其文偶缺，後來束晳雖有補亡之詩，然但補其
　　　文，未能補其情。今請以此補之，故名曰〈補南陔〉。」
　　　這裡的解釋便相當的曲折，有賣弄學問之意。〈續在原〉
　　　篇也運用了《詩經‧小雅‧常棣》：「鶺鴒在原，兄弟
　　　急難」的典故，來表現兄弟之誼的斷而再續，作者在
　　　文末也列出用典的來源而詳加解說。這些解說題意的

文字，在《五色石》各篇中是沒有的。

第二、入話的形式與內容不同。入話包括開場詩詞和詩詞後
的議論，或加上一個小故事（一般稱為「頭回」）。在
開場詩詞方面，《五色石》的篇首都是作者自撰的一闋
詞，且詞義與正話密切相連；《八洞天》的篇首都是七
絕，而都是引用前人之作，用來帶入正文和故事內容
沒有必然關係。在詩詞後的議論方面，《五色石》不直
接針對詩詞發出議論，《八洞天》則詳加解說並抒發感
想；在頭回方面，《五色石》在詩詞之後例有一個或長
或短的頭回故事。

第三、時代意識的不同。《五色石》充滿了對宦官的痛恨之
情，如卷四〈白鉤仙〉的入話云：「古來最可恨的，是
宦豎專權，賢人受禍。」小說中的主角呂玉不但不肯
替太監汪直寫祝壽文字，謂：「這狗閹竊弄威福，小弟
平日最恨他，今斷不以此辱吾筆。」還寫了一首七絕
諷刺他「沒雞巴、沒後代、今之趙高、是雌非雄」，對
太監的痛恨溢於言表。《八洞天》卷七〈勸匪躬〉篇卻
贊美了一位「極慈心極義氣的太監」顏權，顯然作者
對宦官並沒有痛恨的想法。太監誤國是明亡的重要原
因之一，清初學者論及宦豎，莫不恨之入骨，黃宗羲
曾說：「奄宦之禍，歷漢唐宋而相尋無已，然未有若有
明之為烈也。……奄宦之如毒藥猛獸，數千年以來，
人盡知之矣。乃卒遭其裂肝碎首者，曷故哉？……夫

刑餘之人，不顧禮義，兇暴是聞……。」[19]從這一點看來，《五色石》、《八洞天》二書的作者似乎具有不同的時代意識，應該不是同一個人。

第四、就審美意趣來說，歐陽先生認為：「《五色石》為補『天道』之缺，對人對事，洋溢著一種寬容厚道的精神。在小說中，妒妾之妻，欺子之繼母，敗家之逆子，大都得到了好的結局；正面人物則更是事事如意，皆大歡喜。……有憾於『天道之缺』，《五色石》創造了一個完善、圓滿的幻境，令人讀之『飄飄欲仙』。這種審美意趣，不能理解為對現實的粉飾和美化；恰恰相反，是在理想的意境的描繪中反襯出對現實的不滿以至否定。」「《八洞天》卻盡反其道，……寫他們無一不得到懲處。《八洞天》一方面宣稱『人間世』尚有那並無多少缺陷的『別一洞天』，另一方面又視這種種缺陷為理所當然，麻木乃至冷酷，作者之心術，實與作《五色石》者迥乎有異，其間之美醜高下，也是不難鑒別的。」[20]關於《五色石》、《八洞天》二書審美意趣的美醜高下，筆者有不同的看法，歐陽先生似較偏愛《五色石》，其實，《五色石》的筆觸不如《八洞天》寬容溫厚，寫人情不如《八洞天》體貼深刻，其藝術成就是遜於《八洞天》的，茲舉一例如下：《五色石》、《八

---

[19] 黃宗羲〈奄宦〉上、下，載《黃宗羲全集》（台北，里仁書局，1987年）第一冊，頁44－46。

[20] 同註16引書，頁243－244。

洞天》二書都曾描寫妒婦，《五色石》卷二對妒婦的嘲諷，極為尖酸刻薄的，將她誇張為「性既凶悍，生得又醜陋」，說她：「夜叉母仰面觀天，亦能使雁驚而落；羅剎女臨池看水，亦能使魚懼而沈。引鏡自憐，憐我獨為鬼魅相；逢人見惜，惜他枉做婦人身。」又說：「不知天下唯獨醜婦的嫉妒，比美婦的嫉妒更加一倍。他道自家貌醜，不消美妾艷婢方可奪我之寵，只略似人形的便能使夫君分情割愛。」這樣尖刻的嘲諷，在《八洞天》一書中是看不到的。《八洞天》卷一也寫妒婦石氏，卻寫她是因為丈夫「才中進士，便娶小夫人」而產生醋意，因醋而生忌，還運用酸味十足的語言，生動的刻畫了她吃醋、嫉妒的微妙心理。例如丈夫魯翔將赴外地任縣令，因地方不平靖，不能挈家眷同行，石氏謂：「我不去也罷，只是你那心愛的人若不同去，恐你放心不下。」明明內心嫉妒，卻故作大方之狀，這在心理學上稱為「反向作用」（Reaction formation）[21]，這句醋味十足的反話，魯翔卻毫不知覺，回答說：「他有孕在身，……禁不得途中勞頓。」這是句實在話，然而言者無心，聽者有意，石氏把它想成：「原來他只為護惜小妮子身孕，不捨得他路途跋涉，故連我也不肯帶去。」因此「轉展尋思，愈加惱恨」了。這些描述何等細膩？作者表現妒婦的內心世界何等曲折有致？這種安排使妒婦不單純成為負面人物，而有她

---

[21]　參見張春興《心理學》（台北，東華書局，1988 年）頁 517。

不得不妒的心理背景，這便是作者塑造負面人物形象的溫柔敦厚處。石氏後來雖想趕走小妾楚娘，但頗留餘地，照楚娘的意願，讓兒子安排其出家清修，後來遭遇兵亂，楚娘非但不計前嫌收留她在道觀，並且為之周旋安撫，方得平安，終使石氏幡然悔悟，不再嫉妒了。不過，筆者雖然不同意歐陽先生的看法，但無論如何，從審美意趣看來，二書的作者的確應該不是同一個人。

以上是筆者就歐陽先生的文章加以整理、補充，從這些論證，實在可以很清楚明白的看出《五色石》、《八洞天》二書不會是同一個人的作品。不過歐陽先生一直認為《五色石》的藝術成就高於《八洞天》，在很多方面都予《八洞天》一書負面的評價，因之造成不少曲解之處，在前面第四條中筆者已略及一二。此外，又如同樣是才子佳人小說的〈二橋春〉（《五色石》卷一）和〈培連理〉（《八洞天》卷三），歐陽先生認為前者的思想「對於門第和金錢的要求，已經在相當程度上讓位於『才貌』的標準。」又認為「才、貌二者相權衡，才更居於貌之上。」然而，小說寫陶小姐聽說黃生「有貌而無才」，決定自己去看個究竟，後見黃生「聲音朗朗，態度翩翩」，便認為他「不像個沒才的」，是見其貌而求其才，如果黃生長相不佳，恐怕後來小姐便不會求母親面試其才了。《五色石》中的才子佳人小說很多，而幾乎篇篇都是男女主角在確認對方為俊男美女之後，才肯答應親事，尤以〈選琴瑟〉篇最為明顯，主角何嗣薪本來因賞愛瑤姿小姐之詩才，已經透過媒人交換信物訂婚約了，誰知在瑤姿家中錯認為面貌平庸的嬌

枝小姐，回來後立刻悔婚索回信物了。《五色石》書中所表現的，其實重貌過於重才，歐陽先生對該書未免過譽了。相反的，《八洞天》的〈培連理〉才是真正的真情感人之作，主角莫豪欣賞七襄之才，本以為他是男子，欲與之為友，「今既知是女子，決當與之為配」；七襄也愛莫豪之才，不但不在乎他的貧窮，後來知道他雙眼已盲，仍然堅持嫁他。自互相愛慕到成婚，從婚後到復明以前，莫豪從來未見過妻子的長相，但仍不減其恩愛。復明後，見妻子如此貌美，還不敢相信。如果要以「才」、「貌」比較，顯然《五色石》重貌，《八洞天》重才。歐陽先生認為《五色石》強調自己擇配，高過〈培連理〉篇中的互不相識，然而所謂的自己擇配也不過是去窺其長相而已，如果〈二橋春〉篇中的陶小姐去偷見黃生，發現黃生竟是盲人，是否還會有一樣的愛才之念呢？

　　此外，歐陽先生認定《五色石》為明人作品，這也是筆者未敢苟同的。歐陽先生所持的理由有：書中直抒明代年號、對太監深痛惡絕、沒有「文字惹禍的壓抑感與危機感」。前兩項前文已有提及，直抒明代年號未必表示即為明代作品，清初文章述及明代年號不加「明」、「前明」、「先朝」等字眼的不勝枚舉，正如民國初年提及清代年號不加「前清」、「清朝」等字眼一樣，這是不足為奇的；對太監深痛惡絕更不能證明本書出於明代，反而更顯示可能作於清初，作者對於太監誤國有一分深沈的哀痛。第三項關於文字獄的部分，研究文字獄的學者曾經說過：

總的來說，順康兩朝八十年，除四輔臣擅政的短短幾年外，清統治者還沒有借助文字獄鎮壓反清知識分子的政策意識，不少案件還是起於漢人之間的構陷和傾軋。[22]

因此，清初前期其實還不是一個「文字惹禍的壓抑感與危機感」極為深沈的時代，上一節提到徐述夔在康熙時期的作品中敢引用呂留良的文章，敢在詩歌中暗諷清廷，一直要到乾隆朝才被舉發出來就是一個明證。其實，康熙皇帝為籠絡漢人，曾大寬文字之禁，從當時明代遺民的作品可見一斑，如顧炎武的詩文集中，對滿人的暴行有露骨的描寫，王夫之的《讀通鑑論》更提出了「夷夏之防」，對於滿族可說相當不敬，卻不僅未被深究，還明確公告說：「凡舊刻文卷，有國諱勿禁；其清、明、夷、虜等字，則在史館奉上諭，無避忌者。」[23]

可見，以文字賈禍的危機感與否來判斷作品是否產生於明代是很不準確的。總之，歐陽先生所提出來的證據，只能說明《五色石》作於清初前期以前，無法證明作於明代，而如果以《五色石》一書的形式特色來看，尤其是三字總名配合回目的標題方式，說它是清初前期的作品應是比較可信的。

不過上述的討論並不妨礙《五色石》和《八洞天》二書非一人所撰的結論，事實上，《五色石》的作者是「筆煉閣主人」，《八洞天》的作者是「五色石主人」，他們本來就不是同

---

22 郭成康、林鐵鈞《清朝文字獄》（北京，群眾出版社，1990 年）頁 16。

23 同前註，頁 14－15。

一個人。《八洞天》的寫作受《五色石》影響是很明顯的,《八洞天》的作者甚至於把「五色石」當作室名,但除非人格分裂,否則同一個人在寫作風格上、審美觀念上應該不會有如此多的矛盾之處才對。

第三節　五色石主人是《八洞天》、《快士傳》的作者

　　《五色石》與《八洞天》之作者非同一人，那麼《八洞天》和《快士傳》的情形又如何呢？筆者認為，此二書風格相近，應是同一人所為，今亦提出若干證據論證如下：

第一、作者署名相同：《八洞天》和《快士傳》二書的作者都題為「五色石主人」，前者的序末署「五色石主人題於筆煉閣」，後者則署「五色石主人題」，異於《五色石》所署的「筆煉閣主人」。

第二、避諱情形及年號稱呼相同：二書都不避「玄」字，當作於康熙中期以前；二書都稱明代為「前朝」（《快士傳》卷一、《八洞天》卷二），或「明朝」（《八洞天》卷三、卷四、卷五、卷六），異於《五色石》之直書明代年號。

第三、創作動機相同：《八洞天》因「天之不克如人願者何限？」故別創一洞天，使人人皆能如願。《快士傳》則因「快心之人與快心之事」不可多得，故「運掃愁之思，揮得意之筆，翻恨事為快事，轉恨人為快人。」

第四、序文的寫法類似：《八洞天》的序文歷數自古以來之憾事，謂：「必使左丘不失明、張籍不病目、孫子不臏腳‥‥如是者方稱快。」《快士傳》論人生不快之事甚多，亦歷數史事而反問：「古今以來……臏腳如孫子而不獲制龐涓之命者何限？折脅如范雎而不獲取魏齊之頭者何限？……」

第五、鬼神信仰相近：前一節曾引述歐陽先生的文章，說明
《五色石》和《八洞天》二書思想的不同，其中一點
是，《五色石》的作者不迷信鬼神，而《八洞天》則對
於超自然的力量深信不疑。《快士傳》也有很多鬼神迷
信的敘寫，其思想傾向和《八洞天》十分類似。關於
這一點，後文還會詳論，在此僅舉幾個明顯例證：《八
洞天》一書有關鬼神信仰的情節甚多，例如卷三〈培
連理〉篇中，主角莫豪的好友聞聰時常夢入冥間斷案，
上帝並賜他神耳一隻，成為「三耳道人」，原來他本來
就是「蓬萊仙種，暫謫人間」的，而莫豪眼瞎，因為
「多作造福文字」，帝君派人為他抽換雙眼，使他復
明；卷四〈續在原〉篇中，有收生婆為已死婦人接生
鬼胎的情節；卷六〈明家訓〉篇，瓊姬本為瑤池侍女，
偶謫人間，後來托生到主角家中為兒，以使其榮貴；
卷七〈勸匪躬〉篇，義僕救主男扮女裝，竟然生出雙
乳來哺育幼子，太監矯詔私放民女，上帝賜他鬍子。
以上是《八洞天》一書中富於神異色彩的幾個例子，
在《五色石》書極少出現類似情節。《快士傳》則寫主
角之一的董濟「生前好義，死後封為此間土神」，並顯
靈幫助治水，「丁推官得鬼神之助，河工漸次告成」，
丁推官勞瘁而亡，也是「生為賢官，沒為神靈」，後來
小徐國公和華光國公主交戰，眼看將被生擒，「忽然一
股黑氣從地而起」，「金光裏現出兩位神人」將國公救
走了，這兩位神人不是別人，正是前面所提到成神後
的董濟和丁推官。可見，《八洞天》、《快士傳》二書的

作者皆篤信鬼神，二者思想傾向接近，而和《五色石》作者筆煉閣主人「女媧氏五色石，吾不知其有焉否也」的想法是不同的。

第六、作者觀念接近：《八洞天》、《快士傳》二書有許多對世俗的議論，這些議論表現出相當的一致性。比如對醫生的看法，二書都有庸醫誤人的描寫，《八洞天》卷三中的莫豪患了目疾被醫瞎了，《快士傳》中的丁推官不過中暑卻被醫死了，《八洞天》的作者謂：「眼不醫不瞎」，莫豪被灸瞎了眼睛之後，「方悟求醫之誤，於是更不求醫，只獨坐靜養」。《快士傳》的作者謂：「病來時切記取，不藥是中醫。……人不幸有疾，只須自己于飲食起居，謹慎調攝，或者倒漸漸痊可。」可見二書的作者對醫生都不太信任，認為與其被庸醫所誤還不如自我調養，觀念是相當一致的。又如對出家人的批評，《快士傳》卷一有如下一段話：「從來和尚們的東西，是極難吃的，只飲了他一盃茶，便要拿出緣簿來求寫，何況飯食？」《八洞天》卷八中的五空尼姑是畢思復的姑姑，因畢思復犯了官司，五空要向他討回托付盤利的銀子，思復大感焦躁，謂：「出家人要緊銀子做甚？況姑娘銀子，侄兒也是拿得的。」五空一聽嚷道：「姑娘的銀子好賴，出家人的銀子，倒沒得到你賴哩！」這句話對出家人諷刺甚深，和《快士傳》論和尚的意思相近。

第七、書中人物命名的方式相似：二書虛構的色彩濃厚，書中人物的姓名多為配合情節需要而取用的，例如《八

39

洞天》卷一主角魯翔之妻石氏、妾楚娘，書中的妒字
是從女從石，寫成「妬」，正表示其妻之善妒，楚娘則
取其楚楚可憐之意；卷二主角的前妻為「辛氏」，繼配
為「甘氏」，是配合入話所提到的「前妻吃盡辛苦，養
得個好兒子，倒與後人受用」之言而取名；卷三的「三
耳道人」取名為「聞聰」；卷四為鬼接生的收生婆叫做
「陰娘娘」，「哄騙主人，不教學生」造下惡業使兒子
變成無賴的老師叫做「鄡先生」；卷五中的「積德長者」
名叫「馮樂善」，有仁心的好鄰居叫做「盛好仁」；卷
六中的兩位才女，命好嫁給才子的叫做「瑞娘」，命歹
許配給賭徒結果抑鬱而終的叫「瓊（窮）姬」；卷七保
護幼主的義僕叫做「王保」，極貪惡的奸臣都督名為「尹
大肩（奸）」；卷八一心想要生子傳宗接代的主角叫做
「紀衍祚」，強悍善妒的妻子為「強氏」，為他生下兒
子的丫鬟名叫「宜男」；而《快士傳》中好周人之急，
屢次濟助主角之豪傑名為「董濟」、被譏為白丁的主角
的小舅子叫做「柴白珩」、竊走主角銀兩的偷兒叫做「宿
積」、自宮之後立下軍功的奇男子「姓常名奇字善變」、
醫術不濟，聽到別人的玩笑話誤以為丁推官好龍陽而
體虛，妄開補藥害死丁推官的醫生名為「聞人虛」。上
述二書中的許多姓名，很明顯是配合情節而編造出來
的，編造的方式相當類似，更有趣的是，《快士傳》稱
華光國的公主為「月仙公主」，《八洞天》卷一團練使
的小姐也叫做「月仙」，這雖然是偶然的巧合，但也可
以說是作者下意識的流露，不知不覺的將貴家的女子

稱為「月仙」，取其高不可攀之意。從以上的命名習慣看來，《快士傳》和《八洞天》的作者為同一人之說又多了一項有力的旁證。

第八、景物描寫的筆法近似。例如《八洞天》卷一描寫魯家主僕回鄉所見兵亂之後的情景：「但見一路荒煙衰草，人跡甚稀。確是離亂後的景象，不勝傷感。到得家中，僅存敗壁頹垣，並沒個人影。欲向鄰里問信，亦無一人在者。」再看《快士傳》卷二同樣寫兵亂之後，董聞回鄉所見：「只見村中十室九空，境無煙火。董聞心懷疑忌，忙跑到自家門首。看四邊鄰舍，都鎖著門兒出去了。」描寫的順序都是先寫途中所見，再寫內心感受，然後寫家中情況，最後寫鄰居的情形。寫途中所見都強調人少，寫感想一感傷一疑忌，寫鄰居都不在家。至於遣詞用字，都是半文言半白話。這許多的近似筆法，同樣也可以做為作者同一人的旁證。

以上八點論證，分開來看或許不夠週延，合而觀之則可以成為二書同出一人之手的有力證明。吾人可以相當有自信的說，五色石主人先後創作了《八洞天》和《快士傳》這兩部小說。

第四節　五色石主人是錢振之

《快士傳》北京圖書館的藏本，首有殘序，署「長洲錢尚□題於海山書屋」，後刻「錢尚□印」、「振之氏」二印，可見「五色石主人」應該就是長洲人「錢振之」。不過，查《清

人姓名別稱字號索引》並沒有一個姓錢名或字振之的人，甚至於在清人傳記資料中，也沒有名字或字號中有「尚」字的長洲人，因此，我們只能考查出這一個稱號，並無法窺知此人的生平大概，這實在是一個很大的遺憾。

在無可奈何的情況下，只好透過對《八洞天》和《快士傳》二書的考查，希望能夠對錢振之的生平和思想有一點粗略的認識。

從《快士傳》殘序的題署，知錢振之的籍貫在長洲縣。清代的長洲縣屬於蘇州府管轄，是現在江蘇省蘇州市的一部分。李同生〈從筆煉閣小說中尋覓筆煉閣〉一文從《五色石》、《八洞天》二書中的方言，考查作者的籍貫，也認為二書的作者是一個「操吳音的吳人」[24]。吳是江蘇省的別稱，《五色石》和《八洞天》二書雖非一人所為，但《八洞天》自稱是為了補《五色石》之未備而寫的，二書關係密切，兩位作者當為蘇州同鄉。

從《八洞天》和《快士傳》二書看來，作者無疑是傳統儒家思想的維護者。《八洞天》八卷中，有關家庭倫理的故事最多，如卷一〈補南陔〉勸人行孝、卷二〈反蘆花〉寫繼母之難為、卷三〈培連理〉寫夫妻之義、卷四〈續在原〉寫兄弟之情、卷六〈明家訓〉寫父子親情，其餘各篇卷五〈正交情〉寫朋友鄰里的相處之道、卷七〈勸匪躬〉寫奴僕護主的故事、卷八〈醒敗類〉則為一段「醒貪的話文」，可以說全書

---

[24] 同註15引文，頁189。

是在教忠孝、勸友愛、戒貪愚。《快士傳》以「義」為主題，朋友之義、夫婦之義貫串全書，其中清廉愛民的地方官，為國為民，鞠躬盡瘁，死而不已的凜然正義更令人肅然起敬。總之，五色石主人在他的小說作品中宣揚了傳統倫理中的忠孝節義，書中人物洋溢著儒家思想中的高貴情操。

《八洞天》、《快士傳》二書中有和輪迴、果報有關的情節，不過並沒有宗教宣傳的主題，反而有諷刺出家人的文字，例如前一節論作者思想觀念曾提及出家人的慳吝，又如《八洞天》卷八寫惠普和尚與五空尼姑通姦，尼姑難產而死，作者嘲之曰：「本謂五空空五蘊，誰知一孕竟難空；只因惠普慈悲普，卻令尼姑沐惠風。」作者雖不排佛，例如該書同卷也有頗具修為的靜修和尚，說出：「大凡佛心不可無，佛相不可著；……自今以後，須知佛在心頭，不必著相。」這樣一段境界較高的言語，不過書中畢竟對出家人嘲諷太過，作者當不會是佛教徒。道教方面，書中也有關於神仙、劍術的故事，如《八洞天》卷七寫碧霞真人教主角劍術、法術，幫他報了父仇，撫養主角長大成人的義僕王保在做了三年官後，「即棄了官職，要去尋訪碧霞真人，入山修道。」不過也有不少對道士不敬的言詞，例如諷刺道士求雨不成，謂：「登壇的道士，急得油汗淋身。」（卷八）「一連祈了幾日，那里見個雨點兒，丁推官明知法官不濟，乃自辦誠心，步行祈禱。」後來丁推官與神約定，若三日無雨，願與神像一齊鎖於烈日之下，這才祈下雨來。顯然，作者認為道士的法術不如官員的誠心，這就表明了作者對道教法術的懷疑，也可以推斷作者不會是道教的信徒。

作者錢振之不排斥佛、道,但也不十分相信,畢竟他還是儒家思想的維護者,所以他的小說雖然不乏神怪的情節,最後終歸於忠孝節義。在話本小說中,這樣的思想本不足奇,可貴的是,錢振之對傳統思想有不少突破,關於這一點,我們將在第三、四兩章討論《八洞天》、《快士傳》二書的主題思想時,進行比較深入的分析。

第五節　《八洞天》、《五色石》之寫作年代及版本說明

最後我們還要探討一下《八洞天》和《快士傳》的寫作時間並說明其版本。

前文中已略及《八洞天》寫作年代的考證,從避諱方面來看:《八洞天》的序文有「佳胤勿產敗德之門」句,不避雍正的「胤」字,可推斷其刊行於雍正時代以前;再從《八洞天》亦不避康熙的「玄」字看,由於順治朝並不避諱,故康熙初期避諱不嚴,中期以後才轉嚴,因此,《八洞天》的刊行年代更可往前推論於康熙中期以前。

至於《快士傳》,孫楷第說:「日本享保十三年(即雍正六年,西元 1728 年)《舶載書目》著錄。」[25]《快士傳》在雍正六年已經傳到日本,其刊行當更早於此。《快士傳》也不避「玄」字(卷八「玄機」、卷九「玄天」),故亦應刊行於康熙中期以前。

由於《八洞天》有四篇提到明代年號,之前都加上了「明

---

[25]　同註 2 所引孫楷第書,頁 160。

朝」字樣（如卷三「明朝洪武年間」），不是當朝人的口氣，可以證明作於入清之後。而《快士傳》卷十六提到「天子有詔訪求山林隱逸之士」，借用了康熙十二年詔舉「山林隱逸」的時事，則《快士傳》的刊行應晚於康熙十二年。《快士傳》中曾批評才子佳人小說的氾濫，謂：「佳人才子，已成套語」（第一卷），而《八洞天》卻有寫才子佳人故事的〈培連理〉篇，故知《八洞天》應作於《快士傳》之前。

　　林辰先生曾推論《八洞天》為「大約是康熙二十年至四十年前的作品，而《快士傳》則產生於康熙末期和雍正初年。」[26] 據上述之考證，筆者認為應修正為：《快士傳》應作於康熙十二年到康熙中期之間，《八洞天》的時代稍前，應作於順、康之間。

　　在版本的部分，《八洞天》的原刊本藏在日本內閣文庫，正文每半頁九行，行二十字（參見附圖一）。此一原刊本台灣和大陸都已加以影印出版，台灣天一出版社收入《明清善本小說叢刊初編》第一輯、上海古籍出版社收入《古本小說集成》第四批。另外還有舊鈔本，存第一卷，藏在大連圖書館；以及滿文鈔本八卷，藏在北京故宮博物院。此外，吳中梅庵道人編的《四巧說》四卷四種，其中三種取自《八洞天》，而文字略有刪削（參見附圖二），中國藝術研究院戲曲研究所和日本東京大學各藏有一部，上海古籍出版社影印戲曲所藏本，收入《古本小說集成》第二批。一九八五年，書目文獻

26　同註 1 引書，頁 154。

出版社有陳翔華先生的點校本《八洞天》出版，一九九二年
陳先生又據原刊本、鈔本和《四巧說》重新點校，收入江蘇
古籍出版社《中國話本大系》。

附圖一：日本內閣文庫《八洞天》原刊本

　　《快士傳》的版本相當罕見，而且都不完整。北京圖書館和各藏有一部半葉八行，行二十字的清初寫刻本，（參見附圖三）路工先生也藏有一個殘本。陳翔華先生說：「現存《快士傳》的書品都不理想，北京圖書館藏本有拼接現象，戲曲研究所藏本則有缺損。」[27]上海古籍出版社以戲曲所藏本為基礎，再以北圖本配補，收入《古本小說集成》第二批，筆者所用的，就是這個版本。

---

[27]　陳翔華，上海古籍出版社《古本小說集成》第二批《快士傳・前言》。

附圖二：中國藝術研究院戲曲研究所藏清刊本《四巧說》

反鴈花

吳中梅庵道人編輯

詩曰當時二八到君家，只素無成慳紫蘇

幻作合前妻為後妻，巧相逢繼母是親母

今日對君無別語，莫教兒女衣蘆花

此詩乃前朝嘉定縣一個婦人臨終囑夫之作末句

衣蘆花用閔子騫故事其夫感其詞意痛切終身不

續娶這等說來難道天下繼母都是不好的不心而

論人子事繼母有事繼母的苦那做繼母的亦有説

不盡的苦

附圖三：北京圖書館藏清初寫刻本《快士傳》

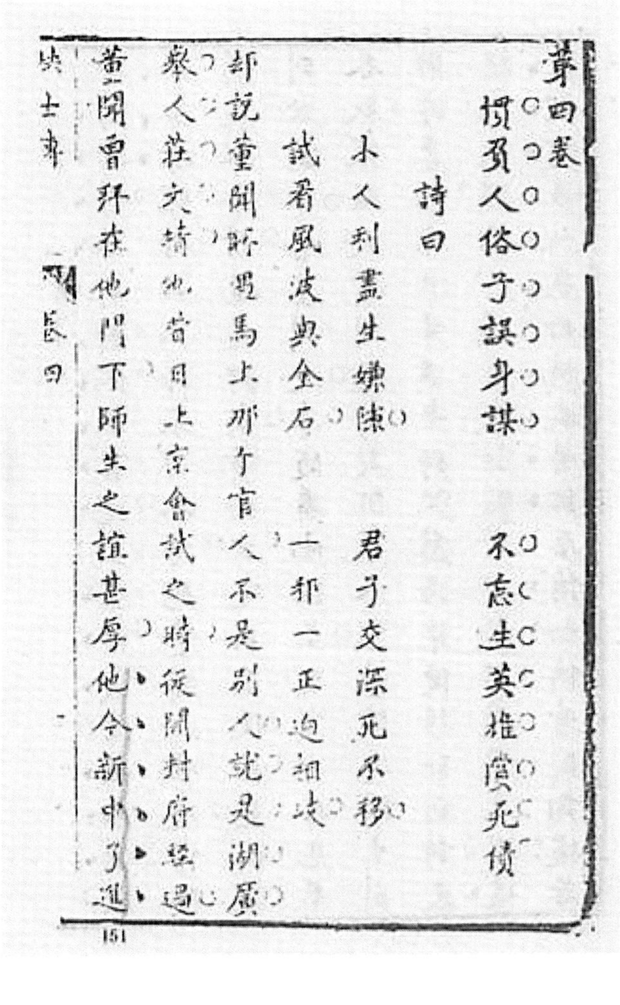

五色石
　　　主人小說研究

第三章　話本小說《八洞天》之主題思想

第一節　表現傳統倫理道德的溫柔敦厚之美

　　本書名為《八洞天》，作者自謂其作意為「補《五色石》之未備」。《五色石》是「學女媧氏之補天而作」的，筆煉閣主人認為在這世上，天道未備、人事有缺，「為善未蒙福，為惡未蒙禍」，所以要「以文代石」來加以彌補。但是五色石主人認為「缺不勝缺，則補亦不勝補」，還不如創造「別一洞天」來替代，但此別一洞天，「未始出人間世之外」，「又安知別一洞天之天，非即此人間世之天也哉！」因此編寫了八個發生在社會家庭之間，善惡有報而結局圓滿的故事，名之為「八洞天」。

　　既然要在人間世中別創一美滿的洞天，既然要使故事的結局報應不爽，自然要先肯定傳統的倫理道德，並以這些倫理道德作為待人處世的最高指導原則，合乎的便是善，違反了便是惡，「善有善報，惡有惡報」，方能讓惡人得到警惕，使善人得到安慰。五色石主人首先採取正面肯定的手法，運用細心的描寫，以及曲折的情節安排，表現了傳統倫理道德的溫柔敦厚之美。

　　中國的傳統倫理道德不外乎忠孝節義，《八洞天》由於作於入清之後不久，因之忠君愛國的思想淡薄，全書主要的著

力點，在於深刻描寫家庭生活中的人倫親情，《論語·學而》篇有子所強調的「孝、弟」二事，尤為三致其意焉！

其中，又以寫孝順的篇目最多，在《八洞天》八卷之中，孝親之事在其中的三卷中佔了極大的分量，其他各卷也多有觸及。

卷一和卷二分別歌頌了兩位天性純孝的人物：魯惠和勝哥。

魯惠的孝行不是表現在一般的恭誠能養、曲意承歡上面，而是在置身於善妒的親生母親和父親新娶進門的二娘的艱難處境之中，卻能既不違母意，又能使二娘得到適當的安排。他的孝行，是從真誠的愛和溫柔的體貼人情出發的，每當母親為難二娘時，他便多方解勸，父親的死訊傳來，母親認定是被二娘剋殺要逼她改嫁，魯惠說：「母親說那裡話，他現今懷孕在身，豈有轉嫁之理？」母親說：「就生出男女來，也是剋爺種，我決不留的！」魯惠又說：「母親休如此，這亦是父親的骨血。」他的聰明處，在於決不以二娘本人的優點為挽留的理由，因為這只會更加觸怒母親而已，他是以「懷孕」、「父親的骨血」為說辭，這就讓母親不得不屈從，只能「恨恨不止」罷了。

魯惠天性的純厚，還表現在他對於幼弟的慈愛上。在明清話本小說中，寫骨肉相殘的很多，因為明末清初社會，功利主義盛行，《生綃剪》第四回有這麼一句話：「但只孔方兄，何必同胞弟。」[1] 此回小說中，致仕官員甘和五十五歲生下一

---

[1]　《生綃剪》（上海古籍出版社《古本小說集成》第一批）頁 205。

名幼子，其時長子已三十五歲，為怕分去財產，便不肯認這個同父同母所生的同胞幼弟；相反的，魯惠的二娘生下一個眉清目秀的兒子，「魯惠見了，苦中一樂」，想要遠赴異地扶父親靈柩回家，又「恐自己出門後，楚娘母子不保，有負亡父之托」，十分為難。比較這兩篇小說的情節，更可以看出魯惠情操的高貴，而他照顧幼弟的慈愛，是為了不負父親的托負，他的友弟正是盡孝，他對孝道的體會是深刻而可敬的。

再說勝哥。勝哥出場時還是一個七歲的小孩子，母親在亂軍之中為了不拖累丈夫和兒子，投井自盡，勝哥悲痛萬分，幾欲與母親同歸於盡，後來勉強苟活，不料父親為情勢所迫不得不另娶繼室甘氏，勝哥只因思念母親，不免在言行舉止上衝撞了繼母，致使兩人心生芥蒂，母子再難親近。作者描寫繼母，絕不利用傳統小說中的刻板形象，筆者在博士論文《清初前期話本小說之研究》第七章中，曾經加以仔細分析探討，本篇小說最重要的成就，是對於繼母與前妻之子之間的情感變化，有相當曲折的刻劃，所刻劃的情感，又合於一般人情，所以最能感動讀者，因而達到了人情小說極高的成就。在筆者論文的相關章節中，大抵是以繼母的觀點去析論的，主要在探討作者對繼母的同情，說明其實繼母教養子女也是相當艱難的。在此，筆者換一個視角，說明勝哥並非有意竣拒繼母的親近，而他後來的表現，更證明他具有仁孝的天性。

勝哥之所以失歡於繼母，不是因為刁頑不懂事，而是客觀的情勢造成的。當初母親剛死，父親就答應甘家的親事，勝哥已經十分難過，後見母親屍骨未寒，父親卻在衙中結彩

懸花，迎娶新夫人，愈加悲啼，當夜便未去拜望繼母，到了
第三天才「含淚拜了兩拜，到第三拜，竟忍不住哭聲。拜畢，
奔到靈座前放聲大哭。」想想七歲孩童，對於母親是何等的
依戀，如今親娘慘死，父親另結新歡，自己孤悽無依，在母
親靈前悲傷哭泣也是人情之常，然而這對新娘來說卻十分難
堪，畢竟這是有損面子的事。其實甘氏也不過十六七歲，說
起來也還是個大孩子，自從有了這個心結，「勝哥的饑寒飽
暖，甘氏也不耐煩去問他，……勝哥亦只推有病，晨昏定省，
也甚稀疏。」娘兒倆的感情已難融洽。不久，派去替母親辛
氏收屍的人回來，稱說找不到屍骨，勝哥在靈前哭道：「命好
的直恁好，命苦的直恁苦！我娘不但眼前榮華不能受用，只
一口棺木，一所荒墳也消受不起！」這也是無心之言，而且
事實的確如此，但卻更是惹惱了甘氏，她暗想：「他說命好的
直恁好，明明妒忌著我。你娘自死了，須不是我連累的，沒
了骸骨，又不是我不要你去尋，如何卻怪起我來？」想來想
去，不滿的念頭橫在胸中，就「愈加不樂」了。

　　五年後，甘氏的母親不幸病故，甘氏因哀傷過度而重病
在床。母喪後，甘氏忽然體會到勝哥當年的心情，想道：「吾
向怪勝哥哭母，誰想今日輪到自身。吾母親抱病而亡，有尸
有棺，開喪受弔，我尚痛心，何況他母死于非命，尸棺都沒
有，如何教他不要哀痛？」這一段文字是很能代表《八洞天》
一書之風格的，《八洞天》書中有許多自我反省的情節，有許
多體諒他人的想法，這也就是本書為何能夠表現傳統倫理的
溫柔敦厚之美的原因了。甘氏此時已有一兒一女，臨終之前
她含淚對勝哥說：「我向來所見不明，錯怪了你。我今命在旦

夕，汝父正在壯年，我死之後，他少不得又要續娶。我這幼
子幼女，全賴你這做長兄的看顧。你只念當初在我家避難時
的恩情，切莫記我後來的不是罷！」她想到自己當後母時不
能疼愛前妻之子，將來丈夫續娶，自己的子女不免也要遭後
母的輕賤，所以臨終托孤，不是交待丈夫，而是請求前妻之
子，因為丈夫的表現有前例可循，他既然任由自己薄待前妻
的兒子，又怎能指望自己死後他有辦法讓後妻善待自己的孩
子？這種心情，唯有勝哥能夠體會，所以她才會向勝哥殷殷
囑託。勝哥本來就並不討厭繼母，當初逃難生病時也曾受到
甘氏的照料，現在當然滿口應承，謂：「這幼弟幼妹，與孩兒
一父所生，何分爾我？縱沒有當初避難的一段恩情，孩兒在
父親面上推愛，豈有二心！」「縱沒有」云云，就是「何況有」
的意思，換句話說，照顧弟、妹是他本分應為的責任，何況
繼母曾經對他有恩，所以更是義不容辭。

　　這些話，並非說說而已，在小說中是有深刻表現的。後
來父親果然又被迫再娶前妻的妹妹，迎娶當天情景之描寫相
當感人，他們在兩位夫人靈前：

> 勝哥引著那幼妹幼弟同拜，長孫陳見了，不覺大哭，
> 勝哥也哭了一場。那兩個小的，不知痛苦，只顧呆著
> 看。長孫陳愈覺慘傷，對勝哥道：「將來的繼母，即汝
> 母姨，待汝自然不薄，只怕苦了兩個小的！」勝哥哭
> 道：「甘繼母臨終之言，何等慘切。這幼弟幼妹，孩兒
> 自然用心調護。只是爹爹也須立主張！」長孫陳點頭
> 滴淚。

　　短短的幾筆描述，長孫陳軟弱的性格、勝哥寬仁成熟的形象，躍然紙上。此時勝哥已做好最壞的打算，只希望父親拿出一點魄力，立一點主張。誰知事有意外，這回父親所娶竟是自己的親娘。原來母親辛氏未死，跳井當天就為外公所救，辛公父女有意試試女婿的真心，所以故弄玄虛，新婚之夜才道出真情。勝哥喜出望外之餘，沒有忘記向母親請求照顧甘氏所生的兩名幼小，辛氏沒有讓他失望，道：「我不願後母虐我之子，我又何忍虐前母之兒！」讀到這裡，真令人萬分感動，當大量小說在誇張繼母與前妻之子如何嚴重衝突的同時[2]，五色石主人卻用他最溫柔的筆觸，為人性光明的一面保留了一個舞台，原來人與人之間是可以這樣互相體諒來演出的，有了缺陷的人倫親情也可以如此的溫馨美好！

　　卷六〈明家訓〉篇是以逆子和孝子的對比，說明孝行的重要。篇中的逆子晏敖，為了科名，自己的父親也不認，竟認外祖父為父親，匿喪進學，等到有了科名和富貴，又把認養他的外祖父一腳踢開，他這樣違逆倫常，上天「自然生個不長進之子來報他」，生下的兒子也是逆子，終致家破人亡；仁德之人則自有孝義的兒子，篇中有一段刻意描寫孝行的情節：孝子晏述中舉之後，父親偶染一病，晏述放心不下，意欲不去會試，後迫於父命，才勉強成行，不料出門之後，父病情加劇，其妻連忙寫信給晏述，謂：「功名事小，奉親事大」，

2　小說《五更風》〈鶼鰈媒〉篇是最好的代表，此篇小說寫繼母凌虐前妻之子已經到變態的程度，詳細的分析可參見拙著《清初前期話本小說之研究》（台北，學生書局，1998 年）頁 471-472。

遣人兼程趕去喚他回家。一個是為了科名，棄父母之喪不顧，一個是掛念父親病情，連功名也不要，孝逆之判，不啻天壤。難得的是，晏述之妻也如此明理，當真是一門仁孝。如此仁孝的家庭，上天自然不會薄待他們，天教那送信之人，在途中偶染一病，等信送到晏述之手，會試已經結束了，晏述不等揭曉，星夜趕回家中，及到家時，門前已高貼喜單報過進士，而父親病體也霍然而癒了！

　　再說「悌」的部分。孝順和友愛本來是一體的兩面，推孝順父母之心，自然會去友愛兄弟姊妹，所以前文所論卷一、卷二中的孝子，沒有不是充滿友于之情的，魯惠在父妾所生的幼弟未出生之前已為其安危掛心，勝哥在繼母過逝後，肩負起照顧異母弟、妹的責任，都是由衷而發，出於至誠。

　　以論兄弟友情為全篇主題的，是卷四〈續在原〉篇。所謂「在原」是用《詩經‧小雅》〈常棣〉篇的典故，高亨先生說：「這是一首申述兄弟應該互相友愛的詩。」[3]原句是：「脊令（即鶺鴒）在原，兄弟急難。」急難的意思是急人之難，此二句意謂：「鶺鴒在原野成群而飛，好比兄弟成群共處，一旦兄弟有了災難，就會急於相救。」但是兄弟之間的此種情誼，已經漸漸失去了，五色石主人深覺歎惋，所以寫〈續在原〉，希望此種情誼能夠繼續延續於天壤之間。因之，本篇小說一開頭，就對兄弟之誼有深入的析論，他說：

---

[3]　高亨《詩經今註》（台北，里仁書局，1981 年）頁 221。

> 人倫有五，而兄弟相處之日最長。君臣遇合，朋友會
> 聚，其遲速難定。父生子，妻配夫，其早者亦必至二
> 十歲左右。唯兄弟則或一二年，或三四年，相繼而生，
> 自髫稚以至白首，其相與周旋，多至七八十年之久。
> 若使恩意浹洽，猜忌不生，其樂寧有涯哉！

　　的確，人倫之中兄弟（姊妹）的情誼是唯一真正可能持續七八十年的，從小一同成長，長大後相互幫助，老年時互相扶持，這種感情真應珍惜。然而世人往往為了利害關係，造成兄弟不和，甚至反目成仇，所謂：「世無兄弟，財是兄弟‧‧哥哥送，弟弟迎，無非是銅錢在那裏作揖！」（本卷插詞）道盡了世態炎涼，人情勢利。五色石主人因而塑造了岑觀保這個人物，他本著純良的天性，將上一代的恩恩怨怨，消弭得泯然無跡。

　　岑觀保出生的經過相當離奇。他的父親岑玉不成材，成天在賭場中廝混，又和賭場主人的女兒順姐通姦。順姐懷孕，岑玉給她墮胎藥吃，不料藥性過猛送了順姐一命。順姐死後產子，成為鬼胎，這鬼胎就是觀保了。當時觀保的叔婆，也就是他父親岑玉的嬸嬸正好產下一個死胎，岑玉的叔叔岑金先前夢見有人對他說野墳上的嬰兒才是他的孩子，在妻子產下死胎之後，岑金就真的到野墳那裏把那個鬼胎，也就是岑觀保領回來養，並且冒認為自己的孩子，當然，他並不知道這孩子其實是自己的親姪孫。

　　岑觀保的祖父，也就是岑玉的父親岑鱗，是岑金的親哥哥。岑金的父親早死，是由伯父岑鱗一手帶大的，岑鱗並且

把生意的手段傾囊相授，使他成為商場上的高手。但岑金並未知恩圖報，他另立門戶搶走了伯父的生意，將伯父氣死後，也不顧堂弟岑玉的死活，任他吃酒賭錢，胡作非為。岑玉在和順姐通姦使順姐死於非命之後，又看上收生婦人陰娘娘，設計姦騙了她，自己卻因狂蕩過度又感了風寒而一命嗚呼。岑玉死了，家中一無所有，母親魚氏只好投靠姪兒岑金，此時岑金推卻不得，只好收留伯母在家供膳。

光陰荏苒，觀保十五歲了，千伶百俐，作生意的手段，比岑金還要精通。心地又善良，對伯祖母魚氏極為孝順。岑金為他訂了親，婚後，其妻采娘也對魚氏很好。十九歲那一年，妻采娘有孕待產，請來了收生婆小陰娘娘，這位小陰娘娘就是被岑玉姦騙的陰娘娘的媳婦，而岑觀保當時就是那位陰娘娘收生的。陰娘娘已死，小陰娘娘替了她的位置，道出了當時陰娘娘收鬼胎的經過。經查問後，觀保才知道自己原來是岑玉的兒子，而平常孝順的伯祖母魚氏，是自己的親祖母。在得知真相後，觀保一點也沒有身世之悲、父仇之恨。相反的，雖然堂伯父岑金曾經氣死他的祖父，不顧他的父親，他一點也不記恨，岑金已死，他感念伯母的養育之恩，仍把她當母親一般看待；觀保也不以自己的親生母親順姐是賭場主人的女兒，自己又是父母通姦所生的鬼胎為羞，順姐的父親已經亡故，母親許氏晚景悽涼，觀保前去拜認為外祖母，把她迎養於家。他把父母合葬了，把自己的次子過繼為岑金之後，讓堂伯父一脈沒有絕嗣之憂。

這篇小說三代糾纏，情節頗為複雜。觀保的堂伯父，也是他的養父，一不能報答親伯父的教養之恩，二不能照顧失

怙的堂弟，是一個不孝、不慈、不悌，只講利益、不講道義，極為現實勢利的人物。天教他領養了堂弟的兒子，彌補他對堂弟的不關照、不友愛；為他孝順伯母，回報當時伯父母教養他的恩情。五色石主人用溫厚的筆觸，並不去譴責負面人物的不孝、不慈、不悌，也不去強調他沒有兒子的報應，反而讓他道德得補、人倫復完，而讀者也在正面人物孝慈友惠的言行舉止之中，感受到倫理之美好、親情之可貴。

　　書中表現傳統倫理道德之美的片段情節尚多，不及一一舉出。最令人覺得可貴的是，五色石主人提倡倫理親情，絕無本位主義的缺失，他不但強調自己親人之可愛，也認為不能因愛自己親人，便不去愛別人。最好的例子是卷一〈補南陔〉篇，篇中魯惠的幼弟魯意小時候失蹤，由團練使昌期撫養多年，後來被認出是魯翔的兒子、魯惠的弟弟，兩家雖然都愛這個孩子，卻並不互相爭執，魯翔說：「久蒙撫育，不忍遽去。今暫領歸拜母，仍當趨侍左右。」昌期說：「令郎久離膝下，今日正當珠還合浦，豈可使復使鄭六生兒盛九當乎！」說完，魯翔也笑了起來。這一笑真有著無限的溫情在，真正的愛是愛其所愛而不奪人之愛，五色石主人對此似有極深刻的體會，所以書中人物能夠將父慈子孝和兄友弟恭的美德擴充到別人的家庭。如此，可以說是將傳統的倫理道德之美發揮到極致了。

第二節　歌頌婦女才情的高明和節操的堅貞

在中國歷史上，婦女的地位向來是十分低下的。可悲的是，許多古代婦女卻甘之如飴，如東漢班昭撰〈女誡〉，第一章便是〈卑弱〉，內容謂：「古者生女三日，臥之床下，……。臥之床下，明其卑弱，主下人也。」[4]其實男女性別雖異，但聰明才智各有所長，豈能以男女分高下？人世間有這種不平，五色石主人怎肯坐視？

婦女地位既然低下，古代社會中，「女子無才便是德」自然就成為一個牢不可破的觀念。這句話雖然出現得很晚，據劉詠聰女士的考查，這是明人陳繼儒引錄當時一位長輩的話[5]，後來不斷被引用，清初以來，無論士大夫或是市井小民都已經耳熟能詳了。這句話之所以有名，是因為它具有代表性，也可以說是中國歷來所有壓制女性才情之說的一個總結論。不過有趣的是，在這句話被創造並且流傳的同時，卻也出現了一些反對的聲音，這些聲音雖然微弱，但也引起了一些回響。

首先是在當時被視為異端的李贄（1527－1602），他在〈答以女人學道為見短書〉中，強調不能用男人和女人來分別識見的高下，他說：

---

[4]　《後漢書》（武英殿版，台北，新陸書局，1971 年）卷一百十四，列傳卷七十四〈列女傳〉，頁 1004。

[5]　原句是：「男子有德便是才，女子無才便是德。」見劉詠聰〈中國傳統才德觀及清代前期女性才德論〉，載《德‧才‧色‧權》（台北，麥田出版社，1998 年），頁 201。

......不可止以婦人之見為見短也。故謂人有男女則
可，謂見有男女豈可乎？謂見有長短則可，謂男子之
見盡長，女人之見盡短，又豈可乎？[6]

上面這段話常為學者所引述，但這只是以識見的高低來
論男女而已，李贄更以薛濤為例，說明女子的才華可以令人
傾慕：

夫薛濤蜀產也，元微之聞之，故求出使西川，與之相
見。濤因走筆作〈四友贊〉以答其意，微之果大服。
夫微之，貞元傑匠也，豈易服人者哉！吁！一文才如
濤者，猶能使人傾千里慕之……[7]

李贄之後，比較開明的晚明文人像湯顯祖（1550－
1616）、胡應麟（1551－1602）、馮夢龍（1574－1645）等，
明清之交以及清代前期的錢謙益（1582－1664）、吳偉業（1609
－1671）、李漁（1611－1680）、毛奇齡（1623－1716）、陳維
崧（1625－1682）、王士禎（1634－1711）、洪昇（1645－1704）、
孔尚任（1648－1718）、袁枚（1716－1798）等等，都曾熱烈
歌頌女性的才華或鼓勵女性從事文學創作，他們對於「婦女
無才便是德」的說法顯然是不以為然的。

湯顯祖創造了「才貌端妍」的杜麗娘這個角色，在《牡

---

[6]　李贄〈答以女人學道為見短書〉，載《焚書》（台北，漢京文化公司，
1984 年）頁 59。

[7]　同前註，頁 60。

丹亭》一劇中，南安太守杜寶單生此女，為她延師授讀，謂：
「看來古今賢淑，多曉詩書。」[8]很顯然的，湯顯祖並沒有無
才是德的觀念；胡應麟曾感嘆說：「漢以下婦女能文甚眾，而
有集行世，……惜皆不傳。」[9]對女子才情加以肯定，對於她
們的作品得不到流傳，充滿惋惜；馮夢龍在《三言》中，歌
頌了一些才女，例如〈蘇小妹三難新郎〉（《醒世恒言》卷十
一）這一篇，歐陽代發先生說：「蘇小妹與其說是佳人，不如
說是才女更恰當。作品對其貌頗有微詞，而對其才則竭力突
出，壓倒鬚眉。」[10]錢謙益的《列朝詩集》選錄了上百位女詩
人的作品，在《列朝詩集小傳》中，對這些女詩人頗多嘉美
之詞，如稱顧氏妹「甚有才情」、稱孟氏淑卿「有才辯，工詩
詞」，稱林玉衡七歲時所寫的絕句，「長老傳誦，皆為驚歎」[11]，
這樣公然讚賞的言詞，出於一代文宗之筆下，對於婦女才情
的發揮，當然會有很大的鼓舞作用。其餘像吳偉業、李漁、
毛奇齡、陳維崧、王士禎等人對婦女文學的提倡，詳見梁乙
真《清代婦女文學史》[12]、劉士聖《中國古代婦女史》、鐘慧

8　湯顯祖《牡丹亭》（台北，漢京文化公司，1984 年）第三齣〈訓女〉，
　　頁 7。

9　參見劉士聖《中國古代婦女史》（青島，青島出版社，1991 年），
　　頁 384。

10　歐陽代發《話本小說史》（武漢，武漢出版社，1994 年），頁 231。

11　錢謙益《列朝詩集小傳》（台北，世界書局，1985 年）頁 744、740、
　　734。

12　梁乙真《清代婦女文學史》（台北，台灣中華書局，1979 年）頁
　　51—132。

玲《清代女詩人研究》[13]等專門著作,以及劉詠聰〈清代前期關於女性應否有「才」之討論〉一文[14]。

清初的兩大劇作家洪昇和孔尚任都是能夠肯定婦女才華的,孔尚任在《桃花扇》中塑造了不朽的李香君形象,作者「以藝術手段表達了『男子不如也』的命題」[15],洪昇的《四嬋娟》則充滿了「對婦女才華的褒揚與肯定」,例如在〈詠雪〉一折中,「為了突顯女主角文思之敏捷,作者乃極力描繪璉兒之搜盡枯腸及窘態畢現,以及襯其才調之美及文思之敏。」[16]劇作家如此,小說家亦然,「和過往比較,在清代前期大量的小說作品中,『才』在女性身上的地位有了明顯的提高。」[17]《平山冷燕》十四回有這麼一段話:

> 女子眉目秀媚,固云美矣!若無才情發其精神,便不過是花耳、柳耳、鶯耳、燕耳、珠耳、玉耳,縱為人寵愛,不過一時。至於花謝、柳枯、鶯衰、燕老、珠黃、玉碎,當斯時也,則其美安在哉![18]

---

[13] 鐘慧玲《清代女詩人研究》(政治大學博士論文,1981 年)頁 42—70。

[14] 載同註 5 引書,頁 253—309。

[15] 同前註引書,頁 386。

[16] 徐照華〈由《四嬋娟》論洪昇的婦女觀與婚姻觀〉,載鍾慧玲主編《女性主義與中國文學》(台北,里仁書局,1997 年)頁 366。

[17] 同註 5 引書,頁 210。

[18] 天花藏主人《平山冷燕》(上海,上海古籍出版社《古本小說集成》第二批)頁 434。

這段話表明作者對女子的欣賞，不再局限於外表的美好，也不強調婦德的高低，而特別提出才情的重要。這種把婦女才情放在重要地位的情形，在才子佳人小說之中十分普遍[19]，而在話本小說中也時而出現，《八洞天》就是其中相當具有代表性的一部。

《八洞天》總共八卷，所出現的才女卻有三四位之多。如卷一團練昌期之女月仙，「才色絕倫，性度端雅」，「自負有才，眼界最高」，昌期很欣賞孝子魯惠，想要把月仙許配給他，魯惠因為尚未能扶父靈回鄉，本來不肯答應婚事，狄安撫大力促成，魯惠「一來感昌期厚恩，二來蒙狄公盛意，三來也敬服小姐之才，只得應允。」前兩項理由也就罷了，第三項魯惠並不想到小姐的「德」或「貌」，而是憑一個「才」字許婚的，可見作者對女子才情之重視。卷二的男主角長孫陳先後娶了兩位夫人，原配辛氏「小字端娘，丰姿秀麗，女工之外，更通詩賦」，繼配甘氏也是「甚有姿色，亦頗知書」，雖然沒有將她們形容為才女，但都強調她們能通詩書，而在小說中她們都相當賢淑，尤其辛氏，她在動亂中自盡而獲救，丈夫不知，別娶甘氏，甘氏死後，辛氏和丈夫重逢，非但不妒、不恨，反而允諾照顧甘氏留下的兩名幼兒，顯然，作者並不認同「婦女無才便是德」這句話的。

---

[19] 胡萬川先生在論才子佳人小說時說：「佳人們同時還須是『才子』，如果單單有美而無才，則算不上是佳人。」見〈談才子佳人小說〉，載《話本與才子佳人小說之研究》（台北，大安出版社，1994年）頁210。

　　以上兩卷，只表示作者對婦女才華並不看輕，卷一對月仙略有頌揚，但還沒有具體的描寫。卷三中的七襄，才是作者全力歌頌的對象之一。小說安排七襄出場，頗有神龍見首不見尾的神秘和巧妙，主角莫豪才華洋溢，難覓知音，無賴秀才黎竹與他意氣不合，偏偏喜歡來兜搭，常拿些奇怪的文字來向莫豪請教，莫豪起先只是應付了事，愈來愈發現黎竹拿來的文字皆非泛泛之作，追問之下，黎竹說是表弟所為，莫豪十分欽服，要黎竹引見，黎竹不肯，莫豪親自去拜訪，才知道原來不是表弟，而是表妹，就是那「姿容彷彿天仙，聰明勝過男子」的七襄了，莫豪大為驚喜，心想：「天下有恁般聰明女郎，我向認他是男子，欲與之為友，今既知是女子，決當與之為配。」當真是愛才若渴，完全不問對方的姿色如何了。

　　這還只是文字上的才華，在待人處世方面，七襄更有過人的識見。成婚後，七襄先勸莫豪少作那些耍聰明、逞口舌的文字遊戲，這些文字既傷人自尊又不利己身，所謂：「文人筆端、辯士舌端，比武兵端，更加利害。」七襄並作詩兩首來曉喻莫豪，莫豪「深服其言」，從此謝絕一切玩笑罵人的文字，只寫一些壽章誄詞，贊頌人的文章，以與人為善，又代地方官草疏，請免災民糧稅，或求皇帝放寬刑獄，大有功於黎民百姓。後來，莫豪當上大官，七襄獲受封誥，極為榮耀，她卻勸莫豪「急流勇退，不宜久戀官爵」，而「莫豪服其言，即上本告病，退歸林下，悠游自得。」作者兩次強調主角莫豪「深服」妻子之進言，最後也證明七襄的勸諫是明智可取的，全文對女性的才華智慧可說是推崇備至。

另外一篇著意歌頌婦女才情的，是卷六〈明家訓〉篇。

在這篇小說中，刻劃了兩位才華洋溢的女郎，其一是男主角晏述的妻子瑞娘，另一位是因自傷遇人不淑抑鬱而終的瓊姬。兩位才女的身世都很令人同情，從小父母雙亡，瑞娘養於舅父家，瓊姬則由伯父母撫養，但瑞娘比較幸運，有一位好舅舅，為她物色了人品既佳，文采又好的才子，瓊姬較為可憐，她的伯父誤信傳聞，把她許配給賭徒奇郎，使她自怨自憐，還未過門就一病嗚呼了。

作者費了相當的篇幅來表現瑞娘和瓊姬的文才，在文字的說明上，先說瑞娘「才貌雙美」，再藉媒婆之口對著瑞娘的舅舅讚美瓊姬說：「美貌不消說起，只論他的文才，也與你家小姐一般。」接著，便安排這兩位才女比論詩文的情節，二人因而惺惺相惜，使得「兩個女郎雖未識面，卻互相敬愛，勝過親姊妹一般」。

瓊姬臨終前，「把自己平日所作詩文，盡都燒毀，不留一字。」清代婦女從事詩文創作的情形甚為普遍，陳東原先生說：「清代學術之盛，為前此所未有，婦女也得沾餘澤，文學之盛，為前此所未有。……嘉慶初許夔臣選輯《香咳集》，錄各家婦女詩，……計凡三百七十五家……。」[20]但同時「女作家焚稿，以免貽人話柄，也是常有的事。」[21]這些女作家將作

---

[20] 陳東原《中國婦女文學史》（台北，台灣商務印書館，1990 年）頁257。

[21] 同註 5 引書，頁 273。

品焚毀的理由，不外乎認為創作詩文「非婦德所尚」[22]、「是婦人餘事，向者以憂思聊自遣耳，不足存」[23]，是明明喜歡寫作詩文，卻被傳統的道德觀念所束縛，不敢將詩文留存或傳世。瓊姬的情形不同，她並非不喜或不敢表現她的才華，從她和瑞娘的詩文來往可知，只是如小說中插詞所說的，她是「父亡母喪愁難訴，地久天長恨不窮」，也如瑞娘所感傷的：「偏是有才的女郎恁般命薄」，因而自恨才高命蹇，憤而焚稿罷了！可以說是一種抗議、一種控訴，也可以說是作者對婦女才華的肯定和憐惜。

相對於瓊姬，瑞娘是如此的幸運！（上一章已經說過，瓊姬者，「窮姬」也，和瑞娘的「瑞」字相對，是作者有心的安排）她的才華和瓊姬相當，而作者給了她更多的篇幅來表現，除了和瓊姬的詩文往還之外，在瓊姬死後，她寫了一個散套來悼念，這當然是作者在露才揚己，但把整個套數錄出而掛在女主角的名下，可以說是對婦女才情的十足肯定了。何況，在她和晏述成親之後，夫唱婦隨，時常也有文字上的娛樂，例如猜字謎之類，而瑞娘是勝過丈夫的，晏述對妻子心服口服，「所作之文，常來把與瑞娘評閱」，而所評「俱切中窾要」，使「晏述愈加歎服，把妻子當做師友一般相待」。這樣的情節安排，對於婦女才情真可以說是推崇備至了！

---

[22] 馮浩《孟亭居士詩文稿》〈文稿〉卷三〈夏節母孔孺人傳〉，轉引自同註4引書頁272。

[23] 陳兆崙《紫竹山房詩文集》卷十四，〈劉母厲孺人傳〉，轉引自同註5引書頁274。

　　然而，五色石主人在頌揚婦女才情的同時，也還是強調傳統的貞操觀念。研究中國婦女生活的學者陳東原先生曾說：「貞節觀念經明代一度轟烈的提倡，變得非常狹義，差不多成了宗教。非但夫死守節，認為當然，未嫁夫死，也要盡節；偶為男子調戲，也要尋死；婦女的生命，變得毫不值錢。」[24]劉士聖先生更說：「明清兩代貞操觀念已形成殘殺婦女的反人道的暴虐的宗教信條，達到了登峰造極的地步。」[25]

　　在這「貞節觀念……差不多成了宗教」的時代氛圍中，五色石主人雖然能欣賞婦女的才華，卻也未能突破傳統的貞節觀，《八洞天》一書也有關於婦女守節的描寫。例如卷一寫誤傳魯翔的死訊，魯翔的元配逼他的小妾改嫁，小妾義正辭嚴的說：「今日正當陪侍夫人一同守節，就使妾有二心，夫人還該正言切責，如何反來相逼？」魯翔的長子魯惠也勸母親說：「二娘有志守節，是替我家爭氣的事。母親正該留他陪侍，何必強他！」後來由於母親堅持，魯惠便和二娘商量說：「二娘，你既不肯改節，母親又不要與你同居。依我愚見，不如去出了家罷！」魯惠的這種安排，我們現在看來似乎有些不盡人情，但在當時卻被視為孝行，因為他幫助二娘守節，「替我家爭氣」。既然認為妾都應該守節，那麼作者對寡婦再嫁的不以為然就可想而知了。

　　不過令人激賞的是，五色石主人打破了只要求婦女守節的片面觀念，在他看來，婦人固然不該失節，男性也應該有

---

[24] 同註 20 引書，頁 241。

[25] 同註 9 引書，頁 380。

同樣的想法。卷三是最好的佳例，篇中男主角莫豪失明後主動要求退婚，謂：「莫要誤了人家女兒。」但女主角七襄決不改變，對母親說：「共姜之節，死且不移，何況殘疾！既已受聘，豈容變更？若母親從其退婚之說，孩兒情願終身不嫁！」這種例子史上絕不罕見，袁枚的妹妹袁素文明明知道所訂親的對象是無賴子，仍然執意要嫁，袁枚感歎的說：「使汝不讀詩書，或未必堅貞若是！」[26] 可能是同樣的原因（飽讀詩書）使七襄說出：「既已受聘，豈容變更？」的話，以及成婚後，莫豪在外地當幕賓，有惡人妄傳死訊，七襄前去求證時，莫豪上司的夫人要試其真心，故意證實死訊，並勸其改適，七襄答以「矢志守節，有死無二」、「婦之從夫，如臣之事主」。這些想法觀念不過延續舊的傳統，還不算奇，奇在莫豪復明之後，上司要為他作伐，莫豪雖然眼見兩位「姿容絕世」的佳人（其實就是他的妻妾，因失明之故，從未見過她們的真面目），卻未嘗心動，而回絕他的上司說：「糟糠不下堂，雖則如雲，匪我思存也！」

　　這樣的情節安排，充分表現出五色石主人的思想雖然有其局限性，但也有他開明、進步的一面。《八洞天》一書對婦女節操的描寫，雖有其不合情理之處，但大致還在不會太過違反人性的範疇，如果和明末小說《型世言》比較起來實在高明太多了，例如《型世言》第四回寫烈婦殉夫，母親親耳聽見女兒上吊，「咽喉間氣不達，擁起來，吼吼作聲」，卻「推

26　袁枚〈祭妹文〉，《小倉山房文集》（台北中華書局四部備要，1980年）卷十四葉5。

作不聽不得，把被來狠狠的嚼」，歐陽代發先生曾評論這段文字說：「如此『割愛成女』，真冷酷得讓人毛骨悚然，而作者卻還贊其為『賢嫗』，也實在令人難解。」[27]《八洞天》雖然歌頌婦女為夫守節，但還沒有類似這種上吊殉夫的描寫，相信作者也不會同意這樣的作為，因此書中的節婦最多不過是「誓不再嫁」或「出家」而已，而且事實上她們並沒有真的成為寡婦，她們的丈夫都未嘗亡故，只是誤傳死訊罷了。

　　五色石主人肯定、歌頌婦女才情，也贊美了傳統的貞節觀念，但並不僅是片面的要求，同時也有男性能夠執著情感的描寫。雖然還不能說他在思想上有石破天驚的突破，但八篇小說所表現出來的家庭、婚姻生活，對當時的女性來說已經算是不可多得的了，可以說五色石主人的確是創造了當時婦女生活的別一洞天了。

第三節　贊同青年男女婚姻自主的進步觀念

　　《詩經‧齊風‧南山》：「取妻如之何？必告父母。……取妻如之何？匪媒不得。」《孟子‧滕文公下》：「不待父母之命，媒妁之言，鑽穴隙相窺，逾墻相從，則父母國人皆賤之。」可見在古代，「父母之命、媒妁之言」是結婚的兩大要件，而這種由上而下，權威式的主宰子女婚姻的觀念，左右了幾千年來無數青年男女的終身大事。

　　明末清初，主張男女青年自由擇配的思想開始流行，明

---

[27]　歐陽代發《話本小說史》（武漢，武漢出版社，1994 年），頁 309—310。

末小說〈同窗友認假作真　女秀才移花接木〉篇中女扮男妝
的聞小姐，對兩位同窗都很有好感，無法決定要選擇誰，便
以射箭為憑，射出時，「心裡暗卜一卦，看他兩人那個先拾得
者，即為夫妻。」無獨有偶的，小說的另一位女主角景小姐，
從小父母雙亡，寄住在外婆家，外公十分開明，對她說道：「憑
你自家看得中意的，實對我說，我就主婚。」[28]這種打破傳統
的做法，是值得後人喝采的。

在清初章回體才子佳人小說中，也有許多表現對傳統婚
姻制度不滿的，例如《玉嬌梨》第十四回說：「不知絕色佳人，
或制於父母，或誤於媒妁（妁），不能一當風流才婿而飲恨深
閨者不少。」《平山冷燕》第十五回，女主角山黛也感嘆因自
己生長在「相府深閨」，「不幸門第高了，寒門書生，任是高
才，怎敢來求？」深為自己不能自主擇婿而怨恨。

在話本小說中，《五更風》〈雌雄環〉篇的男主角花水文
道：「夫婦百年大計，豈可草草，世人多被父母媒妁拘卻，三
瑞六禮，扭成圈套，誤盡生平。我花水文卻不輕易成就，世
上若無佳人，情願終身不娶。」《二刻醒世恒言》下函第十回，
李翱之女，「自恃才高，不肯嫁凡夫俗子，須要親自選中文才，
然後肯嫁。」《人中畫》〈風流配〉中的司馬玄，父母要為他
議親，他不肯答應，謂：「古稱燕趙佳人，且等會試過，細訪
一遍有無，再議不遲。」《五色石》卷六〈選琴瑟〉篇，作者
在入話中對媒妁之言提出異議道：「娶妻卻不容你自選，不容

---

[28] 凌濛初《二刻拍案驚奇》（杭州，江蘇古籍出版社，1990 年）卷十
　　七，頁 343、347。

你面試，止憑媒婆之口。往往說得麗似王嬙，艷如西子，及至娶來，容貌竟是平常，說得敏如道韞，慧如班姬，及至娶來，胸中竟是無有。」所以篇中的才子佳人都要親自見過對方之貌，試過對方之才，方肯答應親事。

從以上如此多篇小說的表現看來，主張男女青年婚姻自主，的確不是少數人的片面之見，在當時確曾蔚為潮流。

五色石主人並不違背這樣的時代思潮，《八洞天》一書也有許多青年男女婚姻自主的情節描寫。例如卷一團練昌期的女兒月仙，「自負有才，眼界最高」，昌期不敢任意為她擇配，認為「從來才士不輕擇偶，猶才女之不輕許字」。他很欣賞男主角魯惠的才華，所以將其詩作拿給女兒看，當然有徵求女兒意見的意思。月仙也十分激賞魯惠的詩作，但還不放心，謂：「婚姻大事，不可草草，待我捉空私自看他一看，方纔放心。」待她偷覷過魯惠的相貌，更加中意，寫詩讚嘆之，其母見到女兒的詩，知道女兒喜歡，昌期夫婦才敢向魯惠提親。就女主角的主動性來說，月仙或許不如前述〈女秀才移花接木〉篇的聞、景兩位姑娘，但至少她並非全然被動，她對自己的婚姻顯然擁有一定的自主空間。在本篇小說中，倒是男主角魯惠說出了「娶妻必告父母」的保守言論，不過這只是為了表現魯惠的孝心而已，因為「父遭慘變，母隔天涯，方當寢苫枕槐、陟岵望雲之時，何忍議及婚日！」其實五年後情況並沒有改變，在安撫狄公的全力促成之下，魯惠還是在「未告父母」的情形下和月仙訂親了，可見作者基本上是主張婚姻可以自主的，當然，若父母健在，自然應該和他們商量自己的終身大事，這和婚姻自主與否是不相衝突的。

　　能夠允許子女婚姻自主的，必然都是開通明理的家長，像前述的團練昌期，就是極為尊重女兒意願的好父親。卷二中秀娥的母親亦然，她相信女兒，對她百依百順，即使在婚姻大事上也尊重她的意見。男主角長孫陳帶著兒子逃難，秀娥偶從屏後偷覷，「一見了長孫陳相貌軒昂，又聞他新斷弦，心裡竟有幾分看中了他。」後來聽他父子對話，「想他伉儷之情如此真篤，料非薄情之輩，便一發有意了。」她不好直接告知母親，於是私告家中的老嫗，由老嫗轉告，母親便答應了。卷三〈培連理〉篇中的七襄也有一位明理的好母親，在富翁古淡月來提親時，「嫌那古淡月是紈褲之子，又是續娶，恐女兒不中意，不肯輕許。」而七襄欣賞莫豪的才華，當窮困的莫豪來提親時，「晃母遂欣然依允」。這些家長能夠以子女的幸福為出發點，決不想攀附豪門，又以子女的意向為意向，並不認為是對自己權威的侵犯，可以說是十分可貴而令人欽佩的。

　　卷六〈明家訓〉篇用對照的手法，將威權式的包辦婚姻之害，表現得淋漓盡致。瑞娘和瓊姬同樣都是孤女，瑞娘的舅舅能夠尊重外甥女的意願，當他為瑞娘物色好對象時，就把對方的作品拿給瑞娘看，瑞娘深服對方之才，常在乳母面前稱讚，舅舅「探知甥女意思」，才打算「遣媒議親」。在男方這邊，男主角晏述因為讀了瑞娘的詩謎，「深慕其才」，便去向母親稟告，「務要聯此佳配」，這對互慕才華的佳侶，終能結成幸福美滿的良緣。嚴格說來，瑞娘這方面還只是被徵詢意見，還只能算是被動，然而晏述這方面則完全是主動提出要求，而父母也欣然同意，可以說十足表現了婚姻自主的

理想面貌。相對的，瓊姬的伯父母從未徵詢她的意見，就把她許配給了好賭的奇郎，瓊姬「自恨父母雙亡，被伯父伯母草草聯姻，平白地將人斷送。氣惱不過，遂致疾病纏身。」結果不到一年，把一個才高貌美的好女孩的性命給斷送了。尊重子女意願則婚姻幸福，專制包辦則產生悲劇；透過對比，清楚表達了作者對婚姻自主的看法。

卷七〈勸匪躬〉篇的情節比較離奇，為了躲避朝庭的迫害，男主角生哥扮成姑娘，女主角冶娘扮成公子，二人比鄰而居，往來親密。由於彼此誤認對方性別，家長也不會來阻止，感情愈來愈好。後來生哥表明身分，想和冶娘約為兄弟，要和她「把臂促談，為聯床接席之歡」，冶娘這才說明自己是女子，生哥大奇之下，便向冶娘求親，「以後不必為兄弟，直當為夫婦了」，兩邊的家長也都沒有異議，「畢姻之後，夫妻恩愛，自不必說」，真可說是天賜良緣了！

由於生哥和冶娘都是孤兒，生哥是由僕人王保一手帶大的，冶娘則為太監顏權所領養，嚴格說來王保和顏權都不是真正的家長，這個故事對於婚姻自主的命題沒有關鍵力量。但無論如何，作者描寫青年男女自然相處，日久生情，最後結成婚姻，其中所寓托自主擇配的理想，恐怕比任何的說理文字都來得更有力量。

在五色石主人理想中的別一洞天裡，家長總是為子女的婚姻掛心，但並不想去主宰、控制他們的決定，青年男女往往有機會自由選擇婚配的對象，或至少，家長在安排婚事時，

會尊重子女的意見。在今天看來這一切似乎平淡無奇,但在
那父系家長制的專制社會中,其實是相當難能可貴的。[29]

第四節　批判貪夫愚婦忘恩負義的悖德言行

五色石主人在人間世建構了八個洞天,除了對高尚的道
德、開明進步的思想加以積極的表現、歌頌、肯定之外,對
於有違世道人心,有害於公理正義的言行舉止,也進行了相
當程度的批判。

一般人之所以做出錯事,不外乎兩種原因造成:其一是
因為愚昧,其次是因為邪惡。愚昧的人,有的是因為智慧不
明,有的是因為知識不足;造成智慧不明的原因,通常不是
財迷心竅,就是色慾熏心;知識不足,則往往是因為欠缺栽
培、疏於管教。愚昧的人時常做出可笑之事,更經常會做出
損人而不利己之事;人之所以邪惡,或有先天的劣根,也有
後天的熏染,其人良知泯滅,陰險狠毒,作惡多端而毫無悔
意。在《八洞天》一書中,面對愚昧,作者大多只加以嘲諷,
而不忍心苛責;面對邪惡,則嚴厲譴責、痛加批判,並以最
悲慘的後果作為他們的結局。

全書中表現愚行最典型的,要算卷四〈續在原〉篇中的
岑玉了。岑玉的父親是岑鱗,岑鱗從小學做生意,他的弟弟

---

[29] 陶毅、明欣《中國婚姻家庭制度史》(北京,東方出版社,1994年)
頁188謂:「宗族制下的婚姻既在于『事宗廟』、『繼後世』、『合二
姓之好』,故其決定權操之于父母尊長,『男不親求,女不親許』,
當事人不得自主,否則即為非禮。」

岑翼則是延師教讀，父親的意思大概是讓兩個兒子一個從商求富貴一個讀書求功名。結果學做生意的賺了大錢，學讀書的不但花掉許多家產，還因為嫖妓染病而賠上性命。岑鱗見到弟弟讀書的下場不好，就不讓自己的兒子岑玉讀書，岑玉的母親魚氏又很寵他，「岑玉漸漸長成，弄得不郎不莠，書又不曾讀得，生理又不曾學得。」成了一個浪蕩子。

岑翼死後，留下一個兒子岑金，由伯父岑鱗撫養長大。岑鱗教岑金做生意，岑金青出於藍，手段比伯父更高明。岑金有了基礎後要求分家，分家後把伯父的老主顧都搶走了，岑鱗氣出病來，不上半年過世了，留下魚氏和岑玉這對孤兒寡母。父親一死，岑玉沒人管，更加的荒唐。作者對此有一段評論說：

> 看官聽說：岑金若是個有良心的，雖不肯把本錢借與岑玉，便收他在店中，也像當初伯父教自己的一般，或許也還拘管得轉來。誰想他全無半點熱腸，只放著一雙冷眼，以至岑玉無所事事，終日在三瓦兩舍東游西蕩……。

岑玉交了壞朋友鄞小一，引他去吃酒賭錢，無所不至。有一回在賭錢時，聞說公差來捉賭，一急，跌壞了腳，人們都叫他「岑搭腳」。他在賭場結識了賭場主人的女兒順姐，暗通款曲而有了身孕，他送墮胎藥給順姐，因為藥性過猛，竟把她的性命給斷送了。他又想要姦騙收生婦人陰娘娘，鄞小一教他妝成產婦，叫陰娘娘來助產，然後將她強暴，還讓其他的無賴漢輪暴了她。不料因這一夜狂蕩，又冒了風寒，「遂

染了陰症，嗚呼尚饗了！」

綜觀岑玉的一生，真可以用一個「愚」字來概括。他的愚，肇因於欠缺老師的教誨，父母的過於寵溺，以及父親死後，唯一的堂兄不肯加以關照。他的愚，表現在無法分辨是非，做事情顛三倒四。他的愚，害苦了陰娘娘，害死了順姐，也害死了自己。岑玉不是大奸大惡之輩，他也沒有真要害人的想法，陰娘娘的部分做得比較過分，也是因為他見陰娘娘「慣替人家落私胎、做假肚，原是個極邪路的貨兒」，所以「有心要弄他一弄」，有作耍羞辱的意味，大概認為是開開玩笑罷了！這是他分辨不清是非，也就是他的愚昧之處，結果也就這樣把自己的小命給斷送了。作者用十分輕薄的語氣來描寫他的遭遇，如說他跛腿之後人稱「岑搭腳」，還有好事者寫了一篇〈十八搭〉的口號來嘲他，又如寫他姦騙陰娘娘，謂：「本摸臍夫人（因她是收生婆），忽遇裸男子；只道大腹內的孩子要我替他弄出來，誰知小肚下的嬰兒被他把我弄進去。……」此段插詞的下文頗見污穢，嘲弄的意味甚為濃厚。

另一位作者所嘲弄的愚人是卷五〈正交情〉篇中的暴發戶甄奉桂，他因掘藏而致富，卻因為富不仁而家破人亡，他暴起暴落的一生，實為愚昧人生的最佳寫照。

說一個人愚昧，並不是指這個人很「笨」，相反的，有時這個愚昧的人其實非常聰明。奉桂就是一個十分聰明會弄巧的人物，他說要掘藏，其實不過想借此騙些小錢過年，不料弄假成真，果然掘到真元寶，因此而致富，其過程頗為曲折。

奉桂原來是開豆腐店的，生意並不好，貧不聊生，過年時連準備年夜的錢也沒有。他夜來做了一個掘藏的夢，靈機

一動，跑到對門去問是否有祭「藏神」的供品，對方將信將疑，借了他一點錢讓他祭拜「財帛司」，他心裡覺得好笑，不過「過年的東西，已騙在此了！」既然借到錢，他便裝模作樣祭拜起來，富翁馮樂善家中的老嫗信以為真，跑來問他所掘之物是否有元寶，他大膽說有，老嫗就拿一大包碎銀子來，說是老安人所托要和他換元寶，他說元寶過了初五才能給，可將碎銀先放著，老嫗不疑有詐而答應了。奉桂拿些碎銀還給借錢給他祭神的鄰人，還把過去積欠的錢都還清了，那鄰人本來將信將疑的，現在全信了，因為有事要出門，竟然把三百兩銀寄在他那裏要他代為營運，並且指望他幫忙看顧一下所開的雜貨店，奉桂將銀包打開一看，恰好是六個大元寶。有了元寶，初六那一天把其中兩個送交馮家，馮家見他有元寶，問他要不要頂一間大房子，原典價五百兩，現只要三百，而且先交兩百即可交屋。奉桂大膽答應，連夜就搬了進去，沒想到好運連連，竟然真的在這棟房子裡掘到五千多兩銀子，一夜之間，成了巨富。

　　奉桂交好運成為富翁之前還是一個聰明人，一旦致富不但翻臉不認人，連聰明才智也全都消失無蹤了。他致富後所做的第一件愚蠢的事，是寧可把錢送官府，不願將錢做好人。原來他所典的房子原價是八百兩，屋主缺錢典給馮樂善五百兩，因為空在那裏，所以馮樂善轉手典給奉桂只要了三百兩。屋主劉輝聽說奉桂在裡面掘到銀兩，後悔莫及，便來向馮家說既然屋子已經有了售主了，想要回剩下的三百兩。馮家說他只典給奉桂三百兩，自己還吃虧二百兩，請劉輝向奉桂要。誰知奉桂不但不肯拿出三百兩給劉輝，連馮家吃虧的二百兩

也不肯給，馮家的管家馮義便慫恿劉輝告到官府去了。奉桂急了，先拿一百兩托鄉宦郤待徵寫信給縣官，郤待徵說還要打點縣官，又送了縣官五十兩。這官司果然打贏了，但縣官不肯出審單，奉桂只得再送五十兩才結案，郤待徵再來邀功，又補了一百兩。前前後後，總共花掉了三百兩，還不算一些官司上的雜費，作者對此有一段評論說：「奉桂若肯把這些銀子加在屋上，落得做了好人，銀子又不曾落空。那知財主們偏不是這樣算計，寧可鬥氣使閑錢，不肯省費幹好事。」奉桂才當上財主，馬上就表現出愚不可及的一面，然而，這還只是個開頭而已，緊接著所作的第二個愚蠢動作，便是想要找靠山，因而妄圖攀附鄉宦。

明清時代的鄉宦豈是平頭百姓可以攀得到、惹得起的？

日本學者宮崎市定曾對「鄉宦」一詞下過如下的定義：「鄉居之官，或在廣大鄉里所見到的官僚。」[30]所謂「鄉居之官」，主要是致仕或被罷職而回鄉居住的官員，所以他們能夠「動不動即依仗其在中央政府權力地位，在鄉居期間為所欲為，連其童僕也極其橫暴，多成了民眾怨恨的目標。」[31]「鄉宦」又稱「鄉官」，東林黨人趙南星在〈四凶論〉中論鄉官之害說：「鄉官之權大於守令，橫行無忌，莫敢誰何。如渭南知縣張棟，治行無雙，裁抑鄉官，被讒不獲行取，是謂鄉官之害。」

---

[30] 宮崎市定〈明代蘇松地方的士大夫和民眾〉，欒成顯譯，載《日本學者研究中國史論著選譯》第六卷（北京，中華書局，1993 年）頁 232。

[31] 同前註。

趙南星說鄉官之權比守令還大，本篇小說中的郤待徵就是一個佳例，他寫信給縣官，縣官便不敢不買他的賬，奉桂雖然因此而打贏官司，卻損失了三百兩銀子。

但即使如此，奉桂還是沒有得到教訓，他以為：「我若扳個鄉紳做了親戚，自然沒人欺負了。」於是托人去向郤鄉宦提親，待徵只有一子已娶過媳婦了，貪著奉桂的資財，便假說有個女兒，「等他送過聘後，慢慢過繼個女兒抵當他。」後來奉桂送上財禮四百兩，待徵還不滿意，訂親那天故意不出現，逼奉桂再送上二百兩才來，訂個親便花掉六百兩。之後，奉桂以為鄉宦可以依恃，「凡置買田房，都把郤宦出名。討租米也用郤宦的租由，收房錢也用郤宦的告示。」豈不知：「鄉官們見錢，如蠅見血。」（《清夜鐘》第三回）豈可能白白為人出名，郤待徵見奉桂產業置得多了，就揀了幾處好的自己管理，說道：「我權替你掌管，等女婿長大，交付與他。」奉桂怎敢違拗，只有拱手奉送而已。等到奉桂一死，郤待徵更將甄家的所有資產刮走，只留下少許給奉桂的老婆伊氏生活。伊氏死了丈夫，家產又被奪，悲憤成疾，不到半年也死了，最後甄家所有的產業都盡歸郤待徵所有了。

富貴榮華，終歸於一場空花燼焰，奉桂掘藏致富，未蒙其利反受其害。奉桂是患背疽而死的，「此乃五臟之毒，為多貪厚味所致……誤信醫生之言，死毒氣攻心，先要把藥托一托，遂多吃了人參，發脹而殂。」關於他的死，作者有一段議論：

見《明史》卷二百四十三〈趙南星傳〉。

看官聽說：他若不曾掘藏，到底做豆腐，那裡有厚味
吃？不到得生此症。

縱然生此症，那裡吃得起人參，也不到得為醫生所誤。
況不曾發財時，良心未泯，也不到得忘恩背義，為天
理所不容。這等看起來，倒是掘藏誤了他了。

　　奉桂一死，老妻又悲憤而終，只剩一個兒子甄福養在鄰
鄉宦那裡，「資性頑鈍，又一向在家疏懶慣了，那裡肯就學。」
考試交白卷，被待徵責罵了一頓，教老師嚴加督課，甄福受
不了嚴格的管教，捉空逃跑，後來淪為乞丐。可見這一場富
貴，不但害了自身，也害了家人。作者用這個故事嘲弄暴發
戶的愚行，寓意相當深刻，足以警醒世人。

　　五色石主人嘲弄愚行不遺餘力，且特別強調家庭教育的
重要性，所以前述的岑玉、甄福都因缺乏管教而墮落無行。
卷六〈明家訓〉篇中的晏敖和他的兒子奇郎更是典型的不肖
子弟，而這對父子的愚行已經到達邪惡的程度，所以他們的
結局也就比前述諸人更為悽慘了。

　　晏敖主要是被外祖父石佳貞慣壞的，石佳貞自己沒有兒
子，所以把外孫當兒子一般看待，不免寵溺過了頭。晏敖十八
歲那一年，父母相繼病故，孝服在身，本來不能應考的，石佳
貞竟然將改姓石，認為己子去應試，「又替他彙緣賄賂，竟匿喪
進了學」。不但這樣，送學那一天，「居然花紅鼓吹，乘馬到家，
親友都背地裡譏笑，佳貞卻在家中設宴慶喜。」這一年，又替
他娶了一房媳婦，「入泮、畢姻生子，都在制中。」而都是外祖
父替他安排的，長輩如此胡行，怎能指望子弟成器？

晏敖知道自己畢竟是外孫，外祖死後石家的人必來奪產，所以趁著外祖父未死，暗中竊其貲財，買田購屋，然後突然有一天棄他而去。兩年後，石佳貞貧病交加，時值荒旱，竟然落到吃賑災的官粥；半年後病故，晏敖「不唯不替他治喪，并不替他服孝」，被石家的人告到縣裡，說他不為嗣父服孝，縣官知道晏敖是「可笑的人」，說他：「本生父母死，則曰出嗣，及至嗣父死，又曰歸宗。今日既以歸宗為是，當正昔年匿喪之罪了。」於是行文到學院，將晏敖的秀才革掉了。晏敖忘恩負義，自應被革去功名，石佳貞不以正途教導子孫，其晚景悽涼實為咎由自取。

晏敖所為可笑之事不僅此也。由於不替石佳貞服孝，石家將其父母的棺木撇在荒郊，晏敖只好將二棺移回晏家的祖墳，可是自從入嗣石家，從來不曾交過晏家祖墳的地糧，自知理虧，只說是暫時掩埋，他日擇地安葬。也不請地理師，也不通知族人，找人隨便挖了兩個坑，不料挖到一塊石板，挖不下去了，為了吝惜工資，不肯覓地另挖。那塊石板高低不平，母親的棺木葬在高處，父親的棺木葬在低處，已是不倫不類，晏家的人雖覺奇怪，但以為只是暫時如此，所以不去理他，誰想到晏敖絕不再提遷葬之事，竟把父母的棺木就棄在這塊石板之上。

另一件可笑事是他對自己兒子奇郎的教養。為了吝惜延師的費用，便自不量力，親自教孩子讀書，那知書便教不來，倒教會兒子一樣本領──「角牌」。角牌就流行於明清之交的賭戲「馬吊」，又稱為「鬥葉子」，四十張牌，上畫水滸人物，據顧炎武說，此牌當時讀書人「於江南、山東幾於無人不為。」

[33]晏敖自己迷上馬吊，「奇郎見父親如此，書便不會讀，偏有角牌，一看便會。」俗話說身教重於言教，晏敖在家裡賭，奇郎就跑到外面去賭，豈肯在家讀書？「晏敖好賭，還是鋪了紅氈，點了畫燭，與有錢使的人在堂中坐著賭的。奇郎卻只在村頭巷口，與一班無賴小人沿街而賭，踞地而博，十分可笑。」因為父親的行徑可笑，以致兒子跟著可笑，家庭教育的重要於此可知，而作者諷世的用心也於此表現無遺。

這對父子的結局是相當悲慘的，晏敖小康的家庭，豈堪父子內外交「賭」？家事已漸漸消乏，又遇到一件烏龍官司，結果弄得家破人亡。原來晏敖有用銅銀騙人的惡習，當初要替奇郎畢姻，其妻方氏拿出私蓄的好銀六十兩過聘，後來女方自殺身亡，晏敖便把這六十兩要回來，兩夫妻都想要這六十兩，晏敖便把假銀給了妻子，自己將真銀藏起來。不料奇郎頗有賊智，他將父親的真銀偷走，又把母親的假銀偷來放在父親藏銀的地方。方氏發現銀子不見，知是兒子偷的，便不吭聲。後來縣府向晏敖討積欠的稅銀，晏敖就將這私藏的銀子拿去納官，他心中認定是真銀，所以未去細察，結果因此吃上官司。奇郎見害了父親，一溜煙跑了。方氏變賣家產救丈夫，趕路心急，掉到橋下溺死了，晏敖出獄時，一無所有，只好投奔寺廟，不久也病死了。奇郎聞訊趕回，打聽父親死時還有一串白玉素珠陪葬，便勾結幾個無賴盜棺，這無賴見棺木值錢，竟將屍首棄置，將棺木扛走，隔天和尚聽見犬吠之聲去看時，「只見晏敖的尸首已拋棄於地，棺木也不見

---

[33] 顧炎武《日知錄》（台北，明倫書局，1979 年）卷十六，頁 369。

了，有兩只黃犬正在那里爭食人腿哩！」真是慘不忍睹！晏敖當初蹧踏父母的靈柩，結果自己的下場更為悲慘，奇郎盜棺之事發，最後也問成死罪，父子倆是一丘之貉，其悲劇全都拜家訓不嚴所賜，故小說篇名為〈明家訓〉[34]。

本書作者另外一位嘲諷對象為卷八〈醒敗類〉篇中的紀望洪。

紀望洪的愚行表現在一心想要奪取叔父紀衍祚的財產，因而蔑棄倫常，一再誣告叔父，結果誣告不成，反害己身。本篇故事旨在戒貪，紀望洪的害叔行徑主要是財迷心竅造成的。

望洪三次告發叔叔，其中兩次與衍祚和丫鬟宜男所生的兒子有關。嫡嫡不能生，他原以為叔叔的家產將來會歸自己所有，沒想到叔叔和婢女宜男生下兒子，而這兒子又是宜男被嫡嫡逐出家門之後出生的，他心生不服，便到官府去告叔叔「非種亂宗」，經過當堂滴血之後，辨出真偽，望洪當場被逐出公堂。不久，朝廷要鑄銅錢，望洪又告叔父私藏銅佛，其實並無其事，在失望之餘，竟然另起凶念，挺而走險，將宜男所生的小孩拐賣到遠處去。但天緣湊巧，三四年後，衍祚前往開封府還願，無意中找回孩兒，喜出望外。紀望洪原本等著繼承遺產，忽見又跑出一個堂弟出來，憤恨之餘，又去告官。當初審案的判官已經升為太守，現又審此案，仍依前法當堂滴血，證明父子關係無誤，太守大怒，將望洪問邊遠充軍，後來雖然遇赦回來，不久也就病死了。

---

[34] 參見拙著《清初前期話本小說之研究》（台北，學生書局，1998年），頁 483—484。

上述諸人，除了紀望洪拐賣堂弟的惡行較為重大之外，岑玉的荒唐墮落、奉桂的為富不仁、晏敖的背祖忘恩、奇郎的好賭盜銀，大都只是悖德忘義，他們都不算是奸邪之輩，更不是天生的惡人。有些是因為不當的家庭教育，有些是為錢財迷失了良心，看下表可以一目瞭然：

嘲弄對象	愚或惡行之內容	愚或惡行之成因	下場
岑玉	好賭、與賭場主人之女通姦成孕致其墮胎喪命、強暴收生婦人	欠缺管教	狂蕩過度又感染風寒因而病故
甄奉桂	翻臉無情、忘恩負義、賄賂官府、巴結鄉宦不教養子女	財迷心竅	患背疽後多吃人參，發脹而殂
晏敖	背祖忘恩、慣用假銀、好賭、放縱子女	家庭管教失當	真銀為子所盜，將假銀報官而坐牢，出獄後病死廟中，其子為盜其串珠、棺木而棄其屍
晏奇郎	不學、好賭、偷盜家財、為盜串珠、棺木而棄父屍	家庭管教失當、上行下效	盜棺事發，問成死罪
紀望洪	誣告叔父、拐賣堂弟	財迷心竅	邊遠流放，遇赦後病故

或背祖之孫，或害父之子，或誣叔之姪，或溺孫之祖，或不教之父，他們的行為可笑可恨，而下場則令人唏噓慨嘆。作者強調人倫親情的可貴之餘，也用這些反面人物作為負面教材，以為世俗之戒。至於好色、好賭、偷盜、拐賣，這些卑劣行徑，作者往往以嘲弄的口吻諷之、刺之，生動的描寫，令人在發笑之餘，悚然驚惕，「冷冰直入脊背矣！」[35]

本書在描寫重大惡行的部分，往往只是一筆帶過，較少深入的描寫。例如卷一寫王則和妻子聖姑姑作亂、卷二寫史思明之亂，都只是作為故事的背景，目的不在譴責他們作亂的惡行。唯有卷七對尹大肩和米家石二奸的控訴較為具體，故事的主角之父李真身在北朝金國，而感嘆南宋不能恢復昔日江山，寫了〈哀南人〉、〈悼南事〉二詩，被他的同窗米家石拿去向鎮守都督尹大肩首告，說他「私題反詩」，尹大肩向李真索賄不成，具本申奏朝廷，李真因此被斬首，妻子自盡，僅獨子為義僕救走倖免。後來米、尹二奸在海陵王底下作官，頗受重用，二奸逢迎上意，竟勸海陵王廣選民女以充後宮，凡十三歲以上十六歲以下者皆在所選。二奸被任命為特使，「遂借端索詐賄賂民間，有錢的便免了，沒錢的便選將去，不論城市村坊，搜求殆遍。」致使「人家有女兒的，無不哭哭啼啼，驚慌無措。」一件是摘取文字告訐，造成文字獄案，一件是助紂為虐，荼毒全天下的少女，這兩件滔天惡行，真足以使二奸同遭天譴，死有餘辜了！

---

[35] 《照世杯》〈百和坊將無作有〉篇卷末諧道人評語。

　　本卷故事的時代色彩鮮明，選民女充後宮之事，最接近
作者時代發生的是南明福王所為。據《國榷》卷一百三的記
載，當弘光下令遴選中宮時，南京城中「道途鼎沸，不擇配
而過門。」[36]後來所選的弘光都不滿意，又將采選範圍擴大到
浙江地區，《明季南略》載：「嘉興合城大懼，晝夜嫁娶，貧
富良賤、妍醜老少俱錯，合城若狂，行路擠塞。蘇州聞之亦
然，錯配不可勝紀。」[37]

　　至於因告發而造成文字獄案，最有名的莫過於康熙初年的
「明史案」，此案的告發人吳之榮原為撤職官員，告發成功後，
不但被重新起用，還贈以厚貲，這無異在鼓勵其他的無恥文
人，讓他們效法吳之榮，「可以用文字作為武器，誣陷、威脅、
勒索他人，致人於死地。」[38]果不其然，康熙二年「明史案」
才定讞，同年底，就有有人告發孫奇逢的《甲申大難錄》，說
其中對清廷入關的措詞欠恭順；康熙四年，姜元衡告故明錦衣
衛都指揮使黃培及其姪兒浦江知縣黃坦、鳳陽府推官黃貞麟十
四人作逆詩；康熙七年，姜元衡又揭發黃培家中藏有陳濟生作
的《忠節錄》詩集，因其中的〈黃御史傳〉說黃坦的父親到
死都沒有薙髮。[39]這些告發事件對當時文人的內心必然造成相
當程度的影響，五色石主人在這樣的時代氛圍中，經過巧妙的

---

[36] 轉引自南炳文《南明史》（天津，南開大學出版社，1992 年）頁 30。

[37] 計六奇《明季南略》（台北，商務印書館，1979 年）頁 136 。

[38] 郭成康、林鐵鈞合著《清朝文字獄》（北京，群眾出版社，1990 年）
頁 97。

[39] 以上參見同前註引書，頁 97--107。又見胡奇光《中國文禍史》（上
海，人民出版社，1993 年）頁 127。

移花接木，寫入本篇小說之中，米家石很可能是影射吳之榮，在現實生活中，吳之榮是得到惡疾而死的，就死在大案定讞後的隔年，據范韓《范氏私史事》一書的記載：「乙巳（康熙四年）秋七月，吳之榮歸自閩中，行至豐山，狂風驟起，雷電交加，之榮隨成虐疾，寒熱夾攻，口稱有辯，兩日而死，人皆傳為天雷擊死云！」[40]比起吳之榮，米家石的結局之慘有過之而無不及，小說寫他在選民女時，挑取美貌的，留下數人自己受用，被尹大肩告到海陵王那裏，海陵王命人將他閹割了。不久，尹大肩為人所殺，榻前留下「殺人者米家石也」等字，海陵王大怒，便將米家石處斬，妻子入官為奴。閹割後又被斬首，足見作者對此一角色的痛恨。

　　大體而言，本書的批判色彩並不濃烈，畢竟別一洞天是要去建構的，不能僅止於消極的破壞。五色石主人意造了一個人倫敦厚、重視婦女才情、講究婚姻自主的理想世界，同時將破壞人倫親情、違反倫理道德等等的愚行、惡行排除在外。《八洞天》一書的主題思想，總體說來，就是這樣。

---

[40] 轉引自同註 38 引書，頁 97。

第四章　英雄傳奇小說《快士傳》
之主題思想

第一節　歌頌英雄豪傑

　　《快士傳》在中國小說的分類上，應屬於「英雄傳奇小說」。英雄傳奇小說是由宋人說話四家之一的「說鐵騎兒」這一家發展出來的，嚴敦易先生認為這一家所說的內容是「平民暴動和起事以及發展為抗金義兵的一些英雄傳奇故事」[1]，這一類英雄傳奇故事在宋代並不多見，而元明以來則發展成一部集大成的鉅著《水滸傳》，譚正璧先生曾說：「《忠義水滸傳》似屬于宋人說話四家的『說鐵騎兒』，但在宋人作品中反少見。」[2]英雄傳奇小說和歷史演義小說有時不易區分，因為二者都和歷史事件有一定的結合，齊裕焜先生曾嘗試對這兩類小說，區別出四個不同之處，茲簡述如下：

一、歷史演義是以描寫歷史事件的演變，記述一代興廢為主
　　體；而英雄傳奇則以塑造傳奇人物為重點。前者是編年
　　體，後者是紀傳體；前者多稱「演義」、「志」，後者多稱
　　「傳」。

1　嚴敦易《水滸傳的演變》，轉引自胡士瑩《話本小說概論》（台北，
　　丹青圖書公司，1983年）頁103。
2　譚正璧《中國小說發展史》（台北，啟業書局，1978年）頁310。

二、　歷史演義多從史書上擷取素材，最多不過「七實三虛」；
　　　英雄傳奇則多吸收民間傳說故事，虛多實少，主要人物
　　　事件多為虛構。

三、　歷史演義是從說話中的「講史」發展而來，英雄傳奇的
　　　源頭卻是「小說」。而後期的英雄傳奇小說則從歷史小說
　　　中分化而來。

四、　歷史演義的人物性格缺少發展變化；反映政治軍事鬥爭
　　　多，反映人民日常生活少；反映帝王將相多，反映市井
　　　小民少；書面語言多，生活語言少。英雄傳奇小說著重
　　　描寫英雄人物小傳，較多表現人物性格之發展變化；較
　　　多涉及市井小民的生活；語言的生活氣息也比較濃。[3]

　　前述四點中，除了論英雄傳奇小說源頭的部分之外，筆
者皆極為贊同[4]。若以上述的這些內容來看《快士傳》，那麼做
為「英雄傳奇小說」，沒有一點是不符合條件的。《快士傳》
旨在塑造英雄人物，書名稱「傳」，從歷史事件上看是「虛多
實少」，人物的性格有其發展變化，小說中既富含生活化的語
言，也有許多市井小民的生活描寫。

---

[3]　齊裕焜《中國古代小說演變史》（蘭州，敦煌文藝出版社，1994 年）
　　頁 206—208。

[4]　齊先生對宋人說話四家的分法和筆者的主張不同，齊先生把「鐵騎
　　兒」當做四家中的「小說」家之一，筆者則取胡士瑩先生之說，認
　　為四家中「小說」與「說鐵騎兒」是並列的，小說講的是市井生活
　　中的悲歡離合，多半取材於街頭的新聞或官府的案件，鐵騎兒講的
　　是騎馬打仗的戰爭故事，二者的內容不太一樣。

　　英雄傳奇小說的寫作目的既然是在於塑造英雄人物，本書自然也不例外，本書的第一主題，即在歌頌英雄豪傑。這些英雄豪傑在這部小說裡面，被稱為「快士」，特別是第一男主角董聞，作者在全書結尾處對他有如此的頌美：

> 知恩真能報恩，知怨更能化怨；疏財偏能用財，近色偏能遠色。有血性又有大度；極慷慨又極清高。……宜乎當世稱為快士，後人傳為快談。

　　這裡不提出董聞出將入相，為國立功的部分，只著眼他的人格德操，更表現出此一人物的不同凡俗。作者正是想以奇絕之筆，寫一群迥異於常倫的英雄人物，他們的種種豪行義風，無不令人稱快稱奇。

（一）廓然大度的董聞

　　作者用心刻畫了董聞這個英雄人物，他允文允武，足智多謀：既有江湖豪客的手段，又有統兵御將的本領；既有學者的文采，又有縱橫家的口才。董聞這個人物形象，可以說是古典小說英雄豪傑的集大成──智謀之高、辯才之富有如諸葛亮，卻比他多了武藝；武功之強、義氣之豪不遜關、張，但比他們多了文才；交遊之廣、待友之誠媲美宋江[5]，但比他

---

[5]　關於此點，或許略有爭議，比如金聖嘆便對宋江深惡痛絕，說：「《水滸傳》獨惡宋江……作者只是痛恨宋江奸詐。……宋江是純用術數去籠絡人。」（〈讀第五才子書法〉）但筆者的體會卻不像金聖嘆那樣，可參見拙著《明清小說‧明代卷》（台北，黎明文化公司，1997年）頁53。

更具氣概。在董聞身上，還可以看見其他古代英雄的形象，例如他的食量特大，「飲啖兼數人之食」，常因此而受到嘲笑，這便有薛仁貴的影子，《薛仁貴征東》雖然是清人的作品，但《永樂大典》中所收的《薛仁貴征遼事略》已經有薛仁貴「一飯斗米，肉十斤」[6]的記載。

全書最精彩的部分，是董聞為丁推官助喪那一段。

丁推官是勤政愛民而且清廉耿介的好官，前任推官是「幾乎把地皮都弄光」，宦囊飽飽的去了，丁推官卻是一貧如洗，薪水不能支撐，還要「遣人回家去設處些銀兩來用」。因為一時籌措不及，才委託董聞為他轉借五百兩銀子來應急。董聞沒奈何去找余總兵商借，余總兵知道丁推官是清官，沒有什麼錢，並不想答應，在董聞的大力擔保之下，才將「內司相公」[7]的銀子借給他。丁推官當時署印鄭州，也就是代理知州，是一州之長，缺銀子為何不自己去借？董聞只是一個窮鄉宦（他廷試第一，應授國子監博士，但還候缺待補），靠饋贈過活，為何有如此好的信譽？固然可以說丁推官是不願借勢擾民，但同時也說明了丁推官的交遊不廣，比如余總兵是地方上的武官，平日若有交情，何勞董聞居間奔走？相反的，董

6　見《薛仁貴征遼事略》（台北，河洛圖書出版社，1981 年）頁 60。按此語本於《史記·廉頗藺相如列傳》「廉頗為之一飯斗米，肉十斤。」見瀧川龜太郎《史記會注考證》（台北，宏業書局，1987 年）頁 969。

7　內司相公指明代監軍的宦官，張存武先生說：「內官監軍始於洪武，終於明亡。」見〈說明代宦官〉，載《明史研究論叢》第二輯（台北，大立出版社，1985 年）頁 34。

聞雖乏有形的財勢，卻有許多無形的奧援，不但三教九流的朋友多，又是莊翰林的門生，又是魏國公世子徐繩祖家的西席，當董聞將返鄉候缺之時，徐世子一出手就是二千兩銀子相贈，有這樣的交遊，又有這樣的背景，地方上的官員自然不能不對他另眼相看了。

丁推官明知董聞坐吃山空，卻要他去替自己借銀子，實在是陷朋友於不義。由於負責治水，日夜操勞，在治河成功之後，丁推官便病倒在床，又被庸醫所誤，竟一命嗚呼！丁推官一死，余總兵就來要債，董聞向丁公子提起，公子含著眼淚說：本來家裡想盡辦法，只籌到二百兩，現在連用來治喪和扶柩回鄉都不夠，那有錢還？照這樣看，丁推官就是不死，也還不了債，所以我說他是陷朋友於不義。然而這情形董聞豈會不知？但他還是義不容辭的去為朋友奔走，在一般人看這種行為極傻，但董聞自有他知其不可而為之的義氣，當然他也會有自己的盤算，不會讓自己陷入困境。不怕面對問題，勇於為朋友承擔困難，最後又能漂亮的解決問題，此其所以為英雄豪傑歟？

董聞在欠債的好友的亡故，自己又無能力代償的情況下，一點也沒有埋怨，更沒有表現出沮喪的樣子。他先向余總兵保證自己會去解決債務的問題，然後回到家裡「替他籌畫算計」。此時，恰巧他的老師莊翰林有信來，並附上兩封書啟，要把他和丁推官推薦介紹給該省的「撫院」和「按院」認識，董聞大喜過望，因為靠這兩封書啟，丁推官的債務就有希望清償了。這裡需要說明一下：本書寫的雖然是明代故事，用的卻是清朝的官制，所謂「撫院」就是一省巡撫的別

稱，是一省的行政長官，而「按院」就是按察使，「為掌一省刑名按劾之事的司法和監察長官」[8]。有這兩位地方首長的支持，問題可說已經解決一大半了。

我們來看董聞如何運用他縱橫家的辯才，讓長官高高興興的幫他解決問題。首先，他先去拜訪馮撫院，在聽完撫院對丁推官治河有功卻不幸亡故表示哀悼和惋惜後，乘機進言說：其實丁推官開河固然辛勞，但若非上司策畫得當，也不可能成功，並舉唐朝李愬平淮西，必歸功於裴丞相為例來證明；但他又說：如今治水既成，功不在禹下，但當時治水雖以大禹為主，若沒有伯益仰體上意，戮力以從，終究難以成事，並從中說明丁推官治水過程的艱苦情形，以及身後蕭條，子女無力扶喪歸葬的苦況。一席話說得撫院既高興又感動，文中描述道：「馮撫院始初聽得董聞歸功上臺，已是十分喜悅；及聽到丁推官奉行有功，便著實首肯；後聞說丁公子窘苦之況，不覺惻然動容。」加上莊翰林的薦書，便有了捐銀助喪之意。接著，董聞又去拜訪按院，以同樣的說詞，達到相同的效果。不久，虞同知申文來報，請二院親往踏勘河工，果見功德圓滿，二院內心高興，回衙後即各送二百兩銀來助喪。

董聞憑著三寸不爛之舌，為丁公子籌到四百兩銀子，實在是不簡單。董聞只取其中三百兩，自己去向親友借貸二百兩，湊足了五百兩還債，至於超過二百兩利息[9]，還得另想辦

---

[8]　見《中國歷史大辭典・清史》（上海辭書出版社，1992 年）頁 217、351。

[9]　據書中敘述，五百兩「以三分起息，十個月便該一百五十兩，今過

法。且看董聞如何再出奇招，迫使余總兵讓出這二百兩：他帶著五百兩去見余總兵，但先不把銀子拿出來，只是陳述丁公子連本金都還不了，利銀是絕對籌不出來的情形。這一招很有效果，先不拿出要還的銀兩，斷絕對方的期望，讓他有「連本金都可能收不回來」的恐懼，因此退而求其次，會有「本金收得回來就很萬幸」的心理準備。接著，董聞又耍了另外一招，他讚美對方說：「我想老總台是極高義的，那內司相公必然也是高義的，自然敬恤廉吏，決不作世俗瑣屑態。」然後，說他剛來之前，在丁推官的靈前禱祝過了，說二位都是高明之人，一定不會計較些小的利息，請丁推官在冥冥之中保佑二人「年壽延長、子孫昌盛」。這一席話，把余總兵說得啞口無言，若不認同，等於否定自己的「高明」、「高義」，何況又是在死人靈前說的話，他埋怨董聞說：「先生怎便許了他，從來人可欺，鬼神不可欺，如今沒奈何，待我去勸內司相公，要他勉強相讓罷！」就這樣，二百兩利錢又省去了。

　　所謂「一人為善，能感眾人」，接掌鄭州的虞同知也送來助喪銀一百兩，在治喪之日又送來奠金十二兩，董聞和丁公子都非常感激。董聞代替丁公子回訪，一番話又將虞同知說得眉開眼笑。董聞先說開河之事，非丁推官不能為之始，非虞同知不能為之終，並舉周公治洛為例，謂：「周之治洛，周公為主，君陳佐之，不可無畢公以成之。」[10]虞同知被比喻為

　　一年有餘，幾及二百金之數了。」五百兩，一年多就要多付出二百兩，算起來利息實在不低。

[10]　畢公即畢公高，周文王的第十五子，武王克商後封於畢。據說在康

佐康王治洛有功的畢公高，心裡當然高興，但還很客氣的說，丁公治河已完成十之七八，自己不過補其一二罷了。董聞立刻接下去說：「今日老公祖恤死存孤，使丁公祖的賢郎目下不至窮餓；丁公祖的靈柩，將來得歸故鄉。功德無涯，人人稱頌，比開河功德，更加一倍矣！」誰不愛聽好話，誰不愛被稱頌？虞同知「性好豪華」，本來是個不拘小節的人，所以出手特別大方，也並不求回報，但董聞的讚美著實受用，因此後來他又「送錢送米到丁公子衙中，供他朝夕之費」。

從此一事件的發生經過，我們可以看見董聞確有過人的才華，並且具有領袖的氣質。他辦事胸有成竹、沈穩老練，能夠掌握事態的發展，對別人的內心想法，有深入的了解，因此能夠左右逢源。最重要的是，他身為鄉官，民間從來有「鄉官們見錢，如蠅見血」[11]的說法，他卻誠心為友人奔走，出錢出力，又絲毫不居其功，反而處處頌揚他人，使人人都心悅誠服，長官和同僚捐出了大筆的銀兩，連放高利貸的宦官也放棄了利錢。《三國演義》和《水滸傳》等書無不在歌頌英雄，亂世出英雄，英雄容易在亂世中表現才華；董聞卻是生長在承平的時代，在缺少戰亂的舞台中，塑造英雄形象是

王的時代，畢公奉命繼周公之後完成洛邑的經營，不過此事不見於古史的記載，而是出於偽古文尚書的〈畢命〉篇，篇中載康王對畢公說：「嗚呼！父師，今予祇命公以周公之事，往哉！」楊任之先生翻譯道：「呵喲，父師，今天我尊敬公如尊敬周公一樣，也請您做周公一樣的事情，即治理成周之任，請往任所去吧！」見《尚書今注今譯》（北京廣播學院出版社，1993 年）頁 331。

[11] 語見清初話本小說《清夜鐘》第三回。

不容易的，作者卻能在現實社會的小波瀾之中，以汱汱的氣度、無礙的辯才、圓融的辦事手段，來表現董聞的英雄氣概，這是相當不容易的。

這個事件還有精彩的下文，而由虞同知帶起事件的新發展。原來虞同知曾替撫院押萬餘兩糧稅官銀赴戶部繳納，不料途中為盜所劫，虞同知匿而不報，只托一相知轉借銀兩賠補，該相知卻不幸亡故，未能代賠，一年後戶部催查，撫院追問之下，始知糧稅未清，怒而將虞同知拘禁，準備審後題參。丁公子聞知此事，連忙找董聞商議，董聞一時也無法可想。

此時，莊翰林擔任欽差，正路過此地。前文提過，莊翰林是董聞的老師，其實，他也是丁推官的老師，因此，丁公子前去拜見，並下跪懇求他解救虞同知，謂：「虞公深有德於寒家，今他在患難中，不肖恨不能以身代之。」莊翰林驚嘆道：「足下少年能知恩報恩，義生於孝，是有至誠血性之人，可敬！可敬！」丁公子也是作者歌頌的人物之一，當他去拜見莊翰林時，莊翰林還以他是來請求助喪之銀的，沒想到他是為別人來，而非為自己來，所以深受感動，加上後來見到董聞時，董聞也有相同的請求，於是向撫院說情，准虞同知三個月內補完稅銀，而不致於因此損其功名。虞同知被釋放出來，心想自己和莊翰林素昧平生，為何他會替自己說情？此必是董聞之力所促成，於是前往拜謝，董聞卻絲毫不居其功，而「備述丁公子代為請命之事」。

然而，虞同知的官位是暫時保住了，可是萬餘兩的銀子卻無著落，還在日夜憂心。誰知事有湊巧，那劫去官銀的大盜不是別人，乃是董聞的拜把兄弟常奇。常奇是本書所塑造

的第二位英雄，中過武舉，武藝高強，且人如其名，行事甚奇，曾因案入獄，董聞助其越獄後入了綠林。常奇聞知虞同知因失銀被責，派人送信給丁公子，告訴他埋銀子的地方，丁公子火速通知虞同知，虞同知大喜，卻又不知該如何交待銀子的來歷，總不能說是強盜拿來還的吧！沒辦法，還是要找董聞商量。董聞便利用撫院迷信法師的弱點，買通法師指點藏銀所在之地，掘出失銀，保全了虞同知的功名。

說起來，常奇還銀，多少是賣董聞的面子；劃策獻計，也虧董聞想得出來、使得上力。可是當虞同知來道謝時，董聞卻道：「還金全賴常奇之義，寄信又虧公子之書，治弟不過因風吹火耳！」不但不居其功，更把功勞還給虞同知，謂：「算來還是老公祖恤死存孤，故得好義之報，他人何力之有？」

分析董聞的精神氣象，是偏於「豪傑」這一邊的，唐君毅先生曾說：「豪傑之異於英雄者，在英雄以氣勢勝，而豪傑則以氣度、氣概勝。氣勢依於才情與魄力，氣概、氣度本於性情、胸襟與局量。」[12]董聞的雍容大度，是古今英雄中很少有人能及的，他具有領袖的氣質，近於《水滸傳》中的宋江，劉烈茂先生曾分析宋江具有首領的一些基本條件，即：

第一、重義氣，咸望高，群眾基礎好。

第二、知人善任，充分發揮部屬之所長。

第三、胸懷開闊，豁然大度。

---

[12] 唐君毅《中國文化之精神價值》（台北，正中書局，1981 年）頁 401。

第四、具有非凡的組織才能。[13]

　　董聞也具有宋江的這些領袖條件，有些在前文的敘述中還看不出來，例如第二條和第四條，要在全書的後面，董聞率軍與華光國交戰時才略有表現。但一、三兩條，則此時已表露無遺，董聞交遊廣闊，三教九流的朋友都有，和大盜是結義兄弟便是一例，不容易做到的是，這些朋友都買他的帳，這便是所謂的「威望高、群眾基礎好」；至於他不凡的氣度，決不輸給宋江，因為宋江的表現有時不免透著假，所以金聖嘆老是說宋江「奸詐」[14]，宋江是不是奸詐，恐怕還有爭議，有些學者受金聖嘆的影響，把宋江說成陰險奸詐的小人，其實是宋江對待朋友頗為真誠，例如柴進收留罪犯武松，可算是大恩人，可是武松心中感念的卻是宋江，那是因為柴進並沒有對他推心置腹，宋江不同，他拉著武松的手讓他同柴進和自己平起平坐，當時他自己也是個蒙柴進收留的罪犯，卻私下拿錢為武松做衣服，當武松要離開時，宋江送了一程又一程，臨別又贈銀兩，武松已經走遠了，他還「立在酒店門前，望武松不見了，方才轉身回來。」[15]那種相知相惜之情，應是發自內心的，因為一般要做假，定有他的目的和企圖，以武松當時的情況，宋江根本沒有必要對他「耍陰險」，因為

---

[13]　劉烈茂《坐遊梁山泊》（台北，遠流出版社，1991年）頁66-67。

[14]　金聖嘆《讀第五才子書法》，載貫華堂本《水滸傳》（台北，三民書局，1970年）頁33-41。

[15]　以上分析，參見拙著《明清小說－明代卷》（台北，黎明文化公司，1997年）頁53。

一點好處也沒有。從這一點看，董聞和宋江很像，董聞救走
常奇、幫助丁公子、照顧馬二娘，都是十分真誠的。然而，
宋江後來架空晁蓋，奪得大權，在和官軍交戰時，每次抓到
敵將，便「親釋其俘」，還要讓位，就都顯得很虛假。宋江的
性格十分矛盾，並且具有發展性，屬於圓形人物，董聞則前
後一貫，具有典型性格，以小說寫作的觀點看，當然以宋江
的複雜性格為勝，但就人物本身的可敬、可愛看，董聞無疑
是勝過宋江一籌的。

（二）豪士董濟、奇男女常奇與馬幽儀

董聞在落難之時，遇到一位貴人董濟，董濟也中過武舉，
作者說他「性極豪俠，生平最愛的是結客」，也是柴進、晁蓋、
宋江一類的人物，書中對他有這麼一段描寫：

> 不但王孫公子、縉紳先生與他來往，凡各營伍的武將、
> 各衙門的吏員，也多半是他的相知，至於訟師、拳師、
> 雜色人等投奔他的無不招納。

這和《水滸傳》第十三回描寫晁蓋：「平生仗義疏財，專愛
結識天下好漢，但有人來投奔的，不論好歹，便留在莊上住。」
[16]極為神似。筆者初讀此書，讀到董濟出場時，以為此人必
為本書之要角，誰知他出現不多久便亡故了，原來他所扮演
的，只是一個引導者的角色。他安頓董聞的家庭、助董聞考
中秀才、叫人教董聞武功，有形的調教，加上無形的潛移默

---

[16]　同註 14 引書，頁 217。

化，才能造就成功董聞的豪傑風範。當董聞開始嶄露頭角時，董濟便退出舞台，這是不錯的安排，否則兩種類似的性格重疊，可能會使主角董聞的光彩略為失色。

常奇也是董濟推介給董聞的，董濟說他「能柔能剛，出奇應變」，他號「善變」，當真是「名如其人，人如其號」。全書就是以「奇、變」這兩個字來寫常奇的，這應是作者想要擺脫傳統英雄形象的一種新嘗試。

常奇的拿手絕活是彈弓，平常的工作是送鏢。他的母舅江西舉人袁念先因家藏方孝儒文字，被小人告發，舉家被抄沒，常奇恨之入骨，刺殺告發的小人，得手後因不慎絆倒而被捕入獄。被董聞用調包的手法解救出獄後，上山落草為寇。他所投奔的大盜寇尚義，「是個愛結識豪傑的」，也是董聞的舊識，和常奇甚為投合，不但收容常奇，甚至讓他坐了第一把交椅。他們劫富濟貧、行俠仗義，王齊先生謂：

> 這些人即使淪為匪盜，仍會堅持俠義的信念，殺富濟貧，很少騷擾平民百姓，因此，歷史上有許多人對俠義之盜是取讚賞態度的。[17]

從前述他們盜取了官銀，後來得知失銀的是個好官，便道：「我們做好漢的，不可連累好官受罪，須把這項銀子還了，才見我們的義氣。」就可以看出他們的確是「堅持俠義的信念」，足以稱之為「盜俠」。

以上所述，尚在常理之中，至少沒有超越水滸英雄的行徑，還稱不上一個「奇」字。

---

[17]　王俠《中國古代遊俠》（台北，商務印書館，1998 年）頁 79。

　　常奇在落草之前，曾與一位名為馬幽儀（即前述之馬二娘）的名妓訂有終身之約，馬氏「不但色藝雙全，又難得她有俠氣，能識英雄。」也是女中豪傑一流的人物。學者認為，豪俠經常和娼妓的交往，因為他們「同樣身在江湖，在人生境遇上很容易……形成共同的人生觀念」[18]。常奇落草之後，改變樣貌，理光了頭髮，下山來尋訪馬幽儀，其時，馬氏已因不肯接客得罪楊閣老，又因搜出與常奇的通信遭到監禁，幸得董聞之解救，改做道姑打扮潛居靜室。常奇尋找到她，她便二話不說的隨他上山，做了壓寨夫人。作者讚美他們說：

> 那常奇既做了山寨大王，要擄掠別個婦女上山，有何難處？他卻偏要尋這一個舊相知的妓女，雖冒險有所不辭，可謂不負心的男子。馬二娘既是名妓，要尋別個王孫公子從良，有何不可？偏為著一個犯罪在逃的常鬍子，杜門謝客，甘心出家，及相會之時，知他做了草寇，又見他改了身相，也並不棄嫌，一徑相隨而去，可謂識英雄的婦人。

「共同的命運使他們更易產生同是天涯淪落人的感慨，亦有性情俠烈的娼妓甘願與遊俠患難與共、生死相隨」[19]，馬氏正是這樣的一位奇女子。

　　但上述的「奇」，畢竟還不是極為罕見的，故事到此，還並不能真正顯現作者的特殊用心。真正的奇，在馬二娘上山

---

[18] 同前註，頁 133。
[19] 同前註，頁 136。

之後，常奇為了實現他不平凡的抱負——縱不能學虯髯翁獨帝一邦，稱孤道寡；也須如班超萬里封侯，威鎮邊疆。竟然引刀自宮，化裝成小太監投奔華光國，而馬氏非但不加以阻止，還道：「你既英雄氣盛，自當兒女情輕，妾何敢貪戀朝雲暮雨，誤你沖霄之志乎！」這可不是一對奇男女麼？

　　據說，傳統綠林好漢是以不好色為最高美德的，據薩孟武先生的研究，由於中國社會重男輕女，使殺女嬰成為普遍現象，其結果便造成社會上男多女少，低下階層的人娶妻極為困難，「下層階級既有『色』的飢餓，所以他們又以禁慾生活為難能可貴的事，而視為最高的道德行為。」[20]尤其在綠林之中，婦女更是寥若星辰，不提倡禁慾是不行的，所以《水滸傳》一書對好色的王英和周通極盡嘲諷[21]，夏志清先生說：「對習武者來說，禁慾大概首先被認為是一項保健措施。但到了梁山泊傳奇形成的時候，禁慾已成了英雄信條的主要一項。」[22]

　　事實上，不僅綠林好漢如此，在中國小說中，只要具有俠義氣概的人物莫不如此，「一個俠必須能超越性慾」[23]，不但超越性慾，還要克制情感，「以保持他的俠義氣概於昇華境

[20] 薩孟武《水滸傳與中國社會》（臺北，三民書局，1991 年）頁 46。

[21] 參見馬幼垣〈水滸傳裏的好色人物〉，載《中國小說史集稿》（臺北，時報文化公司，1983 年），頁 226。

[22] 胡益民等譯、夏志清著《中國古典小說導論》（合肥，安徽文藝出版社，1988 年），頁 94

[23] 馬幼垣〈話本小說裏的俠〉，載同註 21 引書，頁 119。

界」[24]。然而，超越情慾和克制情感到自宮的地步，在中國的豪俠之中可說是絕無僅有、獨一無二的。

常奇到達華光國（史上並無華光國，應是虛構），由於文武雙全，被任命為元帥，改名為常更生，襄助月仙公主，出兵攻打中國，欲逼宣德帝為方孝孺平反。宣德帝大怒，派徐國公率軍出征，並以董聞為監軍。兩軍接戰，徐國公看上了月仙公主，月仙公主看上董聞，常奇認出董聞，董聞卻認不出變成太監的常鬍子，真是一場大混仗。最後當然是兩軍握手言和，徐國公和月仙公主聯姻，董聞被陞任為兵部尚書，常更生則由於辱及朝廷，必須另立軍功。

如果說常奇在那一場大混仗中如願以償，那麼情節就太平淡無「奇」，見不到作者的匠心了。徐國公、董聞班師回朝之後，莊文靖趁機向宣德帝建言，謂山東大盜寇尚義作亂，可派常奇勦撫之，天子准奏，授常奇為總兵，出兵山東。此時，山寨的大頭目以朝廷命官的身分，回來勸二頭目歸順朝廷，自然是順理成章、水到渠成。於是，不費一兵一卒，平定了山東大盜，常奇被擢為鎮守山東總兵官，掛武功將軍印，後來更御賜「金印一顆、玉帶一條、蟒衣一襲、加勒一道，使兼督遼東都指揮使司各衛兵馬。」又「誥封其妻馬氏為夫人」。常奇從一個殺人逃犯、山寨首領、自宮的太監而當上指揮使，馬氏以妓女出身而受封為夫人，此曠古以來，未嘗有也！

---

[24] 同前註，頁 132。

（三）英雄之形象在倫理道德中完成

我們在分析《八洞天》的主題思想時，在第一條中便提出「肯定傳統的倫理道德，並以這些倫理道德作為待人處世的最高指導原則」的思想，這是五色石主人的中心理念，在人情小說《八洞天》中如此，在英雄傳奇小說《快士傳》中也不例外。

我們在前文曾把董聞和宋江做比較，事實上，董聞的形象的確有宋江的影子。宋江，人稱「孝義黑三郎」，而「孝義」二字，似乎也是作者用來刻劃董聞形象的一個標準。在整部小說中，不斷強調董聞對父母孝順的表現。從一開始，董聞落魄失意，接受董濟的幫助，董濟要留他在家盤桓幾日，他第一個念頭便是：「但恐父母在家懸念」；後來經過董濟的調教，中過秀才、學成武藝，董濟認為他可以「遊于四方」，推薦他給余總兵，但他並不以自己的前程為第一考量，只掛念「父母在堂，薪水不給」，所以「未忍遠離」；出門之後，蒙余總兵賞識，要薦他給徐國公任西席，這實在是大好機會，但他一聽到土寇騷擾家鄉，便心中疑慮，兼程趕回；最後功成名就，官拜兵部尚書，他卻「出外日久，思念父母，上疏告假省親」，天子准他休假一年，一年後，他把家事托給妹夫與妹子看管，「自己奉了父母，挈了夫人，一齊進京」。

比較一下南戲《趙貞女蔡二郎》中的蔡伯喈，為了功名富貴而「棄親背婦」[25]，那麼董聞的表現是多麼的可敬！即使

---

25 徐渭《南詞敘錄》，轉引自張庚、郭漢城《中國戲曲通史》（台北，

在現代，也有許多讀書人遠赴異鄉，放著家中父母不顧的例子，張曼娟的小說〈永恒的羽翼〉中的李慕風便是一個佳例，慕風完成醫學教育，應聘出國，爸爸賣掉房子，準備風風光光的「出去開開洋葷」，兒子卻以「台灣最適合爸」，把孝養的責任推給已出嫁的姊姊[26]。董聞不把父母丟在家鄉，不把奉養父母的責任推給妹妹，他的孝心，其實是十分難能可貴的。

在義的方面，董聞對朋友講義氣，前文已多所著墨，尤其入獄中救走常奇一事，說起來是違法的勾當，有可能會影響個人前途的，但他卻義無反顧。韓非子所謂：「俠以武犯禁」（《韓非子‧五蠹》），確實道出了豪俠為了朋友之義，往往干犯國法的現象。馬幼垣先生曾說：

> 中國俠對社會約束是不很遵守的，而又是高度的崇拜個人主義，可是他們很注意在同輩中的聲譽，注重同輩對自己的看法。這種重視個人身價榮譽的觀念，就他們在行俠的過程中，減低了任何為國或是愛國成

丹青圖書公司，1986年）頁1-279。按，蔡伯喈在南戲《趙貞女蔡二郎》中「棄親背婦」，《中國戲曲通史》更認為，陸游詩：「死後是非誰管得，滿村聽唱蔡中郎」，說明盲翁鼓詞中的蔡伯喈也是個反面人物。直到高明《琵琶記》，才把蔡伯喈的負面形象扭轉過來。筆者認為，高明雖把蔡邕的遭遇寫得十分令人同情，但卻並不是非常合理。自古以來，豈有皇帝不讓新狀元回鄉省親的道理？不管蔡伯喈有多少苦衷，把父母妻子放在家中挨餓，自己當上丞相的乘龍快婿都是說不過去的。

[26] 張曼娟《海水正藍》（台北，希代文叢，1990年）頁113-114。

份。[27]

然而董聞雖然違反了國法，但並不表示違背了中國人心目中「忠」的觀念。宋江嘯聚山林與朝廷作對，明代思想家李贄卻說：「未有忠義如宋公明也。」因為他「身居水滸之中，心在朝廷之上，一意招安，專圖報國。」[28]王子今先生也說宋江「雖然勇敢抗擊官軍，但是仍表示『殺盡』『酷吏贓官』，『京師獻給趙君王』，『忠心報答趙官家』的忠忱。」[29]說得明白一點，所謂的「忠」，是僅針對「國君」一個人設定的，只要心中有國君，一些「亂法」的行徑是不傷大雅的。無論宋江或董聞，他們都曾經為了「俠義精神」而違法亂紀，但後來也都能忠於朝廷，為朝廷賣命。

董聞之義，在對待妻子淑姿方面更有感人的表現。一般說來，描寫英雄傳奇的小說是不太寫男女之情的，「《水滸》告訴我們的是一個男人的世界，一個不講或根本就沒有愛情的世界。」[30]《快士傳》對常奇和馬幽儀之間的感情略有著墨，但與其說他們是兩情相悅，還不如說是意氣相投，他們的愛情結局是一個自宮，一個守活寡，這種愛情也未免太無趣了。

至於董聞和淑姿，更純粹是恩義的結合，董聞十二歲時

27　同註 21 引書，頁 131。

28　李贄〈忠義水滸傳序〉，載《明清小說序跋選》（瀋陽，春風文藝出版社，1983 年）頁 171。

29　王子今《忠觀念研究》（長春，吉林教育出版社，1999 年）頁 294。

30　陳家琪《人在江湖──一個文本和一種解讀》（太原，山西教育出版社，1994 年）頁 82。

父親便為他聘了財主柴昊泉的女兒淑姿，不料後來董家日貧，柴家日富，柴家便有意賴婚，「要把婢子充做女兒，搪塞董家，另為淑姿擇配。」淑姿卻以「既將我許配了董家，我生是董家人，死是董家鬼」為理由，執意要嫁給董聞，而淑姿也因此而「失愛於父母」。在董聞落魄的時候，淑姿跟著他受了不少苦，所以董聞在發達之後，也不肯負了淑姿。董聞攻打華光國，月仙公主有意於他，常更生寫信代為求婚，董聞見信的反應是「好生不然」，這第一反應就相當不簡單，許多人可能會得意，至少會竊喜一番，董聞想的卻是：「縱然外家待我不薄，我豈停妻再娶之人？」這還只是他堅持個人理念，不含情義的成份。

後來，徐國公試探他，他先說之以理：「我董聞已有妻室，豈容停妻再娶。」再動之以情：「憶昔荊妻未嫁之前，寒家貧困無以為活，內父頗有解婚之意，荊妻矢志不從，以致失歡於內父。今日幸得富貴，何忍負之？於情於理，誠有所不可。」這裡已經談到了情義，不過嚴格說來，這還停留在交換行為（exchange behavior），或「報」（reciprocity）的階段，因為你對我有情，所以我對你有義，楊聯陞先生曾指出「報」是中國社會關係的基礎[31]，是具有普遍性的[32]，這還不算特別。但接著，國公笑說他是否「有懼內之意」，董聞否認，並謂：「彼

---

[31] 楊聯陞〈報－中國社會關係的一個基礎〉，段昌國譯，載《中國思想與制度論集》（台北，聯經出版公司，1979 年）頁 349-372。

[32] 參見金耀基〈人際關係中人情之分析〉，載《中國人的心理》（台北，桂冠圖書公司，1990 年）頁 75-104。

是外國公主，豈肯相下，若娶將來，必然自恃其貴，反欲居荊妻之上，這怎使得？」這段話才真正顯示出董闐品格的高貴，主因是他不以自身的利害為考量，而是把他的關心放在淑姿身上。他不想自己娶公主是否能夠拉抬自己的身分，只掛慮如果娶公主入門可能將使結髮多年的妻子受害，這才是董闐最令人稱道的「義」行，楊聯陞先生認為「義」的特殊意義：「是表示任何超於普通道德標準的德行。」並引馮友蘭之說，謂：「所謂『行俠作義』底人，所取底行為標準，在有些地方，都比其社會的道德所規定者高。」[33]

　　常奇的情形也是如此，正如一般的豪俠，他重人倫而輕國法，捨己而為人。他的舅舅因為文字獄慘遭滅門之禍，出首告發的人卻因此而得享富貴，他恨之入骨，伺機將其刺殺，而自己也被捕入獄。董闐去看他時，他道：「我為家母舅報仇，死亦甘心。」正是唐君毅先生所謂：「俠義之精神，寧自己經歷困苦艱難，或受委屈，必不負信義，以使他人之委屈得伸。」[34]董闐用調包的手法將他救走之後，他當上山寨首領，明知官府緝拿甚嚴，為了報答馬氏的知遇之恩，仍冒險下山相會。他後來立下戰功，並得知馬氏在他自宮遠離之後，仍堅貞守節，十分感動，謂：「他既不負我，我何忍負他？異日我若得與朝廷立功，雖不能蔭子，也還須博個封妻。」他行俠仗義，亡命天涯，最後的目標，還是在於「封妻、蔭子」，又回到傳統的道德倫理上來。

---

[33]　同註31引書，頁355。

[34]　同註12引書，頁405。

（四）小結

　　卡萊爾在《英雄與英雄崇拜》一書中，舉出了六種英雄，即做為「神明、先知、詩人、教士、文人、帝王」的英雄[35]。唐君毅先生也說：

> 豪傑性人物，不必是政治、軍事上之人物，可只為一社會文化中之人物。在一切社會文化領域中，無論學術上、文學藝術上、宗教上，凡能依其真知灼見，排一世之所宗尚，以開闢人類精神，與社會文化之新生機者，皆賴一種豪傑之精神。[36]

　卡萊爾心目中的英雄，是具有「忠誠、灼見、智慧、靈感、洞察力」等特質的人物，他們是「人類的領袖」、「創造者」[37]。顯然的，唐先生所謂的豪傑性人物，和卡萊爾所說的英雄，是十分類似的。當然，《快士傳》所歌頌的英雄豪傑，並沒有兩位哲學家所說的那麼偉大，他們還稱不上是一個「創造者」，或能夠「開闢人類精神，與社會文化之新生機」，然而，他們的確具有「忠誠、灼見、智慧、靈感、洞察力」，也能「排一世之所宗尚」，絕非庸庸碌碌之輩。

　　另一方面，作者所頌揚的英雄豪傑（也就是所謂的「快士」），同樣不限於某方面的人物。全書之末，無名子有一段

---

[35] 卡萊爾《英雄與英雄崇拜》，何欣譯本（台北，台灣中華書局，1988年）。

[36] 同註12，頁402。

[37] 同註35引書，第一講，頁1。

總評：

> 快士非獨董聞一人。常奇之俠烈，一快士也；董濟之
> 慷慨，一快士也；丁士升之廉明、莊文靖之敏智、徐
> 國公之禮賢、余建勳之重文、丁嗣孝之報德、虞龍池
> 之好名、金畹之高尚，皆快士也。……

這段評論是十分具有卓見的，本書中的快士不等於一般俠義
小說中的游俠之類，而是能律己以「忠」，待人以「恕」[38]的
高尚人物，個個皆是具體而微的「豪傑、英雄」。作者寫作
本書的目的是深為這些「快士」所吸引，「愛之慕之，樂得
而稱述之」，因此，筆者將「歌頌英雄豪傑」列為本書主題
思想之第一位，應該是不會有大誤的吧！

第二節　表揚賢吏清官

　　此一主題可以說是第一主題之推衍，前文說過，本書所
歌頌之「快士」（英雄、豪傑），亦包涵各類高尚人物，書中
所表揚之賢吏清官，實亦快士，如書末總評中所稱述的丁士
升、莊文靖，皆是官場中之豪傑也。然而，由於作者刻意經

---

[38] 此恕字取其「如心」，即「將心比心」之義，如董聞不娶月仙公主，
　　乃以淑姿之立場為考量，此便是「恕」。《論語‧衛靈公篇》：子曰：
　　「其恕乎！己所不欲，勿施於人。」徐英《論語會箋》（台北，正
　　中書局，1994 年），頁 53 釋《里仁》篇之忠恕時，謂：「推己待人
　　之心，如待己之心，謂之恕。」皆是此義。

營，細心描寫，所刻繪的賢吏清官形象令人動容，因此，有必要特別表出，作為本書之第二主題。

（一）賢吏清官的典範──丁士升

自古以來，頌揚清官和控訴貪官是文學作品中不斷出現的兩大主題。尤其是明末清初的官場，可說是一團漆黑，筆者曾就清初前期的話本小說做過全面的考察，對當時的官場現象得出如下的結論：

> 在清初前期的話本小說中，展現了一幅貪官污吏交相纏繞的官場圖。貪贓枉法在明末清初不是個別現象，而是普遍情形。貪污變成正常，清廉成為特例，人們見怪不怪，話本作者也從譴責，轉為妥協，或同情。貪官污吏回到家鄉，就成為橫行於鄉里的鄉紳，鄉紳勾結官府，更直接危害到普通百姓，使他們的生活更形艱困。此外，又有胥吏、里甲、衙役、番捕等隨時會在百姓家中出現的官紳爪牙，不定什麼時候會伸出魔掌，將善良的平民推入絕境之中。[39]

薩孟武先生曾說：「小說乃社會意識的表現，社會意識對於官僚若有好印象，絕不會單寫黑暗方面；單寫黑暗方面，可見古代官場的骯髒。」[40]既然小說是社會意識的表現，從小說

---

[39] 見拙著《清初前期話本小說之研究》（台北，學生書局，1998年）頁384。

[40] 薩孟武《紅樓夢與中國舊家庭》（台北，東大圖書公司，1977年），頁157。

來看官場現象，可能比歷史所記載的還要真實。陳大康先生說：「任何文學體裁都不可能像小說那樣廣泛地、幾乎是全方位地同時又相當細致地反映社會生活。」[41]小說對現實社會的反映，的確是值得重視的。因此，筆者深信，透過通俗小說此一大眾文學，認識明末清初的官場現象，是頗值得採信的。

既然明末清初官場一團漆黑，要在此時當一個清官就顯得格外的艱困，也就值得特別的加以表揚了。《快士傳》所寫的是明朝前期的故事，但作者置身於明末清初黑暗官場的氛圍，其對清官的揄揚充滿了理想色彩，丁士升這個人物便被作者刻意描寫成幾乎可以稱得上是清官中的「典型」。

用我們現代的話講，丁士升這個人非常具有「個性」。他是翰林莊文靖的門生，當他還是廩生的時候，莊文靖推薦他去當首輔楊士奇之公子的老師，一般人恨不得有這麼一個巴結宰相的機會，但他聽說楊公子不愛讀書[42]，就不大情願去，只因礙於老師情面，勉強應命。後來，以歲貢選授為國子監學正[43]，以貢生來說這算是好的前程了，但偏偏此時楊家公子

---

[41]　陳大康《明代商賈與世風》（上海，上海文藝出版社，1996 年），頁 312。

[42]　據正史的記載，楊士奇的長子稷「傲很（狠），嘗侵暴殺人，言官交章劾稷。」礙於楊士奇的望位，一直不敢辦他，士奇死後，「有司乃論殺稷」。作者只說「楊公子不愛讀書」，算是非常客氣了。見《明史》卷一百四十八〈楊士奇傳〉。

[43]　歲貢，一名常貢，即每年由各府、州、縣貢入國子監讀書的生員。按，據《中國歷史大辭典》（上海，上海辭書出版社，1995 年）頁148〈歲貢就教選〉條，歲貢生得授為學正、訓導、教諭等官是景

又「以恩蔭入監讀書」，丁士升不想和他「朝夕聚首」，乾脆請求外調，在莊翰林的周旋之下，才被任命為開封府的理刑推官[44]。

董聞曾說他：「此公為人極清，政極有品的。只看別人巴不得做相府西席，他初時偏懷猶豫，不肯便就，如今又別了楊公子，求補外任，其人品可知。」不攀附權貴、不慕榮利，作者塑造丁士升清官形象是從基本性格入手的，這就比一般小說只從行事上描寫要深刻得多了。他既不媚上，自然也就不下求，余總兵曾說：「我聞丁理刑到各縣查盤，凡縣官餽送之物，一毫不受，清廉太過分了。」前面的引文中說過，明末清初官場貪污是普遍現象，這是筆者就話本小說考察得到的印象，事實上，明朝中業已是如此，當時的士大夫對此也有所感嘆，戚繼光《止止堂集》曾有一段對嘉靖三十年前後官員貪污情形的描述：

> 三十年前，宦歸行李至國門，尚多夜入，曰：「勿使鄉黨見。」今之歸者，動以數百笥，必日中經鬧市運之，惟恐其鄉黨不見，則不相榮矣。盛馳奴僕，索取夫馬於官。僕在馬上，德色驕人，遇官府不避道，予所親

泰元年（1450）開始的，丁士升在宣德年間（1426-1435）以歲貢選授為國子監學正，明顯違反史實，是不可能發生的事。本書人物有虛有實，楊士奇固然是實有其人，莊文靖、丁士升史皆不載（《明代地方志傳記索引》【台北，大化書局，1986年】頁6載有「丁士奇」名字略近，但他是廣東舉人，丁士升則為北京貢生）。

[44] 推官是知府的佐貳官，正七品，「掌理刑名，贊計典」。見同前註引書，頁438。

睹者。[45]

蘇同炳先生評論說：「正德年間逐漸萌生起來的士大夫聚斂貪污之風，到明世宗嘉靖年間已形成了相當普遍的現象，不但士大夫不以為恥，即社會大眾亦復視為固然，恬然不以為怪。」[46]正是因為有如此的社會風氣，余總兵才會說出丁士升「清廉太過分」的話。可見，像丁士升這樣的清官，在當時是極為難得的。

由於薪資微薄，丁士升甚至於到了需要舉債的地步。他和董聞是同門，兩人意氣也頗為相投，所以請董聞出面替他借貸，董聞義不容辭，並讚道：「年祖台在此做官，至欲稱貸度日，清介可知。」這正是筆者前文所謂此時當一個清官的艱困，因為他不是拿他微薄的薪水節儉度日就沒事了，當官有許多的應酬和開銷，有時還要自掏腰包請幫手辦事。清初話本小說《醉醒石》第十一回曾用同情的口氣評論說：「這卻也出乎不得已。一載紗帽，坐一日堂，便坐派一日銀子。捐俸積穀，助餉助工，買馬進家資，一獻兩獻。我看一箇窮書生，家徒四壁，叫他何處將來？如今人纔離有司，便奏疏不肖有司，剝民賄賂，送程送賻，買薦買陞。我請問他，平日真斷絕往來，考滿考選，不去求同鄉，求治下，送書帕麼？」[47]甚至於說：「得來錢財無道，能教子孫，是箇逆取順守，還

45　轉引自蘇同炳〈一條鞭法對於明代社會經濟的影響〉，載《明史偶筆》（臺北，商務印書館，1995 年），頁 157。

46　同前註，頁 157-158。

47　程有慶點校本，東魯古狂生《醉醒石》（杭州，江蘇古籍出版社，

可不失。」（第七回）[48]這當然是歪理，但也側面反映出當時官場的污穢，以及清官的難得。

丁推官政聲頗佳，上任不久就因鄭州知州以貪污罷職而前往代理州務。前文既云貪污是普遍現象，為何還是有人因此而丟官呢？實在是因為這位知州丙制金「貪污異常，幾乎把地皮都弄光了」的緣故，當地人稱他為「丙赤地」。貪到這種地步，才被罷職，已經不知道害苦了多少百姓，定是人心沸騰，遮蓋不住了，才不得不加以處置。這也就是為什麼丁士升才上任不久，只因為「一清如水」，就被譽為「丁青天」，如果為官清廉是普遍情況，丁士升是不可能立刻得到這麼高的推崇的。

以上是討論丁士升的「清廉」，以下再看他的「賢能」。

自古以來，中國的清官常有兩種毛病，第一是「殘酷」，第二是「胡塗」。關於前者，李漁《無聲戲》第二回的定場詩有「從來廉吏最難為，不似貪官病可醫」的句子，入話中又說：「這首詩，是勸世上做清官的，也要虛衷捨己，體貼民情，切不可說：『我無愧於天，無怍於人，就審錯幾樁詞訟，百姓也怨不得我』這句話。那些有守無才的官府，個個拿來塞責，不知誤了多少人的性命。所以怪不得近來的風俗，偏是貪官起身有人脫靴，清官去後沒人尸祝。只因貪官的毛病，有藥可醫；清官的過失，無人敢諫的緣故。」[49]李漁說貪官起身有

1994 年）頁 137-138。

[48] 同前註，頁 92。

[49] 胡小偉點校本，李漁《無聲戲》（杭州，江蘇古籍出版社，1991 年）

人脫靴，自然是因為貪污乃普遍現象，人民司空見慣的緣故，只要不是貪得無厭，人民的日子還可以過得去，也就感激不盡了。至於說清官「無人敢諫」，則是指出清官的剛愎自用之處，剛愎自用的結果，清官就成了昏官，也成了酷吏。《老殘遊記》第十六回的評語說：「贓官可恨，人人知之；清官尤可恨，人多不知。蓋贓官自知有病，不敢公然為非；清官則自以為我不要錢，何所不可？剛愎自用，小則殺人，大則誤國。」[50] 說「清官尤可恨」，當然只是過激之言，但也足覘清官害民之一面。

小說寫清廉之昏官的，如《二刻醒世恒言》下函第八回中的李渾，他雖不貪財，然而「斷的事，多有不明白，前後屈人事體甚多。」[51]《珍珠舶》卷六的歸安縣官也是「一清如水」，但斷案卻很胡塗，並且「執持一見，不可挽回」，篇中的丘大明明是冤枉的，卻不肯詳查，仍將他「嚴刑拷究」，害他白白在牢中關了四年。這些都是明顯的例子，說明清官胡塗起來，也是害人不淺的。

丁士升是精明而有才幹的清官，作者就用這兩個角度來描寫他。在精明方面，書中舉出了一些斷案的例子：例如路小五指引宿積去盜柴昊泉的銀子，宿積被抓後，扳害董聞的和尚朋友沙有恒，說他是窩主（主使者）。董聞向丁士升說明

頁 28。

[50] 劉鶚《老殘遊記》（臺北，博遠出版公司中國近代小說全集第一輯）頁 195。

[51] 心遠主人《二刻醒世恒言》（上海，上海古籍出版社《古本小說集成》本）頁 690。

沙有恒的為人，請丁士升替沙有恒辨冤，此時正好有兩個和尚犯案，正在堂下候審，丁士升便指示其中一個和尚，要他如此如此。獄中提出宿積，宿積又一口咬定沙有恒是窩主，丁士升便叫他和假扮沙有恒的和尚對質，宿積根本不認識沙有恒，卻對著假沙有恒嚷道：「沙有恒，我那夜在你菴中宿歇，贓物也分與你的，你如何賴得？」一下子就露出馬腳。丁士升稍用一點心，便立刻洗清了無辜者的冤情。又如路小五、門氏夫妻在公堂上裝聾、假盲，丁士升故意小聲分咐衙役取夾棍，路小五慌忙道：「小人害病，受夾不起。」又教人扮鬼撲向門氏，大家都嚇了一跳，門氏更是大叫：「有鬼，有鬼。」丁士升略施雕蟲小技，便讓狡猾的小人無所遁形，如此斷案，誰敢欺瞞、弄假？

　　丁士升的才幹，表現在治水這件事上面。當他接下治水任務時，首先做的事便是親自到河邊去「踏勘舊河道」，在踏勘的過程中，如果遇到泥沙堆積之處轎馬難以通行，他就徒步往來。他這樣做的好處是，一方面真正了解工程的困難所在，另一方面讓治水的工人不敢偷懶，「那些民夫因上官如此勤勞，無不努力向前。」丁士升做的第二件事是重新分配工作並激勵士氣，方法是：「每十個精壯民夫，撥兩個老弱的炊茶煮飯、擔送供給，免其做工。」這樣一來，老弱的民夫不會拖累進度，強壯的民夫可以專心工作，可說是兩全其美。在整治河岸的時候，「凡遇河道上或有房屋或有墳墓相礙的，丁推官相度地勢，苟可通融，便迂迴過去，更不拆屋壞墳。」丁士升這樣體恤民心，自然得到百姓的支持，既不會遭遇阻力，也不怕百姓破壞，少了許多的後顧之憂，治水的工作也

就更快就接近完工了。

當清官已經不易，清官而又具有精細的推理能力以及治事的才幹，更是不可多得。五色石主人用典型化的手法，將許多優秀官員的品格集中到丁士升的身上，使他成為清官賢吏的典範，並極力加以頌揚，其手法是相當成功的。

（二）賢臣良相的楷模——莊文靖

如果說丁士升是地方好官的典範，那麼莊文靖便是中央賢宦的楷模。作者同樣對他進行了典型化的工作，所謂典型化，也就是「作家馳騁藝術想像，把生活中某一類人的性格特徵集中概括到一個人身上，並予以誇大、加深和個性化。」[52]歷史上，明宣宗時期並無莊文靖其人，小說中謂莊文靖與「楊閣老（即楊士奇）相契」，事實上，在莊文靖身上依稀可以看見楊士奇的影子。

首先，楊士奇是明前期「台閣體」的代表作家，他的詩文大多是為應制而作的，缺乏真實的內容，在文學成就上不值得稱道。但無可否認的是，台閣體在當時風行一時，而三楊的詩作「藝術上四平八穩，雍容典雅」[53]，而楊士奇在三楊中更是以「學行」稱[54]。同樣的，莊文靖也是「文名最著，四

---

[52] 賈文昭、徐召勛合著《中國古典小說藝術欣賞》（台北，里仁書局，1984 年）頁 70。

[53] 吳志達《明清文學史‧明代卷》（武昌，武漢大學出版社，1991 年）頁 198。

[54] 《明史》卷一百四十八〈楊溥傳〉。

方推仰」（卷二）、「夙有文望」（卷四）。其次，兩人最相同的
一點，是善於推薦人才，《明史》卷一百四十八〈楊士奇傳〉
說楊士奇「雅善知人，好推轂寒士，所薦達有初未識面者。」
而《快士傳》中的莊文靖也是以善於推薦人才的長者身分，
週旋於中央與地方之間。第三，楊士奇勇於建言，並且總是
能得到皇帝的採納，同樣的，莊文靖在小說中對皇帝的建言
也都能被接受。

　　楊士奇「對於選拔賢良之才，可謂竭盡全力。」[55]莊文靖
在小說中的表現也可圈可點，他在剛考取進士時便和中央大
員關係良好，曾推薦丁士升給楊士奇，推薦董聞給徐國公，
後來董聞和丁士升參加廷試，莊文靖也在閱卷詞臣之列，就
將他們二人薦給主試官，使他們分獲一、二名。董聞回鄉候
選，丁士升後來也被派到董聞的家鄉任推官，莊文靖又寫信
給當地的撫、按二院，「要求撫、按青目」。莊文靖對董、丁
二生的照顧，實在都是出於愛才之心，二生雖然稱呼莊文請
為老師，其實並不曾真正受業。而丁士升和董聞也都不辜負
老師的期望，為國為民立下了汗馬功勞，莊文靖誠可謂推薦
得人。

　　後來，華光國月仙公主和常奇率軍進犯，宣帝問誰可任
大將出師征勦，莊文靖推薦新襲爵的徐國公，又推薦董聞為
參謀，都獲得皇帝的同意。亂事平定，莊文靖又推薦常奇為
總兵，前去勦撫山東大盜寇尚義，成功之後，常奇被任命為

---

[55]　楊國楨、陳支平《明史新編》（台北，雲龍出版社，1995 年）頁 146。

山東總兵官，又兼督遼東都指揮使[56]，可謂權傾一方。

不久，「天子有詔訪求山林隱逸之士」，莊文靖此時已經入閣，便推薦當初教授董聞學業的計高，以及當時和董聞一起讀書的朋友金畹。結果，「計高應召而來，詔拜翰林院編修；金畹卻不願出仕，堅辭不赴。」計高未舉而得仕，金畹雖未赴命，其高尚的人品卻受到世人之推崇，甚至於認為「比楊士奇覺高一步」。這些，都要拜莊文靖薦舉之賜。

在向皇帝提出諫言方面，據史上之記載，仁宣時期經常有大官在進諫時，一個不小心就受罰，或被拘禁，如洪熙元年，翰林侍讀李時勉上疏言事，「仁宗怒甚，召之便殿，對不屈，命武士撲以金瓜，脅折者三，曳出幾死」（《明史》卷一六三〈李時勉傳〉）。仁宗臨終時，仍以未殺李時勉為大恨。又如宣德六年二月，巡撫御史陳祚以宣宗頗事游獵玩好，上疏勸他「務帝王實學，命儒臣講說真德秀《大學衍義》一書」，宣宗大怒，謂：「豎儒謂朕未讀《大學》耶？」於是把陳祚及其家口十餘人長期關押在牢中，陳祚之父因此瘐死。[57]在這種情形下，很多大官都不敢直言進諫，只有楊士奇是例外，《明史紀事本末》說：「三楊作相，夏、蹇同朝，所稱舟楫之才、股肱之用者，止士奇進封五書，屢有獻替耳！其他則都俞之風，過於吁咈，將順之美，踰於匡救矣！」[58]

---

[56] 指揮使為明代衛指揮使司長官，與指揮同知、指揮僉事同掌衛事。見同註43引書，頁342。

[57] 同註55引書，頁155。

[58] 谷應泰《明史紀事本末》（上海，上海古籍出版社，1994年）頁116。

在《快士傳》一書中，莊文靖除了直接向皇帝推薦人才之外，也經常很有技巧的提出諫言，而能屢獲皇帝的採納。例如當常奇以平反方孝孺案為由出兵，莊文靖一面推薦大將征討，一方面也趁機提出諫言，一來希望能夠「寬文字之禁」，二來希望追復建文年號，第三希望「優恤死難眾臣之後」。這些建議後來皇帝都採納了，還恢復被戮諸臣的官爵，大赦天下。又如，常奇說降了山東大盜寇尚義，立了大功，因為他是自宮過的，又能文能武，宣宗皇帝很欣賞他，打算「召之入宮，著他教眾內侍讀書，朝夕趨承左右，以備顧問。」按，據《明史》卷三〇四〈宦官傳序〉，在明太祖之時，宦官是不許識字的，到了宣宗時期，「設內書堂，選小內侍，令大學士陳山教習之，遂為定制。」這是宣帝想要找人教內侍讀書的背景，但常奇豈肯當一名內侍，莊文靖奏道：「常奇有歸命之誠，又有平寇之績，若使與奴婢同列，恐非朝廷獎義報功之意。」莊文靖不說出常奇本身的意願，而以朝廷的大義來說服皇帝，可說是相當懂得進諫之道的。

身為一個中央要員，如果不能對皇帝的行為有所匡正，很可能會使國家陷入大的災難之中。相反的，像這樣能及時對皇帝提出好的建議，便可以使數不清的臣民受惠。

莊文靖提攜後進、舉薦人才，又對皇帝之施政多所匡正，所以說他是良臣賢相的楷模。作者雖然沒有給他像丁士升那樣大篇幅的描繪，但字裡行間所傳達的推崇和歌頌，確實是可以獲得讀者之共鳴的。

第三節　諷刺愚行及批判惡行

　　《快士傳》的主題以歌誦、表揚優秀人物、高尚品格、傑出才能為重點，其目的不外希望得到見賢思齊的效果。但小說中不能沒有負面人物，否則無以襯托正面人物之可貴可敬，本書對於負面人物的描寫，採用了相當高明的諷刺手法，因此，本書雖非諷刺小說，卻也具有諷刺小說的諷世效果。

　　柯臘克（A. Melville Clark）曾提到諷刺文的特性說：「它在以揭露愚行與叱責惡行，兩個焦點所成之橢圓形軌道上，前後擺動。」[59]析而言之，「揭露」和「叱責」是諷刺的方法（未必是最好的方法），「愚行」和「惡行」則為諷刺的對象。諷刺，「或為了『責難邪惡與愚蠢』或為了『改正惡行』」[60]，以達到革新社會的目的。[61]

　　一般人通常將善、惡二分，對於「愚行」則寄予同情。《快士傳》一書的作者亦是如此，書中對惡行之批判不遺餘力，對愚行則採用了較多的諷刺技巧，使讀者在輕鬆與詼諧之中，認識到「愚行」的無知和可笑。

（一）諷刺愚行

　　書中最愚不可及的，是柴昊泉、柴白珩父子。

---

[59] 見 Arthur Pollard 著〈何謂諷刺〉，董崇選譯，載《西洋文學術語叢刊》（台北，黎明文化公司，1978 年）頁 193。

[60] 張宏庸〈中國諷刺小說的特質與類型〉，載《中外文學》五卷七期，頁 26。

[61] 齊裕焜、陳惠琴合著《鏡與劍－中國諷刺小說史略》頁 2。

　　柴昊泉的形象，就是一般短視近利、嫌貧愛富、是非不分的暴發戶形象。他是個反復無常的真小人，但絕非奸惡之輩，連狡詐二字都談不上。

　　說他是真小人，因為他不像書中的其他負面人物如路小五、杜文龍之輩弄奸巧，暗中陷害別人。他對女婿董聞的態度，反反復復，十分可笑。董家尚未失勢之時，他把女兒許配給董聞，董家式微了，他「便有賴婚之意」，但女兒堅持要嫁，他也無可奈何，只以不給嫁妝來要脅。他想賴婚，可是又不徹底，並不敢耍什麼毒辣的手段，可見他還不是一個狠心的人。家裡延師教兒子讀書，滅不過公論，也只得答應讓窮女婿董聞來附讀，只是難免冷嘲熱諷。董聞中了秀才，以為丈人會對他另眼相看，誰知他的兒子柴白珩心懷妒忌，說董聞在外面講家中的不是，「昊泉信了這話，依舊心中厭惡女婿」，可見他的耳根極軟，容易輕信，自己沒有什麼主見。

　　後來柴白珩靠納貢成了監生[62]，董聞卻廷試第一被欽定為國子博士。國子博士即國子監裡的教授，「博士正管著監生」，此時柴昊泉只得備了一副盛禮去道賀，這是他的第一次低頭。

　　丁推官審出當年柴白珩、路小五、宿積等人盜取董家三百兩銀子的案情，昊泉跑去董家求董聞出面說情，丁推官免了柴白珩的罪刑，但罰他出米三百石賑飢，出銀五百兩助開河之費。昊泉又求董聞說情求免去罰銀，情願將當年向董家典來的房子送還以為酬謝，這是柴昊泉的又一次向女婿低頭。

---

[62]　納貢即捐錢入國子監讀書成為監生，綽號白丁的柴白珩也只有走這條捷徑才有入仕的機會。

　　這件事情說來是十分可笑的，當年董家的房子值五百兩，因為急缺錢用，典給柴家三百兩，另外二百兩暫欠。後來，董家被設計失了高利貸來的三百兩，求柴家把那二百兩拿出來，柴家不但不給，還說了一堆理由，什麼董聞附讀是他出的學費，董聞食量又大，吃了他一年的飯賽過二、三年等等，作者評論此事說：「可笑柴昊泉，當初女婿急難之中要求他加絕，卻分文不與，反發出許多沒理的話來，今日卻把三百兩原契白白送還，人情事勢，變態如此。」加絕，就是給斷的意思，也就是希望昊泉將所餘二百金付清。但那時昊泉有財有勢，豈捨得將吞進去的錢財吐出來，如果不是為了替兒子求情，他是不會如此見風轉舵的。

　　可見這兩次的低頭，只是無可奈何，是情勢所逼，不是真的轉變對女婿的想法。因此，過不了多久，當他誤以為董聞被東廠抓走，立刻翻臉道：「我說這畜生，那裡有富貴在面上？」便寫起一張告示，貼在董家門上，要把還給董家的房子出租或賣掉。董家莫名其妙，不知道發生了什麼事。正在此時，董聞被任命為征討華光國監軍的捷報傳來，柴昊泉嚇慌了，連忙揭去告示，又送了一副大禮來賀。董家看柴家這樣反復無常，也只有「付之一笑」而已。

　　情節發展至此，董昊泉還沒有真正覺悟。要到兒子白珩運餉遭劫差點被斬，為董聞所救，卻誤傳已被處決，昊泉大慟，親往廣州探查，與棄官回鄉的兒子在途中相遇，此時昊泉因內心急苦已經得了重病，見兒子無恙大為寬心，白珩又說出過去對董聞的誤解，以及董聞解救自己的情形，昊泉才大徹大悟。

柴昊泉回家後還是病故了，然而他的結局，還算是好的，誠如作者所言：「前日舟中得病幾乎死于道路，今得安床而死，兒女送終，也算勾了他了。」他雖然愚昧可笑，一生「不曾幹得件好事」，但臨終時能夠明白自己的過失，並且留下一句教導兒子「自今以後，切莫怠慢窮人」的遺言，並非至死不悟，兒子也能痛改前非，總算可以瞑目了。

作者對於此一人物之描繪，是帶有一點同情意味的。他的行為雖然愚不可及，但還不是壞到無藥可救，作者只是讓他在自己造成的窘境中進退失據，讓讀者在其遭遇中明白了愚行之可笑，從而達成諷世之效。

相對於柴昊泉，作者給柴白珩的著墨更多，諷刺的意味更強。

林驤華主編的《西方文學批評術語辭典》將諷刺分為兩類，第一類是直接的諷刺，即作者「以第一人稱口吻，站出來直截了當地對讀者或作品中的人物發表具有諷刺性的見解。」第二種稱為間接諷刺，是通過敘述表現出來的，「被諷刺的對象不直接受到揶揄，而是在自己的言行中暴露出滑稽可笑的特點。」[63]本書對於柴白珩這個人物，交錯運用了這兩種諷刺技巧。

柴昊泉能開典鋪賺錢，能當上財主，顯然並不太笨，他的愚昧，只是眼光短淺、現實勢利，不是天生的智商低。白

---

[63] 林驤華主編《西方文學批評術語辭典》（上海，上海社會科學院出版社，1985年）頁106。

珩則不然，他是真的很笨，讀了兩三年書，卻換來一個「柴白丁」的綽號。他靠著作弊，竟然中了秀才，作者說：「白丁做了秀才，那個不曉得是買來的。」又說當時人編了一些笑話來嘲他，這些笑話其實是用諧音來取笑白珩的口號，例如「這是新取的猻（生）猿（員），剛才用價買得；雖然街市招搖，本事一些未習」，用猻猿諧音生員（即秀才），說它是買來的，一點本事也沒有；又如「白丁做了秀才，也學置買書籍，書籍載在船中，忽然船漏水入，慌忙搬書上岸；其書奇怪之極，雖然浸（進）了一浸（進），原來一字不濕（識）。」嘲笑白珩雖然「進學」，其實一字不識。這都是直接的諷刺，結合了詼諧與幽默，達到了「嘲諷」（sarcasm）的效果。

　　本書最饒富趣味的一段，也是諷刺技巧發揮得最淋漓盡致的一段，在於描寫柴白珩追求馬幽儀表現極可笑行為的部分。在這裡，反諷（irony）這種高級的諷刺技巧，得到巧妙的運用。

　　話說柴白珩靠著納貢入監，來到了京師，寄寓在一個院子裡，同院住的，就是和常奇有終生之約的名妓馬幽儀。馬幽儀因與常奇有約，時常托病不出，白珩便向她租幾間房來住，想要借機親近，卻一直都沒有機會。白珩知道馬氏詩詞歌賦無所不通，便也買些書籍搬到寓所來放。有一天，馬氏聽到白珩叫書僮：「快拿書來。」書僮說有《三蘇文》，白珩說：「太低。」書僮又說：「《兩漢書》如何？」白珩還是嫌「太低」，馬氏嚇了一跳，連《三蘇文》和《兩漢書》都嫌太低，此人的學問不得了，他平常所讀到底是什麼書？不禁好奇張望，不望還好，一望不禁笑出聲來，原來白珩要拿書當枕頭

睡覺，所以嫌低，是書的高度太低，不是內容的程度太低。

以上一段，即為「間接的諷刺」，讓人物在自己的言行之中暴露出滑稽可笑的特點。但作者對白珩的諷刺還未完成，接著，馬幽儀進入內室，在牆上填了一首嘲笑白珩的〈菩薩蠻〉詞，填完自己又笑了一陣。隔壁的白珩聽到幽儀的笑聲，竟然以為是「美人有情於彼」，這已經很可笑了。第二天白珩便硬要去拜訪，幽儀無奈，勉強接待，牆上題的詞卻被白珩看見了，幽儀跼促不安，誰知道白珩根本看不懂，又要假裝內行，對著馬氏極口贊道：「字又好，所作又好，明日還要把粗扇來請教。」馬氏一聽，才知道他真正是蠢材一個，「匿笑不止」。

上述的諷刺手法，稱為「戲劇性反諷」，即：「觀眾了解安排某個場景的用途，而作品中的角色對此一無所知。角色以不符合實際情況的方式行動，或者他們在期待與既定命運相反的個人命運，……。」[64] 此種反諷強調角色與場景之間的悖謬，最有名的例子是《孟子‧離妻》的〈驕其妻妾〉章，齊人回家時，不知道自己的醜態已盡入妻妾眼簾，其妻妾正正泣於中庭，還洋洋自得的驕其妻妾，這即是效果絕佳的戲劇性反諷。同樣的，當馬幽儀正暗笑柴白珩嫌書當枕頭不夠高時，柴白珩卻以為美人有意於他，當馬幽儀正擔心柴白珩見了牆上的題詞會生氣時，柴白珩卻極力贊美「字好，所作又好」，種種和預期相反的悖謬，都達到了相當成功的反諷效果。

---

[64] 同前註引書，頁 90-91

如果諷刺的情節發展至此便戛然而止，或許文章會顯得較有餘韻，但小說的情調會停留在比較「雅」的層次，以文學的成就來說將顯得較為高明，然而本書究竟是通俗文學，通俗文學屬於大眾文學，「與屬於個性產物的純文學不同，大眾文學是由大眾來創造的，作家不過是根據大眾的種種要求而賦予它一個形式而已。」[65]為了符合大眾的要求，作家必須走通俗的路線，使揭露愚行以諷世的作用世俗化，因此，小說對柴白珩的嘲諷也就不能停在馬幽儀一個人心領神會，而必須訴之於眾人才行。

柴白珩隔天真的拿了白布二疋、青錢三百送給馬二娘，要她在扇面上題詩，馬幽儀看他送的東西少得可笑，就在扇上題了一首詩嘲他：

> 蚩蚩抱布合詩篇，三百青蚨肯易捐。
> 愧乏瓊瑤相報贈，數行聊致木瓜前。

這首詩用了《詩經》中〈氓〉和〈木瓜〉二詩的典故，正好柴白珩送她白布，她就取〈氓〉詩中「氓之蚩蚩，抱布貿絲」之句，蚩蚩，一般解為「厚重之貌」，不過以作者生於定程朱於一尊的時代，蚩蚩可能用的是朱熹《詩集傳》「無知之貌」的解釋[66]。青蚨，就是錢[67]，三百錢還不到一貫（千錢），

---

[65] 尾崎秀樹著，徐萍飛、朱芳洲譯《大眾文學》（北京，中國社會科學出版社，1994年）頁2。

[66] 朱熹《詩集傳》（台南，北一出版社，1973年）頁30。

[67] 青蚨一詞初見於《淮南子.萬畢術》（已佚），據汪紹楹校本《搜神記》（台北，里仁書局，1982年）卷十三頁164，青蚨是一種蟲，

數量少得可憐,「肯易捐」當然是反話。後二句取〈木瓜〉詩:「投我以木瓜,報之以瓊琚。」等句,朱熹《詩傳》釋:「言人有贈我以微物,我當報之以重寶。」[68]可見馬二娘旨在嘲笑柴白珩小氣,白珩卻不知好歹,拿著扇子到處炫耀,誇說:「馬二娘與我相好,題此贈我的。」豈不是笑掉人家的大牙嗎?當時京中的人便給他取了一個新綽號,叫做「柴木瓜」。

本來柴白珩是來京師求官的,花了許多錢入了監,拜了太監為乾爹,結果官倒沒做成,只落得「木瓜」之號,傳遍了京師,作者說他:「這不是到京來求官,卻是特地到京來出醜。」真是揶揄到家了。

弄巧成拙的事件也常常被用來當做嘲弄的對象,此處所謂的嘲弄,是反諷(irony)的同義詞,姚一葦先生將 irony 譯為嘲弄,且謂 irony 一字通常有兩種用法,一是語言或修詞上的,一是事件或情境中的,後者即指:「發展中的事件或情境,那一發展的結果與所期待的相反。」[69]弄巧成拙自然也是「結果與所期待的相反」的一種。

柴白珩一直誤會董聞,因此也一直找機會修理他,當然,沒有一次是真正成功的。

第一次是他中秀才時,村人編笑話說他「白丁中了秀才」,便懷疑是董聞捏造的。他中秀才請杜龍文替他打點,事

形狀似蟬而稍大,「以母血塗錢八十一文,以子血塗錢八十一文,每市物,或先用母錢,或先用子錢,皆復飛歸,輪轉無已。故《淮南子術》以之還錢,名曰『青蚨』。」所以後世就稱錢為「青蚨」。

[68] 同註 66 引書,頁 33。

[69] 姚一葦《藝術的奧秘》(台北,開明書店,1979 年)頁 198。

成又不肯依約回報人家，杜龍文便向學師告密，學師也怪他
贄禮太薄，就當面出題要白珩面試，白珩那裡寫得出來，出
盡了醜，花了更多的銀子才擺平。這已經是弄巧成拙了，而
他又把這事疑惑在董聞身上。白珩跑去和另一個無賴路小五
商量，騙董聞去借高利貸，然後串通小偷將錢盜走，把董聞
害得走投無路。

　　然而董聞自有貴人相助，柴白珩和路小五的惡行終於被
丁推官審出，白珩面對刑責，雖有董聞說情，仍被判罰米三
百石、銀五百兩，這件事在論柴昊泉時已經提過了。白珩想
設計害人，反而害了自己，豈非弄巧成拙？

　　又如他在京選官那天，杜龍文指使兩個醉漢阻攔，使他
誤了選期，也把帳算在董聞頭上。總之董聞一直助他、救他，
他因為成見太深，始終懷疑、怨恨。及至他終於選上官職，
即將到廣州東莞任縣丞，在途中誤將被東廠所拿獲的杜龍文
錯認為董聞，高興之餘，還在心裡將舊帳翻一翻，又幸災樂
禍的在船頭大叫、大笑，他那知道船上被抓的是杜龍文，杜
龍文聽他罵「董聞」，誤以為在罵自己（杜龍文），「又羞又惱」，
後來終於找到機會，指使別的官員派柴白珩去擔任解餉官的
苦差，官餉在半路遇劫（又是他的朋友路小五和宿積幹的好
事），害他差一點被主帥徐國公處斬。想要羞辱別人，反而差
點為自己引來殺身之禍，這豈非又是一次弄巧成拙？

　　柴白珩對董聞的誤解，終於在搜出杜龍文家中的書信時
得到澄清。原來徹頭徹尾，一直在暗中害他是杜龍文，一直
救他的是董聞，「白珩此時，不覺爽然自失，如夢初醒。」為
何他會爽然自失、如夢初醒？因為長久以來，對董聞的怨、

妒和打擊似乎成了他生命中的唯一目標,即使他花了大量金錢到京城來求官,也是為了「賽過董聞」,一旦發現對手不但無意和他競爭,還不時來助他一臂之力,對手實際上從來不曾把自放在心上,自己的一切所作所為,根本是毫無意義的,只是自取其辱而已。想到此處,怎麼不感到「爽然自失」?回顧自己大半生如此荒唐度過,又怎能不感到「如夢初醒」?

柴白珩雖然醜態出盡,但最後能夠悔悟,這是作者下筆的溫柔敦厚之處。尤其當得知家中誤聞他的死訊,父親在買舟南下的途中染病,十分驚慌難過,於是斷然辭官回鄉,雖未能挽回父親的性命,但給臨終的柴昊泉帶來極大的安慰,這樣的表現,實在已經扭轉了他的負面形象。

全書對柴氏父子之愚行,或正面譏刺,或反面嘲弄,但還留有若干的餘地。作者下筆的分寸拿捏得不錯,對於愚行,僅停留在諷刺的階段,而沒有進行強烈的批判和譴責,如果和下一小節批判惡行的部分做比較,即可明顯看出,作者對惡行的批判斥責才是不留情面的。

(二)批判惡行

作惡多端,貫串了整部小說的兩大負面人物,便是杜文龍和路小五這兩個無賴。

杜龍文這樣的人物,在明清小說中是很常見的,他是個「光棍秀才」,光棍指的就是流氓、無賴,《醒世恒言》卷二十七:「那哥哥叫做焦榕,專在各衙門打幹,是一個油裡滑的

光棍。」[70]光棍已經夠惹人厭，光棍又是秀才，那就不只惹人厭，而是十分的可怕了。

明末清初的「光棍秀才」似乎特別多，甚至要勞動皇帝下禁令約束，順治九年頒臥碑於直省儒學明倫堂，其中有一條謂：「生員不許……把持官府，武斷鄉曲。」[71]秀才之所以敢「把持官府，武斷鄉曲」，正是因為他「有了接近官府的資格」[72]，甚至於可以「和知縣分庭抗禮」[73]。由於他們可以自由出入官府，而一般百姓又懼怕官府，所以秀才經常成為訴訟事件中的代言人，或百姓納稅時的代繳人，從中上下其手，牟取暴利。在明清小說中，這樣的人物不勝枚舉，例如《石點頭》卷八中的吾愛陶，中秀才之後，「好不放肆，在閭里間兜攬公事，武斷鄉曲。」[74]《照世杯》卷四中的金有方，是個「有名頭，吃餛飩的無賴秀才」，進出衙門，「包寫包告包准」[75]；《生綃剪》第十五回中的金乘，當上秀才後，和衙門相熟，「就是見了典史巡簡的人，他也火滾親熱，大兄小弟，替他

---

[70] 魏同賢校本，馮夢龍《醒世恆言》（杭州，江蘇古籍出版社，1991年）頁579。

[71] 《清朝文獻通考》（台北，商務印書館，1987年）卷六十九〈學校七〉，頁5486。

[72] 伯贊〈釋《儒林外史》中提到的科舉活動和官職名稱〉，載《文史集林》五，頁35。

[73] 宮崎市定《科舉史》（東京，岩波書店，1993年）頁82—84。

[74] 弦聲校本，天然癡叟《石點頭》（杭州，江蘇古籍出版社，1994年），頁156。

[75] 徐中偉、袁世碩校本，酌玄亭主人《照世盃》（杭州，江蘇古籍出版社，1994年），頁70。

吃茶呷酒，猜拳行令。」有人犯了事，就幫他打點官府，「上下兜收，頗有滋味」，作者評論說：「秀才自有本等常業，……何至好歹就往府前一跑，呈子手本事發，這是天上人間第一等一名不長進的了。」[76]

杜龍文正是這樣一個「一等一名不長進」的「光棍秀才」，柴白珩考秀才作弊，「都是杜龍文一力包攬，做得停當」，然而後來索謝不得滿足，向學師告密出賣柴白珩的也是他。杜龍文不但在地方上吃得開，在京城還和當紅的太監鄔寵相熟，柴白珩不知好歹，後來又托他到京納監，並請他引薦，送了一副大禮，拜了鄔寵為乾爹，然而舊事重演，杜龍文向白珩要一百兩謝禮，被拒絕，杜龍文就在柴白珩選官之日找兩個醉漢去阻攔，害白珩白花了許多錢，又選官不成，還在京出醜。

杜龍文還會一種卑劣的犯罪手段，就是偽造文書。「平日慣會寫假書、刻假印，偷天換日，無所不為。」他所找的兩個醉漢被兵馬司拿住了，就用假的徐世子的圖書名帖，叫心腹扮做徐府的家丁將他們救走。這是一石兩鳥之計，一來讓柴白珩選不上官來消消氣，二來董聞正好在徐世子家當西席，柴白珩會很自然的疑惑到董聞身上。所以杜龍文這個人奸詐無比，柴白珩始終被他耍得團團轉。

後來，杜龍文又在北京假用莊翰林的書騙了鄔太監，又假用別的官府的薦書到南京去打抽豐。事發被逮，他又在半

---

[76] 李落、苗壯校本，谷口生等著《生綃剪》（瀋陽，春風文藝出版社，1987年），頁303。

路把差役灌醉逃跑，改名為土尚文，投靠廣州府吏員列天象（列氏一門也是本書批判對象，詳下文），擔任貼寫的書手。為了報柴白珩嘲笑他之恨（見前一小節），乃指使列天象把柴白珩列名為解餉官，又派已經改名伍駱的路小五去當差役，並勾結飛賊宿積中途盜餉，差點害柴白珩被處決。後來宿積被捕獲，路小五逃回杜龍文家，杜龍文唆使路小五用伍駱的名義首告董聞受賄，幫他寫了一紙首呈，自己私刻了撫院的關防鈐印，用假官護封封了首呈，讓路小五進京投遞。

杜龍文弄假的手段高明，果然路小五順利進京，驚動了皇帝，要派兵部、刑部的官員前往按問。如果真的那樣，那麼董聞再如何清白也不免一場麻煩，光是打發派去的官員可能就夠他受的了。幸好莊翰林一力擔保，並且用計套出路小五的假信，否則董聞會被杜龍文害慘。

杜龍文如此作惡多端，自然不會有好的下場。路小五的假信被查出，刑部發文到廣州時，他已經因案在押了。原來杜龍文毆打母親，被母親告了忤逆，又將改名逃罪的事情全部抖了出來，所以監禁在獄中，「正待審問，恰值部文行到，太守便把杜龍文綁赴市曹斬首正法」，解決了這個官府之蠹蟲、地方之禍害，真是人人稱快。

在杜龍文遭處決之前，路小五已先在京被斬了。

比起杜龍文，路小五的知識程度是比較低的。杜龍文是秀才，路小五則是門客出身，平常以販賣假古董騙人。起先投靠董家，董家失勢他便常到柴家走動，董家要賣房子，路小五為了奉承財主柴昊泉，「便故意尋幾個買主，淪落了價錢，然後教昊泉用賤價買這屋。」為了討好柴家，便出賣曾

照顧過他的董家,「翻手作雲覆手雨」[77],路小五就是這樣一個見風轉舵,唯利是圖的無恥小人。

他所幹的另一件惡事,是和柴白玨聯手陷害董氏父子。以柴白玨的智商,是想不出如此奸詐之詭計的;以柴白玨的公子身分,如果沒有歹人牽線,也不可能認識飛賊宿積。總之,會想到慫恿董聞去借高利貸,再勾結飛賊將之盜走的,主要的禍首是路小五。路小五本來是董家的門客,因本家失勢而另投明主,還可以說是見風轉舵,但聯合新主來陷害舊主,那就罪不可逭了。

等到董聞當上博士,「路小五這小人也重來趨奉」,當真是厚顏無恥。但董聞不是柴白玨,豈會看不出路小五的技倆?後來路小五騙走了董聞好友金畹的古硯,就是董聞用計將它換回來的。路小五真的是極無天良,金畹那方古硯是他的姪兒想為父親(即金畹的胞兄)營葬而變賣的,他卻將其調包,換一個假硯回來,說找不到買主,急得金畹叔姪要告官。董聞以其人之道還治其人之身,告訴路小五說官府老爺想買古董,請他拿幾樣來看,路小五果然把古硯帶來,董聞將他灌醉之後,也換一個假的給他,路小五不知是計,隔天才發現帶回來的是假貨,回去找董聞理論時,董聞叫出金畹的姪兒來對質,路小五啞口無言,「只得自己招個不是」。這是因為董聞豁然大度,否則路小五此時就該受到嚴懲了。

此時路小五奈何不了董家了,便轉而回頭去對付柴家,

聽說柴昊泉賣米得了三百兩銀子，還暫時放在家裡，便引宿積去偷，事成之後兩人均分。昊泉丟了銀子豈肯罷休，他又不像當初董家被偷了三百兩就一無所有，昊泉花錢重賞捕人，很快將宿積抓到手，路小五怕他說出自己是共犯，便出錢替他打點，並唆使宿積扳害和尚沙有恒。沙有恒是董聞的朋友，自有董聞為他出力，宿積又不認識沙有恒，很快便露出馬腳，還是把路小五招出來了。路小五一不作二不休，乾脆在公堂之上將老案子翻出來，把當年陷害董家的事也抖出來，把柴白珩也一起拖下水。

　　路小五才得到嚴厲的懲罰，在三人之中，他判得最重，「杖一百，徒三年」，在發配途中，「赤條條並無分文之使費，不免沿途求乞」，老婆又被官賣，悽慘無比。但此人毫無悔意，如前所述，後來徒滿更改姓名，與杜龍文狼狽為奸，終於被處決，可謂罪有應得。

　　透過真實而生動的描寫，一面將惡行描繪出來，使讀者親自去感知其行為的可惡，一面經由結局的安排，使讀者明白惡行之不可為，從而達成勸懲的效果。這是中國小說勸懲觀念在明末清朝的新發展，馮夢龍已經提出小說的「喻世、醒世、警世」觀，而清朝初年在理論上有更進一步的發展。清初遺民詩人杜濬在《十二樓·序》中認為小說要「以通俗語言鼓吹經傳，以入情啼笑接引頑癡」，若「志存扶植，而才不足以達其辭，趣不足以輔其理，塊然幽悶，使觀者恐臥而聽者反走，則天地間又安用此無味之腐談哉！」析而言之，他認為想要使小說達到良好的勸懲作用，第一要通俗、第二要合於人情、第三要有達辭之才、第四要富有趣味。他在《連

城璧‧序》中也說，好的小說應能「極人情之詭變、天道渺微，從巧心慧舌，筆筆勾出，使觀者於心焰熛騰之時，忽如冷水浹背，不自知好善心生，惡惡念起。」如果一篇好小說能夠「理明義暢，使人喜聽樂從」（《連城璧》寅集眉批），那麼它的勸懲效果才會良好。[78]

五色石主人對惡行批判的火力，集中在杜文龍、路小五這兩個奸邪小人身上，確能一定程度的達到「好善心生，惡惡念起」的效果。然而，小說中不止這兩個負面人物，篇幅所限，有些批判就比較不那麼具體。

例如放債取利、盤剝鄉人的列天緯一家，他的父親列應星是一個十分可惡的人，他是江西舉人袁念先的朋友，往來密切，永樂年間因見袁念先家中藏有方孝孺的文章，竟出賣朋友跑去告密，結果永樂帝將袁家滿門抄斬，將袁家的財產全部賜給列應星，列家因而致富。事實上，這件事應該是將清初著名的文字獄「莊廷鑨案」，以及明朝永樂年間的「章樸案」拼合而成的。章樸案發生在永樂三年十一月，庶吉士章樸和序班楊善同時犯過被罷官，章樸家藏有方孝孺詩文，楊善借觀之後，便密告到皇上那裡，永樂大怒，逮樸，戮於市，而恢復了楊善的官職。[79]在這件案子裡，首告的楊善只是恢復官職而已，並非如列應星的得到財富。在清康熙年間的「莊

---

[78] 參見拙著〈杜濬小說理論探究及其傳記資料之若干商榷〉，載台大中文研究所《中國文學研究》第八期（1994 年 5 月）。

[79] 《明通鑑》卷十四，又參見王彬《禁書‧文字獄》（北京，中國工人出版社，1992 年），頁 297。

廷鑨案」中，出首告發的「文倀」吳之榮則得到刻《明史輯略》的莊廷鑨，以及出資贊助的朱佑明這兩家巨額財產的一半，一夜之間成為鉅富之家。[80]作者寫列應星告密致富，當是受到莊廷鑨案的影響。

父親利用無恥的手段，出賣朋友而成為富豪，兒子又用這些財富放高利貸，剝削鄉下的純樸百姓，父子沆瀣一氣，同樣可惡，同樣該殺。後來，這對父子終於被袁念先的外甥常奇所刺。本來列氏父子作惡的部分，是可以大作文章的，而作者僅是點到為止，十分可惜。但無論如何，那些不義之財列氏父子享受不了多久，而雙雙死於非命，也還是可以給世人一些警惕作用的。

列應星還有一個兒子，叫做列天象，在廣州當吏員。列天象和杜龍文頗有交情，杜龍文從東廠番子手中逃脫之後，前來投靠，列天象收留他做一名貼寫書手，聽杜龍文的指使，派柴白珩去運餉，杜龍文又指使路小五和宿積盜餉。事發之後杜、路二人伏法，列天象被廣州太守重打，「立斃於杖下」。

列天象的罪實在還不到殺頭的程度，但作者有意在此處借題發揮，表示對文字獄案中告密者的深惡痛絕，他借太守之口說：「你家父兄當初首告舉人袁念先，害了他全家，今日你這奴才又窩藏那誣首官府的歹人（指杜龍文誣告董聞受賄）在家裡，真個是惡種。」又借好事者之判語謂：「列家種類無存，果報不爽。」可見雖為篇幅所限，不能具體描寫列家劣

80　胡奇光《中國文禍史》（上海，人民出版社，1993 年）頁 122-128，按，文中「文倀」一詞為胡先生語。

行，但作者採用加重語氣的方式，對告密者的批判還是相當
強烈的。

書中還批評了飛賊宿積、宦官鄔寵。

宿積的手段是頗為高明的，「受一枝梅的要訣，得吾來也
的真傳」。一枝梅和吾（我）來也具見於《二刻拍案驚奇》卷
三十九的〈神偷寄興一枝梅〉篇，我來也是宋朝的大盜，「不
知他姓甚名誰，但是他到人家偷盜了物事，一些蹤影不露出
來，只是臨行時壁上寫著『我來也』三個大字。」[81]一枝梅就
是〈神偷寄興一枝梅〉篇中的主角懶龍，因為他「所到之處，
但得了手，就畫一枝梅花在壁上。」[82]一枝梅後來也出現在《歡
喜冤家續集》第十二回〈一枝梅空設鴛鴦計〉篇，足見此一
神偷形象影響深廣。

不過雖然宿積偷盜的手段高明，從未失手，但逃跑的技
巧卻不太靈光，老是被查出或捕獲。而且這個人物沒有什麼
個性，總是任人擺佈，第一次受到路小五的指使偷了董家高
利貸來的銀子，一下子就被董濟查出來，但董濟愛才，不願
追究；第二次也是路小五指使，偷走柴昊泉賣米的三百兩，
昊泉重金懸賞，很快被抓，同謀的路小五又供出前案，所以
宿積被判了兩年徒刑；第三次同樣是路小五出的詭計，盜走
了柴白珩押送的餉銀，宿積又被捕獲，這一次事態嚴重，徐
國公判了他死刑，幸好董聞認為他的技藝可用，為他求情，

---

[81]　石昌渝校本，凌濛初《二刻拍案驚奇》（杭州，江蘇古籍出版社，
　　　1990 年），頁 737。

[82]　同前註引書，頁 741。

只將他閹割了。

　　所以說宿積雖有神偷妙手，但有手段而無智慧，和他的前輩我來也、一枝梅等人相比，遜了不止一籌而已。但也因為不是什麼元兇大惡，作者始終筆下留情，沒有給予嚴厲的批判。事實上，作者對盜賊是有一定程度的同情的，在卷三中的山東大盜寇尚義，自稱為寇的目的在於「取有餘補不足」，作者並用一段插詞來讚美他：

> 姓寇偶然為寇，名義果然仗義；親戚每生炎涼，強盜倒不勢利。莫言世上如今半是君，只怕不如此輩有俠氣。

　　這裡用了對比法，「親戚每生炎涼，強盜倒不勢利」一句指的是董聞因為貧窮，岳父瞧不起他，妻舅勾結小人來陷害他，反而是素昧平生的寇尚義，途中相遇便以銀兩相贈。而所謂「取有餘補不足」，也於見前面提過寫懶龍故事的〈神偷寄興一枝梅〉篇，懶龍仗義疏財，獲得民眾的讚美，他卻說：「吾無父母妻子可養，借這些世間餘財，聊救貧民，正所謂損有餘補不足，天道當然，非關吾的好義也。」[83]薩孟武先生在論《水滸傳》時，曾說：「古代財富的集中則由豪強利用高利貸的方法，尤其是政治手段，來剝削一般農民。」而水滸英雄劫掠富人的貨財，把各種消費品另行分配，所以「這種『劫富濟貧』的觀念，不但流氓階級視為最高道德，就是普通人民也視為合於天理。」[84]可見同情盜賊在當時並不是一個

83　同註 81 引書，頁 742。

84　薩孟武《水滸傳與中國社會》（台北，三民書局，1991 年）頁 13。

很特殊的現象,因為同情盜賊,所以書中的大盜如寇尚義,以及後來入夥的常奇,都被寫成正面人物,而明明是偷雞摸狗之輩的宿積,也被寫成改邪歸正,後來還立下奇功。

但無論如何,宿積曾經為惡總是事實,因此以閹割做為懲罰。作者於是非善惡,仍然是有一定之分際的,而通過為惡程度不同者之不同結局的比較,我們也可以看出作者對於批判惡行,心中自有分寸。

在《快士傳》這部小說中,對宦官鄔寵的劣行也有露骨的揭發。

宣德帝十分寵信宦官,《明史》卷一六四〈黃澤傳〉說,明代「宦寺之盛,自宣宗始」,張存武先生也說:「內臣之任用自太祖開其端,成祖推廣加強,至宣德成為定制,終明之世倚任不衰。」[85] 不過宣帝時代的宦官,還不像英宗時代的王振、憲宗時代的汪直、武宗時代的劉瑾、熹宗時代的魏忠賢等人的囂張跋扈,作者在此似較忠於時代,沒有把宣帝身邊最得寵的宦官寫得罪大惡極。但即使如此,小說中的鄔寵仍被刻劃得頗為卑劣,令人不恥。

鄔寵的劣跡之一,是賣官鬻爵。綽號白丁的柴白珩,不學無術,只因送給他一分厚禮,便得以選官。

劣跡之二,是憑藉皇帝對他的信任,要脅官員,向他們索取重賄。常奇文武全才,又立有軍功,因他曾經自宮,宣

---

85 張存武〈說明代宦官〉,載吳智和編《明史研究論叢》(臺北,大立出版社,1984 年)第二輯,頁 42。

帝有意召他進宮,「著他教眾內侍讀書,朝夕趨承左右,以備顧問」,但常奇有封侯之志,不願與太監為伍,莊翰林、徐國公和董聞再三進諫,皇帝卻「猶豫未決,沈吟不語」。皇帝猶豫,自然是因為還要找人商量,大臣的意見他已經聽過了,可想而知他必然會和寵信的太監商量,鄔寵得到這個污錢的好機會,當然不會放過。果然,下朝之後,董聞在私邸接到鄔寵的訊息,「要常奇送與黃金一千兩,便保他不召入宮。」

董聞心想,「鄔寵瞞著天子,勒索重賄,殊為可惡!」莫說常奇沒有這麼多錢,就算有錢送他,「將來必定誅求無已,那裡應付得許多?」左思右想,想出了一個計謀,即命令宿積運用紅線的手段,盜取鄔寵的司禮監印,三天後再送回,嚇得鄔寵不敢再撒野。他也真有辦法,隔天上朝,三言兩語就打消了皇帝把常留在身邊的念頭,他說常奇雖然有文才,到底是個猛烈的人,既敢殺人報仇,又敢興兵犯上,這種人實在是「可遠不可近」的,留他在宮中,他抑鬱不得志,萬一生出事來就麻煩了,果然,「天子聽了鄔寵所奏,從此不想召常奇入宮了。」

透過這樣生動的描寫,我們便可以了解,何以太監能夠對朝廷的施政產生影響。他們每天陪在皇帝身邊,對皇帝的個性了解得很,因此他們說的話,皇帝往往能夠聽得進去。張存武先生說:「(明代的)帝王們對宦官之信任,真是空前絕後,對於攻擊宦官的人,往往不罪則罰。」[86]鄔寵敢大膽向

---

[86] 同前註。

官員索取重賄，原因就在這裡。

本書揭露了宦官的賣官鬻爵以及勒索官員的劣跡，表達了對宦官惡行的不滿，也提出了相當程度的批判。不過沒有安排鄢寵得到的惡報，是其美中不足之處。

第四節　平反歷史冤案

上述的三大主題都是明白宣示的，《快士傳》一書還有一個比較隱晦的主題，那就是為建文遜國以及方孝孺的文字獄案進行平反的工作。

本書之結構藝術是相當高明的，詳見第六章第一節的討論。此處要提出來的是，結構是活的，不是死的，不是先構成一個形式的架子，然後把內容套進去，形式和內容是同時完成的。一部小說的主題思想，有些是作者明白宣示的，而且往往就是書名或篇名，如本書以《快士傳》名篇，自然是以歌頌快士為其第一主題；有些作者雖不宣示，但在行文中特別強調、加意鋪寫，例如《金瓶梅》的「縱慾與滅亡」的主題，是作者雖不言而讀者自明的；另外有一種情形，是結構中的情節伏線，作者並不特別強調，只是偶然帶過，卻如游絲一般的貫串全書，當結構完成時，主題內容才得到完整的暗示，這中間也經常隱藏著作者想要傳達的主題思想，只是表現的方式較為隱微而已。

有的學者認為，「按照人們通常的想法，作品情節的主線往往是明線，而作品情節的副線，往往是暗線；但在實際的

文學作品中，情況往往未必如此。」[87]以《快士傳》看來，有
一條以平反建文遜國以及方孝孺文字獄案為主的暗線隱藏其
間，雖然還不能說它是情節的主線，但是其中所傳達的意旨，
仍可視為作者想要表達重要主題思想之一。

　　一開始在第一卷中，出現了借給董聞高利貸的列家，即
方孝孺文字獄案的告密者，但當時作者並不明言，只透過路
小五之口，說他們是由「異路功名」而致富的。到了卷二，
董濟才將列家賣友求榮，密告舉人袁念先私藏方孝孺文字的
經過告知董聞，但也只是警告董聞列家是「沒良心的」，最好
保持距離罷了，輕描淡寫，在全卷中並不佔任何的分量。卷
三董聞結識常奇，常奇說他有一相知在京，約好三年娶她，「卻
有件心事未完，目下還沒心路去娶他」，所以要趕去回覆一
聲，常奇並不說是什麼心事，到後文方知，他就是袁念先的
外甥，其心事就是要殺死列家父子為舅舅一家報仇。卷五董
聞驚見常奇被逮捕，原來他果然殺了列氏父子，卻失手被捕，
董聞以調包的方式將他救出，常奇才會上山落草。行文至此，
這條線暫時隱藏不見。

　　卷十二，自宮後的常奇來到華光國，向華光國國王及公
主道出自己身世及胸中抱負，獲得國王及公主的敬佩和同
情，決定出兵中原，唯恐師出無名，華光公主於是舉起為建
文帝和方孝孺案平反的大旗，謂：「燕邸興兵、建文遜國，靖
難之役，屠戮忠臣，極其慘酷，人心共為不平。今若提師入
關，直抵冀北，申明大義，以紓眾憤，有何不可？」並由常

---

[87] 傅騰霄《小說技巧》（台北，洪葉文化公司，1996 年）頁 123。

奇撰寫檄文為建文平反，文中並提及：「更痛一時忠烈，遂使
十族摧殘，妻女皆入教坊，文字悉加禁斥。」宣帝見到檄文
後雖然大怒，並派兵前去剿撫，然而當莊翰林上書請求「寬
文字之禁」和「追復建文年號並優恤死難眾臣之後」時，宣
帝卻答應了，不但「追復建文年號」，「並復被戮諸臣官爵，
存其後人，大赦天下。」至此建文遜國以及方孝孺案得到平
反，前面隱伏的線索由此收攏。

這條線索若到此結束，尚不見作者對此一主題的重視。
在小說接近尾聲之際，竟又出現一位新的要角，此人姓黃名
繡，「乃建文時靖節忠臣黃子澄之後」，黃子澄的事蹟見《明
史》卷一百四十一，史載子澄被磔而亡，「族人無少長皆斬，
姻黨悉戍邊。一子變姓名為田經，遇赦，家湖廣咸寧。正德
中，進士黃表其後云。」[88]作者當是根據這段史實發揮，並極
力誇讚黃繡的才學，董聞將其妹子嫁給了他，並寫他「于正
統年間，也中了進士，入了翰林。」這段情節若是單獨看，
倒也不足為奇，不過是董家大團圓的一個小插曲罷了，然而，
如果將它和整條以建文帝和方孝孺案的線索串連起來看，作
者為冤案平反的心跡就顯現出來了。

根據《明史》的記載，仁宗時已經赦免大部分靖節忠臣
的後代，「家屬籍在官者，悉宥為民，還其田土。其外親戍邊
者，留一人戍所，餘放還。」[89]並非如本小說所說的在宣帝時
才赦免他們。至於方孝孺，並沒有任何後代留下來，也就沒

---

[88] 張廷玉等撰《明史》（北京，中華書局，1974 年）第十三冊，頁 4017。
[89] 同前註，頁 4020。

有赦免的問題，而他的著作，實際上明成祖並未頒布任何的禁令，可是方孝孺的同鄉章朴卻因為收藏而被處死，其著作成了「不禁之禁」。[90]既然沒有禁令，同樣也就沒有解禁的問題，所以七八十年之後，就有人開始收集方氏的著作，編成一部《遜志齋集》行世了。[91]時間，還給了殉難的諸臣一些公道，然而建文帝本人呢！卻一直未能獲得平反，《明史‧本紀第四》載：「正德、萬曆、崇禎間，諸臣請續封帝後，及加廟諡，皆下部議，不果行。」一直到清朝的乾隆皇帝，才恢復建文帝的合法地位，追諡他為「恭閔惠皇帝」[92]，而這是五色石主人所未及見到的。

陳學霖先生說：「在 16 世紀以後關於這個題材的小說演義中，建文帝和他的殉難的隨從人士都逐漸變成了悲劇式的英雄人物。」[93]由於廣大民眾的同情，影響了當政者的想法，陳先生認為，促成建文帝的獲得平反，「其部分原因便是人民和士大夫精英懷有這樣的（同情的）情緒。」[94]這樣說起來，《快士傳》一書表達了平反建文帝及方孝孺案的主旨，對於建文帝的追諡，或許多多少少做出了一點貢獻吧！

---

[90] 安平秋、章培恒主編《中國禁書大觀》（上海，文化出版社，1990年）頁 74。

[91] 同前註，頁 264。

[92] 同註 88 引書，第一冊，頁 66。

[93] 牟復禮、崔瑞德編《劍橋中國明代史》（北京，中國社會科學出版社，1992 年）第四章，頁 226。按，此章由華盛頓大學陳學霖先生執筆。

[94] 同前註，頁 227。

　　整體看來，本書仍是以歌頌英雄豪傑為最重要之主題，此其所以題書名為《快士傳》。而廣義的「快士」，也包含了忠於國家，愛護百姓的清官賢臣，作者用了許多篇幅來表揚他們，故特為表出，作為第二主題。第三，書中對愚行加以嘲諷，對惡行進行批判，一方面襯托了快士之行的可法、可敬，一方面則透過這些嘲諷與批判，達成諷世之功、革新社會之效。最後，作者以較為隱蔽的筆法，透露出為建文帝和方孝孺平反冤屈的主題，此一主題離開了教化的作用，卻使全書散發出一種光明高遠的正義之氣，可以說是具有相當意義的。

第五章　五色石主人小說之現實意義

第一節　科舉與士風

一、反映科舉之怪象

　　明清小說與科舉取士關係密切，筆者在〈明末清初話本小說對科舉制度之批判〉[1]一文中有較詳細的討論。小說中的角色如果是讀書人，自然就擺脫不了科舉的纏繞，甚至於在他們的姓名之上，都要冠上科名，如進士某某、舉人某某、生員某某，或監生某某、貢士某某等，儼然成為他們身分的標記。進京趕考，造成了多少的悲歡離合？金榜題名，帶來了多大的榮華富貴？考試的過程，又有多少的辛酸悲涼，以及多少的骯髒污穢？小說結合現實，反映人生，一部《儒林外史》道盡了士子們的悲辛，揭穿了名士們的假面，也使它成為中國文學史上的不朽名著。但《儒林外史》是集大成之作，在《儒林外史》之前，有更多的小說，有意或無意的反映了這個現實；《儒林外史》有其獨特的主題和表現，不可能鉅細靡遺。總之，如果要了解科舉對明清社會的影響，對小說進行爬梳整理的工作不會是毫無意義的。

　　五色石主人的兩部小說《八洞天》和《快士傳》所反映的科舉現象是比較低階的，集中在童子試的階段，鄉試和會

---

[1]　文載《嘉義技術學院學報》第六十五期，1999 年 8 月。

試的部分較少觸及。梳理二書有關科舉的資料，顯然負面的批評較多，正面的肯定較少。這些負面的批評，主要針對科舉取士不公，無法識拔真才而發，取士不公的原因是科場弊端太多，另外，主試者的心態也對考試的公平性造成影響。

在科舉考試方面，這兩部小說給我們的印象是，作弊的情形實在是太普遍了。《八洞天》卷四中的岑敬泉，不知道自己的兒子岑翼資性頑鈍，「每遇考童生，便去（替他）鑽謀縣取、府取，連學臺那裡也去弄些手腳，不知費了多少銀子。」卷五中的甄阿福，文章是作不來的，學臺又不收他的假父親的薦書，但他還是「勉強入場，指望做個傳遞法兒，倩人代筆。」卷六中的石佳貞，溺愛外孫晏敖，把他當做兒子看待，晏敖還在制中，依規定三年內是不得報考的，他疼孫心切，竟把外孫認做兒子，把他改姓石，然後「買囑廩生，朦朧保結，又替他夤緣賄賂，竟匿喪進了學。」《快士傳》卷一載綽號柴白丁的柴白珩，根本文字不通，卻靠「光棍秀才」杜龍文幫他「弄個傳遞法兒」，結果「儼然入泮」，「白丁做了秀才」的笑話傳遍了村坊。

《明史‧選舉志》曾舉出明代考試作弊的嚴重情形，謂：「其賄買鑽營、懷挾倩代、割卷傳遞、頂名冒籍，弊端百出，不可窮究，而關節為甚。」[2] 上述諸人所用的，不外「賄買鑽營、懷挾倩代」的方法，有人成功，也有人失敗。晏敖和柴白珩找對了人，所以順利上榜；岑翼和甄福一個是所托非人，

2　見《明史》卷七十，〈選舉志二〉，（北京，中華書局標點本）頁 1705。

一個因學臺守正不阿，所以落第了。成功的固然搖身一變，風風光光的成為地方仕紳，失敗的似乎也沒有得到什麼嚴厲的懲罰，地方上也都見怪不怪。似乎人心都已經麻木了，不管用的是什麼手段，一旦進了學，身分便立刻不同，地方上便沒有人敢來招惹，所以大家明明知道柴白珩的秀才是買來的，但誰也不敢去揭發，內心明明瞧他不起，但誰也不敢不把他放在眼裡。

　　秀才是當時讀書人的進身之階，我們在前章說過，秀才可以和縣官分庭抗禮，但這還不是讀書人想中秀才的主要原因，而是秀才是斯文的象徵，戴上一頂方巾，才能登上「士」的階層，別人才會把你當一回事。《快士傳》中的董濟是個豪邁之士，交遊廣闊，一句話就可以阻止放高利貸的列家到董家去騷擾，似乎說話很有分量，但他內心卻有著深深憾恨，他說：「自恨我少時不曾游庠，雖曾中過武舉人，終不以文人待我，恐到底不為仕途所重。」（卷三）所以他勸董聞說：「凡人進身雖不必由科目，然秀才是必要做的。」秀才的身分如此的重要，所以花錢去買也覺值得，《型世言》第二十三回曾提到一百三十兩可以買到生員，第二十七回寫有專門幫人找代考的中人，三百兩包進學，其中一百八十兩歸做文字的，中人可得一百二十兩，「覆試也還是這個人，到進學卻是富家子弟出來，是一個字不做，已是一個秀才了。」[3]據《儒林外史》所載，紹興的秀才更值錢，「足足值一千兩一個」，如果

3　陳慶浩校點，陸人龍《型世言》（杭州，江蘇古籍出版社，1993年）頁378、441。

走「小路」,「一半也要他五百兩」。[4]不論是三百兩還是五百兩,都不是一個小數目,以明代的幣值來說,賣油郎挑擔賣油,省吃儉用,辛苦了一年多也只賺得一十六兩,要賺三百兩幾乎要花上一輩子,那麼,若不是覺得這種投資是划算的,誰會願意花這麼一大筆錢來換一個「秀才」之名?

考秀才除了要有「錢」,還得要有「人」,至於有沒有「才」似乎不是絕對必要。所謂有「人」,首先,參加童生考試要有推薦人,《快士傳》卷一載董聞被丈人輕賤,一心想要借著科考翻身,「未幾,正值學道行牌府縣,考校童生,董聞欣然應考,且喜縣案已得高標。爭奈府取甚難,宗師限數少,薦書之數反多於正額,有薦的尚然遺落,況沒薦的,董聞單靠著兩篇文字,沒有薦書,竟不能取。及到宗師門上告考,又不肯收,等閒把一場道試錯過了。」相反的,不學無術的柴白珩,「卻因府縣俱有確薦,得與道試。」《八洞天》卷五的甄阿福,由於鄉宦郤待徵將他改姓郤,叫做郤甄福,認為嫡子,並且寫了薦書,府考和縣考,雖然他文字不通,「虧了待徵的薦書,認做嫡男,也僥倖取了。」

這兩處所寫的,確為明末清初科舉的實況,清初葉夢珠曾說:

> 童生府取,在吾生之初,已無公道。凡欲府取者,必求縉紳薦引。聞之前輩,每名價值百金,應試童生,文義雖通,苟非薦剡,府必不錄。當時入泮,每縣六、

---

[4] 吳敬梓《儒林外史》(台北,三民書局,1977 年),頁 140。

> 七十名，府取不過百餘名，文理稍順者，竭力謀營，
> 府取入泮，直如拾芥。[5]

明清的童試要經過三個關卡，即縣試、府試、院試，這三級考試的主考官分別是知縣、知府和督學，督學又稱提學或提督學政，督學所駐紮的地方，稱為「貢院」或「試院」，所以稱為「院試」，不過清朝有一段時間在各省設置「提學道」，所以有所謂的「道試」。「提學道」於雍正四年廢掉，以後各省督學一律稱為「提督學院」，簡稱為「學院」[6]，所以又恢復「院試」之稱。院試通過才能進學成為秀才，由上述的文獻可知，如果沒有薦書的話，即使才學再佳，也頂多「縣試」過關而已，「府試」過不了，就沒有資格參加「院試」（即《快士傳》中的「道試」），當然也就沒有考上秀才的可能了。

柴白珩和甄阿福都是靠著薦書而府取的，董聞雖然富於才學，因為沒有薦書，終究過不了府試這一關。後來還是靠有影響力的董濟幫忙才通過府試，「這番府考，虧得董濟替他囑托，高高的取了。」（卷二）

另外一種「人」，是懂得鑽門路，或了解考場的狀況，可以打點作弊的中間人。比如柴白珩雖然府取了，但最後一關道試時，他「自料筆下來不得，要弄個傳遞法兒」，便有精於此道的杜龍文來替他打點，「都是杜龍文一力包攬，做得停

---

[5] 葉夢珠《閱世編》（台北，木鐸出版社，1982 年）頁 35。

[6] 謝青、湯德用主編《中國考試制度史》（合肥，黃山書社，1995 年）頁 438。

當」。杜龍文之所為,《快士傳》語焉未詳,想來大約和《儒林外史》中潘三的手段大同小異,只是潘三是找高手匡超人代替童生金躍考試,而杜龍文則是用傳遞法,所謂傳遞法是:

> 買通考場有關工作人員傳帶有關材料,或把試題暗中傳出考場,請人答畢再傳回考生手中。[7]

　　無論是代考還是傳遞,這位中間人都必須和衙門相熟,還得找得到寫八股文的高手代寫。在《儒林外史》中,潘三叫匡超人穿上役吏的衣服,拿著役吏隨身所帶的「水火棍」[8],混在差役中間,在學道點完名之後,躲在人後和童生金躍交換衣服,代替他考試。金躍花了五百兩銀子,「高高進了」。[9]同樣的,柴白珩有杜龍文替他打點,也「儼然入泮」。金躍也好,柴白珩也好,他們的秀才都是買來的,但如果沒有這些中間人的門路,也是無處去買的。

　　因為弊案太多,考試的公平性已經受人質疑,而即使撇開這些不良因素,也還有許多變數。《快士傳》卷二,董聞中了秀才之後,還想中舉、中進士,董濟卻勸他勿存此念,因為「此中又是一團命數」,並對科舉取士的偶然性和荒謬性道出了如下的評論:

---

[7]　同前註,頁 226。

[8]　參見張季棠主編《明清小說辭典》(石家莊,花山文藝出版社,1992年)頁 739。

[9]　同註 4 引書,頁 141。

這些入簾的經房，大都是有司官，平日簿書鞅掌，文章一道，久矣拋荒。忽然點他去閱卷，剋日揭曉，匆忙急遽，焚膏繼晷，燈光之下，看那紅字的卷子，又把青筆點將上去，弄得五色昏花，如何不要看錯了？士子作文，有一日之短長，試官閱文，亦有一日短長，偶然值其神思困倦，或心緒煩悶之時，把士子數載揣摩，三場辛苦，只供他一塗而抹，便已付之東流。名為三場，只看得頭場七篇，這七篇，又只看得第一篇。就第一篇又只看起處兩三行，那兩三行若稍不合試官之意，塗了一筆，後面總有琳琅錦繡，也都無用。

當然不能說科舉考試全無公平性，明清由科舉出身的名臣良相也所在多有。但一切制度皆有其不可避免的缺點和弊病，行之既久，遲早會被看穿，投機取巧的人便有漏洞可鑽。此外，制度初訂之時，參與的人少，執行也較為認真，自然比較公平，漸漸的，人多事煩，執行就會較為馬虎，稂莠不齊、牛驥同皁的情形便在所難免。據研究，明清鄉試的閱卷時間，「名義上是十天，但『中間酒席談笑，去其過半』，真正用在評閱上的時間不過三、四天而已。由於考生多、考題多、試卷多，不能遍閱，考官往往『止閱前場，又止閱書義』，如果第一場所寫的三篇《四書》文得到了考官的賞識，就可以中式成為舉人了。」[10]晚明話本小說《石點頭》早有「大抵

---

[10]　同註 6 引書頁 208-209，文中雙引號內之文字引自陸世儀《甲申臆儀》。

鄉會試所重只在頭場，頭場中了試官之意，二三場就不濟也是中了。」[11]之言，顯然大家對於閱卷的情況都心知肚明，也都會想盡辦法來應付頭場，或在頭場第一篇的前幾句用心。然而，閱卷官的心情捉摸不定，如何知道他會喜歡怎樣的開頭？《警世通言》卷十八載閱卷官不喜歡年紀大的考生，所以鄉試閱卷時，「只揀嫩嫩的口氣、亂亂的文法、歪歪的四六、怯怯的策論、憒憒的判語」的文章，呈給主試官，結果那些「不整不齊，略略有些筆資的」都中了舉。如此取士，如何替國家選拔真才？

董濟看透了科舉的荒謬和不確定性，認識到科舉「不知屈了多少學人才士，光陰有限，人壽幾何？三年不中，又歇三年，等閒把少年頭騙白了。若單靠科目，豈不誤了一生之事？」《儒林外史》中五十四歲的范進，如果沒有遇到用心衡文的周進，又如果不是他交卷後沒有別人續交，周進有時間看個兩三遍，便只有當一輩子的老童生，因為周進看他的考卷的第一印象是：「這樣的文字，都說的是些什麼話？怪不得不進學！」而「直到三遍之後，才曉得是天地間之至文」，「可見世上糊塗試官，不知屈煞了多少英才！」[12]並不是人人都有范進的幸運，正不知多少讀書人為科舉誤盡了一生。董濟又告訴董聞說：「科目亦何足論？但論人之賢與不賢耳！只要建功立業，替朝廷出力，名標青史，勳書太常，何問科目不科

---

[11] 弦聲校本，天然癡叟《石點頭》（杭州，江蘇古籍出版社，1994年），頁25。

[12] 同註4引書，頁20。

目？」這種見解對當時的讀書人來說是具有超越性、突破性的，事實上董濟自己也承認「昔年亦有志科目」，但「後來看透」，所以才能「幸不為其所誤」。

這種超越和突破並非偶然現象，乃與明末清初之動亂時局有關。清初有不少學者認為明朝的滅亡和八股文有關，朱舜水就說：「明朝之失，非韃虜能取之也，諸進士驅之也。進士之能舉天下而傾之者，八股害之也。」[13]商衍鎏先生說過這麼一段話：「八股文為世詬病，不止一日，當明末朝士書憤，有『斷送江山八股文』之語，有以大束書於朝堂者曰：『謹具大明江山一座，崇禎夫婦兩口奉申，晚生八股頓首拜。』其時太息痛恨於八股者如此。」[14]所以清初不少有志氣的讀書人，對八股文相當反感，也失去參加科舉的興趣，清初的陳確便說：「甲申之後，吾友之出試者絕少。」[15]當然這也和遺民們不事二姓的觀念有關，但當時不少士人因為不喜八股而放棄科舉則是事實。《快士傳》的作者顯然也對科舉不具好感，所以安排書中的主角另尋途徑來建功立業，董聞並未參加鄉、會試，常奇、寇尚義等人更用非常的手段，以對抗朝廷接受招安來取得功名，而最後都能當官封侯。清初小說《都是幻》的〈梅魂幻〉篇也寫男主角南斌棄舉業，勤練彈弓，

---

[13] 朱舜水《朱舜水集》（台北，漢京文化公司，1984 年）卷十一〈答野節問三十一條〉，頁 390。

[14] 商衍鎏《清代科舉考試述錄》（臺北，文海書局近代中國史料叢刊 217）頁 344。

[15] 陳確〈使子弟出試議〉，載《陳確集》（北京，中華書局，1979 年）卷六，頁 172。

後來靠此揚名，他認為：「便考了案首，做了秀才，氣味也只
有限。....文字功名，謂之韁鎖，便成就來也不耐煩。古人中
如班仲升投筆封侯，立功異域，那些吟七言、做八股的酸學，
究竟了老班，只好伸頸咋舌。何不如精習彈射，日後可以經
文緯武。」[16]這可以說明《快士傳》捨科舉而求功名的思想不
是孤立的。

　　五色石主人小說反映了明末清初的部分科舉怪象，主要
是取士不公，如科舉弊端以及科考錄取之偶然與荒謬性。因
為這些因素，加上時代之刺激，也反映了部分讀書人想要從
科舉中脫困，另尋管道求取功名富貴的情形。

二、反映士風之敗落

　　余英時先生認為：「中國史上的『士』大致相當於今天所
謂的知識分子，但兩者之間又不盡相同。」[17]但無論中國史上
的「士」也好，在西方被稱為「社會的良心」的「知識分子」
也好，事實上有如余英時先生在《士與中國文化》一書的自
序中所說的「理想典型」[18]，是一個高懸的標的。本文所謂的
「士」，則不是理想層面的「士」，而是指一般的讀書人。至
於標題中所謂的「敗落」，包含了處事能力之「敗壞」以及人

---

[16]　蕭湘迷津渡者《都是幻》（上海古籍出版社，古本小說集成第三批）
　　　〈梅魂幻〉篇，頁 27-28。
[17]　余英時《士與中國文化・自序》（上海，上海人民出版社，1987 年）
　　　頁 1。
[18]　同前註，頁 10。

格之「墮落」。

明清科舉以八股取士，在思想上定程朱思想為一尊，很容易讓士子的頭腦僵化，失去對世事應變的能力。明代中期以後，又出現所謂的「程墨」、「房稿」[19]，這些東西類似於現代的考古題、參考書，由於猜題的命中率不低，明代後期以後十分風行。《儒林外史》載馬二先生初遇匡超人，匡超人的手上就拿著一本他所編選的《三科程墨持運》，後來匡超人也編選了幾本程墨，頗為通行，進京會試的馮琢菴就曾恭維他說：「先生是浙江選家，尊選有好幾部，弟都是看過的。」匡超人大言不慚的說：「此五省的讀書人，家家隆重的是小弟，都在書案上香火蠟燭供著『先儒匡子的神位』。」[20]，這是《儒林外史》中的著名片段，諷刺了虛矯可鄙的匡超人（不知「先儒」是已經去世的儒者之意），但也說明這些科舉參考書在當時流行的情形。讀四書五經，已經有「死守書本、空有義理」，「不知事勢、不明緩急」之譏[21]，現在只讀參考書，連經書也不讀，結果可想而知。

顧炎武曾說：「天下之人惟知此物（指房稿）可以取科名、享富貴，此之謂學問，此之謂士人。而他書一切不觀……舉

19　顧炎武解釋說：「程墨，則三場主司及士子之文。」「房稿，則十八房進士之作。」見《（原抄本）日知錄》（台北，明倫書局，1979年）卷十九〈十八房〉條，所謂「十八房」，指「同考試官十八員，分閱五經，謂之十八房。」見該書頁 471--472。

20　同註 4 引書，頁 148。

21　陳登原《國史舊聞》（臺北，明文書局，1984 年）卷四八〈明儒俗迂愚〉條，頁 1511。

天下而惟十八房之讀，讀之三年五年，而一幸登第，則無知
之童子儼然與公卿相揖讓，而文武之道棄如弁髦。」「若今之
所謂時文，既非經傳，復非子史，展轉相承，皆杜撰無根之
語。以是科名所得，十人之中其八九皆為白徒，而一舉於鄉
即以營求關說為治生之計。於是在州里則無人非勢豪，適四
方則無地非豪客。」[22]可知明清科舉不只會敗壞人才，更會造
成士風的墮落。清末思想家嚴復曾大聲疾呼：「今日中國不變
法，則必亡而已。然則變將何先？曰莫亟于廢八股。夫八股
非能自害國也，害在使天下無人才。……破壞人才，國隨貧
弱。」他又舉出八股對人才之害有三：其一曰錮智慧、其二
曰壞心術、其三曰滋游手。又說：「有一於此，則其國鮮不弱
而亡，況夫兼之者耶！」[23]說明八股文會「錮智慧」，造成人
才的耗損；會「壞心術」、「滋游手」，造成士風的墮落。

　　士風墮落的另外一個原因和明代中後期的經濟發展有
關，由於明代中期以後，商品經濟發達和城市繁榮，商品經
濟發達造成財富的集中，提高了商人的地位，形成重商的觀
念和浮靡的社會風氣，這對讀書人帶來不小的衝擊，余英時
先生說：「自十六世紀以後，商業與城市化的發展對許多士子
構成很大的誘惑。」他並舉十六世紀安徽歙縣《竦塘黃氏宗
譜》所記載的例子，說有一位黃崇德經父親之勸放棄科舉，
而到山東海岸販鹽，「一歲中其息什之一，已而倍之，為大賈。」

22　同註 6 引書，頁 472、474。

23　嚴復〈救亡決論〉，載《侯官嚴氏叢刊》，轉引自《中國考試制度史
　　資料選》（合肥市，黃山書社，1992 年）頁 427－428。

[24]至於不肯轉業,或轉不了業的,「即便是寒窗苦讀,科舉進第,也主要是為了謀取財利,鮮與國家效忠。民諺所說『千里去做官,為的吃和穿』,就典型地反映了這種心態。」[25]萬曆進士周順昌(1584－1626)說:「最恨方今仕途如市,入仕者如往市中貿易;計美惡,計大小,計貧富,計遲速。」[26]讀書只為做官,做官只為謀利,這都是士風墮落的最好證明。

《八洞天》、《快士傳》二書中出現過不少讀書人,這些讀書人中當然也有像前一章所討論的,後來成為作者所歌頌的清官賢臣,但數量極少,也有像《八洞天》卷一中的魯翔、《快士傳》中的丁公子這種仁孝的子弟,同樣的在全書中也是鳳毛麟角,不可多得。其餘多數讀書人不是拙於治生,陷入窘困;便是心術敗壞,成為惡棍;或是取得科名之後,成為貪官污吏。而即使像《快士傳》中的丁士升、虞同知這樣的清官或能吏,也不免有處世迂陋之病或有人格上的缺陷。

翻開《快士傳》,第一個出現的人物是董聞的父親董起麟,說起來,他們是「簪纓貴胄」,然而,只因為是「儒素傳

24　余英時〈明清變遷時期社會與文化的轉變〉,收入余英時等著《中國歷史轉型時期的知識分子》(臺北,聯經出版公司,1992 年),頁 36。

25　王翔〈論明清江南社會的結構性變遷〉,載《江海學刊》,1994 年第三期,頁 145。

26　周順昌〈與朱得升孝廉書〉,載《忠介燼餘集》(臺北,商務印書館影印四庫全書本)卷二,頁 2。按,朱劍心《晚明小品選注》(臺北,商務印書館,1991 年)卷八所引,篇名作〈第後柬德升諸兄弟〉,文字略有不同,見頁 308。

家」，傳到了董起麟，便「困守青衿，家道漸落」，甚至於需要靠變賣祖房來度日，十足的表現出讀書人的毫無治生能力。這使我想起清初話本小說《雲仙嘯》〈又團圓〉篇中的李榮，他的「祖上原是個耕種人家，頗覺過得日子，自他的父親李孝先，忽然有志讀書，那田事便不能相兼了，卻租與人種。他雖做了秀才，誰知那秀才是個吃不飽、看不熱的東西，漸漸落寞起來。」傳到李榮，「也頂了讀書二字，沒有別樣行業，更兼遇了兩個荒年，竟弄到朝不謀夕的地位。」[27]好好的耕田人家，一開始當讀書人，家道就漸漸落寞，傳到兒子時，竟弄到朝不保夕的地步，可見明清時代的「讀書」二字是如何的具有殺傷力！董起麟靠賣祖產過日，如果他有一點點社會經驗，能夠將房子賣得個好價錢，也還可以支持久一點，誰知自己全不會經營，反而把這麼重要的事交給心術不正的路小五去辦，不但被削低價位，又拿不到得銀的全數。這樣也就罷了，賣得的銀子也該好好規劃，思考如何將本求利，換取些許生生之資，但他不如此之圖，反而「坐吃山空，不上兩年，把餘下的銀子用得乾乾淨淨了。」像這樣的讀書人，連「家」都保不住，還談什麼治國平天下？

再說本書的主角董聞，他書是讀得不錯的，文章也寫得好，然而在遇到董濟以前，卻是一個標準的書呆子。路小五騙他去向列家借高利貸，然後勾結飛賊宿積將借來的銀子盜走，將他耍得團團轉，將他逼得走投無路，他也只能「兩淚

---

27 天花主人《雲仙嘯》（上海古籍出版社，古本小說集成第一批），頁52。

交流」，除了再去找親戚借貸之外，無法可想，然而此時又有誰會來理他？「一文錢逼死英雄漢」，若非董濟及時出現，他是絕沒有翻身的機會的。後來，董濟在接濟他的同時，也灌輸他不要為科名所誤的觀念，在助他考上秀才、並且教給他一身武藝之後，就勸他「遊於四方」以便增廣見聞，並推薦他給余總兵，以增加歷練。很顯然的，董聞是擺脫了科舉的桎梏之後，才成為英雄豪傑的。

　　再看我們在前章所討論的清官丁士升，他為官清廉、不攀附權貴，又有辦案的技巧，以及治河的才能，算是一個能夠比較不會「白首死章句」的讀書人。然而，看他當官當到傾家蕩產、舉債度日，甚至於弄到死後留下龐大的債務，連累了為他做保的好朋友，拖累了年輕的子女，這樣的處世、治家態度，其實是令人不敢恭維的。董聞家裡當時並非豪門，丁士升根本是陷朋友於不義，丁公子當時年幼無依，丁士升根本是引子女於絕境，一個讀書明理君子的行為，不應如此，所以說丁士升的清廉賢明固然可取，仍不免有處世迂陋之病。

　　其次是虞同知，他也頗有辦事能力，以治河來說，「所開河道，丁推官工程，十居七八，止剩十之二三，卻是虞同知補完其事。」（卷九）他為人豪放，出手大方，丁士升之死，他送了一百兩銀子來助喪，治喪之日，又送了十二兩奠金，董聞對著丁公子讚美他說：「也難得這虞二府好情。他與令先尊平日性格不同，令先尊性好清素，他性好豪華，各自一樣，不想他今日在令先尊面上如此用情。」能欣賞行事做風和自己完全不同的人，表現出了不凡的氣度。但虞同知有兩大問題：第一，私德有瑕，有龍陽之癖；第二，匿案不報，缺乏

應變能力。

　　縱情酒色是明清許多士人的致命傷，如公安三袁只有小修（袁中道）活過五十歲，伯修（袁宗道）壽四十一歲，中郎（袁宏道）壽四十三歲，錢伯城先生說：「伯修、中郎的早逝，從病情看，與酒色也是有關的。他們雖然不像小修那樣嗜酒如命，但各有侍姬數人，不自檢束，因而致病不起。」[28]即使活到五十四歲的袁中道（1570－1624），他的身體狀況也一直都相當不好，常常早上起來就吐血，他自己說：「甚者乘興大飲後，兼之縱慾，因而病發，幾不保軀命。」[29]晚年酒戒了一些，但他還有龍陽之癖，「惟見妖冶龍陽，猶不能無動。」[30]明末清初士人好龍陽的不少，鄭板橋（1693－1765）在〈板橋自敘〉中自稱：「酷嗜山水。又好色，尤喜餘桃口齒、椒風弄兒之戲。」[31]錢謙益、吳偉業、龔鼎孳、陳其年等曾爭寵優人王紫稼，吳偉業還寫了一首有名的〈王郎曲〉。[32]

　　由於龍陽的普遍，虞同知「因自己有龍陽之癖」，便認為丁推官也有此好，在探望丁士升病情時，說他一定是被一位乖覺的門子麋桃所累，勸他要多加保養。誰知這一句玩笑話斷送了丁士升的性命，原因是在場的醫生聽虞同知這麼說，

---

[28]　錢伯城點校《珂雪齋集》（上海古籍出版社，1989 年）〈前言〉，頁12。

[29]　袁中道〈答錢受之〉，同前註引書，頁 1025。

[30]　袁中道〈與錢受之〉，同前註引書，頁 1102。

[31]　鄭燮〈板橋自敘〉，舍之編《板橋家書》(大連出版社，1996 年)，頁 256。

[32]　矛鋒《同性戀文學史》（臺北，漢忠出版社，1996 年）頁 107-108。

認定丁士升為色所傷，是「陰虛」之症，用人參來補，丁士升吃了補藥之後「心頭發脹，幾度昏迷」，不久就過世了。

　　再說虞同知的匿案不報。原來虞同知曾為撫院押送官銀一萬餘兩進京，在中途遇盜被劫，他為了怕受到「失事之罪」，便匿案不報，想要自行解決，以免影響功名。他把公文留在朋友那裡，請他代為籌足公款取得回文之後銷案，回到任所，向撫院撒謊說銀已交納，回文暫時未發。不料他的朋友染病身亡，並沒有替他處理這件事情，等到戶部催查，才發現少了這宗銀兩，行文到撫院那裡，撫院大怒，將他「拘禁候審，一待審過，便要上疏題參。」（卷十）虞同知認為公款被劫之事可以私了，這實在是一個極大的錯誤，就算他家財萬貫，可以用私產賠補，但不報案就不能動用公差緝拿匪徒，等於縱盜為患；何況他又賠不起，把如此重大的事交給朋友去辦，又不去追蹤辦理的結果，直等到東窗事發才慌了手腳，忙著向撫院解釋，撫院又怎可能相信呢？撫院說得十分合於情理：「若果失盜，為何當時不即稟報？直至今日才說，這明係自己侵沒，巧言支吾。」身為一個同知（知府的佐官），掌管的是「巡捕、管糧、治農、水利、屯田、牧馬」[33]等事，發生在自己身上的事都處理不好，如何治理人民？

　　至於頂著秀才的頭銜，到處招搖撞騙的杜龍文，我們在前章說過，像這樣的「光棍秀才」，明清小說中不勝枚舉。《八洞天》的〈培連理〉篇也有一個「包攬詞訟的秀才」，叫做黎

---

[33]　《中國歷史大辭典‧明史》（上海，上海辭書出版社，1995 年）頁149。

竹，十分可惡，為了讓已婚的表妹七襄改嫁給富翁古淡月，竟趁著七襄的夫婿莫豪在外地當幕客久無音訊，虛報莫豪的死訊、假造莫豪的遺書，勸七襄速速改嫁，七襄的母親本已患病，見了此信，「病上添悲，服藥無效，嗚呼死了！」幸好七襄自有主見，決定親自探問真假，才沒有讓黎竹得逞。像杜龍文和黎竹這樣的秀才，也曾經入學讀書，如果要勉強說他們是「讀書人」的話，只能說這樣的秀才是士林之玷了。

《八洞天》一書所反映讀書人的負面形象是很多的，黎竹這樣的惡棍是不消說了，還有身為西席不但誤人子弟，更損人利己，毫無羞恥之心的，即卷四中岑翼的老師鄞先生。岑翼不愛讀書，鄞先生若能循循善誘也好，否則，便該向主人明言，但鄞先生為了怕被辭退，「欺東翁是不在行的，一味哄騙」，還說岑翼「文業日進，功名有望」，害岑翼的父親岑敬泉花了許多冤枉錢來替兒子鑽營打點。鄞先生為了自己要進京鄉試缺少盤纏，便慫恿岑敬泉替兒子納監，「趁岑翼坐監之便，盤纏到京」，到京之後，「只理會自己進場之事，并不拘管岑翼，任憑他往妓館中頑耍，嫖出一身風流瘡。」結果岑翼在回鄉的路上，一命嗚呼！

「師嚴而後道尊」，像這樣的老師如何「傳道、授業、解惑」？像這樣的讀書人如果中舉、中進士，將來成了地方的父母官，如何為民興利除弊？幸好鄞先生「連走了幾科不中，抱鬱而終」，否則必成民害。

岑翼的哥哥岑麟從小學做生意，家道頗為興旺，看弟弟延師讀書的下場如此，「遂以讀書為戒」，不教他的兒子讀書，「只略識幾個字，便就罷了」。這篇小說寫兩兄弟一讀書，一

學商，結果學商的家道興旺，讀書的嫖妓身亡，事實上部分反映了當時社會上對讀書和做生意的看法。「萬般皆下品，唯有讀書高」的觀念已經逐漸被打破，「士、農、工、商」的地位發生了升降的變化，明代已是如此，余英時先生說：「明代中葉以後，士與商之間確已不易清楚地劃界線了。」又說：「明代商人也意識到他們的社會地位已足以與士人相抗衡了。」[34]到了五色石主人生長的清初，受到朝代更迭的影響，更開始有士不如商的說法，歸莊說：「……宜專力於商，而戒子孫勿為士。蓋今之世，士之賤也甚矣！」[35]余英時先生歸結說：「明清之際的政治變遷曾在一定的程度上加速了『棄儒就賈』的趨勢。」[36]余先生並認為不能過分強調政治的影響力，事實上明清以來的社會價值觀確實已產生變遷，《八洞天》卷四的描寫可以做為余先生論點的一個佐證。

除了杜龍文、黎竹、鄭先生之外，還有一個最無恥的秀才，即卷六的晏敖，我們在第三章第四節已經對他的愚行和惡行做過詳細的討論，此處不贅。自秀才而上，中了舉、中了進士，當上官的又如何呢？《八洞天》卷八寫了一個貪財的進士畢東鼇，畢東鼇還是一個窮秀才時，到財主畢思復的家裡來拜望，說是拜望，實在就是來打秋風，畢思復不理他，

---

[34] 余英時《中國近世宗教倫理與商人精神》（台北，聯經出版公司，1988 年）頁 107、109。

[35] 歸莊〈傳硯齋記〉，《歸莊集》（上海，上海古籍出版社，1984 年）頁 360。

[36] 同註 34 引書，頁 114。

將他的原帖退還，畢東鼇很不高興。後來，畢東鼇中了進士，而畢思復原來依靠的大官呼延仰出事被告，畢思復慌了，來求畢東鼇，畢東鼇刁難，思復「送銀二百兩，方買得一張新進士的報單，貼在門上」，這樣就賺進了二百兩。之後，畢思復的家人討債逼死了一個病人，又去求畢東鼇說情，東鼇又「詐銀五百兩，方才替他完事」。一個在家候選的新進士，官還沒有做，已經訛詐多金，一旦當官會如何的貪墨可想而知。

看看《八洞天》卷五〈正交情〉篇中的官員是用什麼方法撈錢的。篇中寫一個賣豆腐的窮漢甄奉桂，在典來的房子裡面掘到了銀兩，原主劉輝心裡很不是滋味，但不敢要回掘到的銀子，只要求甄家把房價付清，因為當初五百兩的房價只典了二百兩。甄家不肯還清房價，劉輝便告到官府。甄奉桂先去找鄉宦郤待徵，這郤待徵「曾是兵部職方司主事，因貪被劾，閑住在家」，本來就是個素行不良的貪官，他又是當地縣官的房師，所以在地方上無惡不作，為所欲為。甄奉桂送了他一百兩銀子，他又要了五十兩轉送給知縣。果然，知縣在公堂上認錢不認人，把原告劉輝教訓了一頓。事後，知縣不肯出審單，奉桂只得補送了五十兩，郤待徵那裡又來要了一百兩。這一對師生，一個是遭罷職的鄉宦，一個是牧民的縣官，卻相互勾結，狼狽為奸，為害地方不小，完全違背了聖賢書上的教訓，明末清初士風之墮落，在他們身上表現無遺。

五色石主人的兩部小說對明末清初科舉與士風的反映是頗為真切的，種種科舉怪象的描寫，讓我們對當時取士之弊端有深入的認識，至於當時士風的敗落，誠令人搖頭嘆息。

陳登原先生嘗云:「自明開國百餘年間,俗儒之中,已有非愚即詐之事。……萬曆已後,士習更靡,忽略政事,不知兵食,此士大夫之迂愚者一。……崇禎之時,士習更靡,死守書本,空談義理,此士大夫之迂愚者二。……時屆亡國,士習更靡,不知事勢,不知緩急,此士大夫之迂愚者三。……此誠無怪乎李王之一帆風順,滿州之得以入關矣!」[37]顯然認為,明朝的滅亡,士風之衰敗實為一大因素。那麼入清之後呢?清初文人葉夢珠說:「本朝初定江南,設官委吏,習聞弘光之風,不復先朝之度,當事者往往縱情任意,甚而惟賄是求,訟師衙蠹,表裏作奸,……數十年之間,士風靡弊極矣!」[38]看來改朝換代並沒有給士風帶來多大的改善,可見五色石主人所反映的士風敗落現象,是合於歷史之事實的。

第二節　民間信仰之反映

民間信仰,「是各民族廣泛流行的多神信仰,內容十分豐富,範圍非常廣泛。由於它是一個歷史的沈積物,源遠流長、古今摻雜,既包括史前時代的巫覡及其變異,也包括各種人為宗教,如佛教、道教……。」[39]五色石主人小說對於這種民間流行的多神信仰,多所反映。《八洞天》八篇都屬於話本小說中的「人情小說」,人情小說是:「以家庭生活、社會生活、

---

[37] 同註 21 引書,頁 1509-1511。

[38] 同註 5 引書,頁 85。

[39] 宋兆麟《華夏諸神・民間神像・導言》(台北,雲龍出版社,1999年)頁 37。

愛情婚姻等為題材，以普通的人情事物為對象，反映現實生活的小說。」[40]或稱為「人情世態小說」，「和神話怪異小說相對而言，是直寫人世、人事、人情的小說。」[41]因為是直寫人世、人事和人情，反映現實生活，所以其內容最接近現實人生，也最能夠表現民間的信仰。至於屬於英雄傳奇小說的《快士傳》，是以小說的主人公董聞為主線，描寫他從落魄士子到成為英雄豪傑的過程，對於家庭生活和社會生活也有一定程度之反映，書中有不少描寫民間宗教信仰的情節。由於作者為清初時人，整理、詮釋這些宗教信仰的描寫，有助於我們對明清社會的了解。

我們在第二章第四節曾探討過五色石主人的思想，認為他的思想與儒家接近，不排斥佛、道，但也不十分相信。五色石主人認為鬼神是實有的，這和儒家思想並沒有衝突，孔子雖然不講怪力亂神，但也從來沒有否定過鬼神的存在，鄭志明先生嘗謂：「儒家的人文信仰與民眾的鬼神信仰不是相對決的，彼此間仍有著一體相承的原創真義；孔子雖然以『敬鬼神而遠之』的態度來面對原始信仰，並非意謂著對鬼神信仰的全盤否定，……。」[42]五色石主人似乎相信輪迴轉世，這當是受到佛教的影響，唐君毅先生曾說儒家的先哲，「除受佛

---

[40] 參見拙著《清初前期話本小說之研究》（台北，學生書局，1998 年）頁 390。

[41] 林辰《明末清初小說述錄》（瀋陽，春風文藝出版社，1985 年）頁 8。

[42] 鄭志明〈當代儒學與民間信仰的宗教對談〉，載《儒學的現世性與宗教性》（嘉義，南華管理學院，1998 年）頁 356。

家思想影響者，要皆不主個體輪迴之說。」[43]此外，五色石主人小說頗富於道教色彩，描寫了不少民間的道教信仰、方術、變化以及其他的道教儀式，可是作者又經常戳破師巫之虛妄，對術士的神通存了很大的疑問，因此其小說在鬼神信仰的神秘氛圍中，仍然流露出相當多的理性成分。

　　本節的重點不在探討作者的思想，或作者的宗教信仰，而在於透過小說的描寫，認識明末清初民間宗教信仰的情況。明朝末年，「道教與佛教以及儒教成為雜然混淆的狀況，廣泛地流行於平民之間。」[44]明代的佛教，日人中村元稱之為「明代之庶民宗教」或「庶民佛教」，是「指流布社會底部，廣受信仰之佛教而言，……是含迷信化、低俗化之佛教。」[45]這裏所謂的庶民佛教，其實就是雜糅儒、釋、道和巫覡觀念的一般民間信仰，以民眾的立場來說，根本不會去分別那些是佛，那些是道，那些是儒，誰能夠保佑我，給我帶來好處，我就信祂，因此，有時很難區分民間所信奉的神明究竟是何歸屬。但為了行文方便，本文仿照馬書田《華夏諸神》一書，該書將中國的神分為「道教諸神」、「佛教諸神」，以及道、佛味道都不太濃的「民間俗神」[46]，故本文也將五色石主人小說所反映的民間信仰分就「道教信仰」、「佛教信仰」以及「其

---

[43] 唐君毅《中國文化之精神價值》（台北，正中書局，1981 年）頁 466。

[44] 釋聖嚴著、關世謙譯《明末中國佛教之研究》（台北，學生書局，1988 年）頁 28。

[45] 中村元《中國佛教發展史‧上》（台北，天華出版公司，1984 年）頁 476。

[46] 馬書田《華夏諸神》（北京，燕京出版社，1990 年）〈前言〉頁 2。

他的民間信仰」三方面來說明。

一、道教信仰

　　道教信仰大概可以分成兩個部分：其一是上層社會的「神仙道教」，信仰的目標是長生不死；其二是下層社會的「民間道教」，「民間道教的活動，崇拜鬼道，企圖解除下層人民的疾苦，為群眾造福。」[47]五色石主人小說對於這兩個方面的信仰都有反映，而關於民間道教信仰的部分著墨尤多。

（一）民間道教信仰

　　道士們修道、祭神、進行法事的場所，有「宮、觀、院、廟」之分，「一般說來，建築規模較大的稱『宮』或『觀』……次一等的叫做『道院』……規模較小的稱『廟』。」[48]這是一般的情況，當然也會有一些例外。在五色石主人所寫的這兩部小說中，出現的道教廟觀有：《八洞天》卷一的清修院、卷二的三元宮和山神廟、卷五的真武廟、《快士傳》卷八的城隍廟。

　　卷一清修院供奉的，「乃是九天玄女的香火」。關於九天玄女的來源不是我們要討論的重點，簡單的說，大約《詩經·商頌·玄鳥》中的玄鳥，後來化身為玄女，曾助黃帝戰勝蚩尤，不過這位玄女外形是「人身鳥首」，到了宋代的張君房編

---

[47] 卿希泰主編《中國道教史·王明序》（成都，四川人民出版社，1992年）頁8。

[48] 王景琳、徐匋合著《金瓶梅中的佛蹤道影》（北京，文化藝術出版社，1991年）頁31。

的《雲笈七籤》,「玄女已經是九天玄女,並且徹底人神化,成為地道的女神仙。」[49]九天玄女在民間受到廣大的信仰,也經常在小說中出現,如《大宋宣和遺事》、《水滸傳》、《三遂平妖傳》、《女仙外史》、《薛仁貴征東》等,而且都和「天書」有關,大概從《大宋宣和遺事》中載宋江得天書指示反上梁山之後[50],後來的小說都受此影響。《八洞天》卷一也不例外,文中提到王則叛亂,「恃著妻子胡永兒,丈母聖姑姑的妖術,乘機作亂。據城之後,縱兵丁打糧三日,城中男婦,一時驚竄。且喜這班妖人,都奉什麼天書[51]道法的,凡係道觀,不許兵丁混入。」大約提到玄女,總是離不開天書。

　　本篇小說寫主角魯惠的姨娘咸氏因受到正室石氏的排擠,在清修院出家,後來成為清修院的觀主。王則之亂,石氏進觀避難,得到咸氏的收留,但「不意妖人聞各道觀俱容閑人在內躲避,出示禁約。」幸好「妖母聖姑姑是極奉九天玄女的,一日偶從觀前經過,見有玄女聖像,下車瞻禮。因發告示一道,張掛觀門,不許閑人混擾。」這樣,石氏和咸氏得獲保全,等於是九天玄女的保佑一般。

　　王則之亂也見於《三遂平妖傳》[52],該書第十一、十二回

---

[49]　同註46引書,頁91。

[50]　曹濟平校本《大宋宣和遺事》(杭州,江蘇古籍出版社,1993年)頁34。

[51]　天書,據蕭欣橋、陳翔華的校:原本作「大書」,「大連本」作「妖書」,今據《四巧說》。

[52]　一般認為,羅貫中編的《三遂平妖傳》本來是二十回,馮夢龍增補為四十回,不過歐陽健先生卻認為:「四十回本,應是羅貫中的原

寫北宋王則和聖姑、胡永兒、蛋子和尚起兵造反，蛋子和尚在白雲洞摩得天書，共議練法。第四十回寫亂事被平定，是因玄女收去了聖姑的神刀，擒住聖姑，文彥博才能攻破貝州城。不過在《平妖傳》中，聖姑姑、胡永兒等人都是妖，到了《八洞天》則只說她們是「妖人」，懂得「妖術」而已。在《平妖傳》中九天玄女親自收妖，《八洞天》中的九天玄女才是名符其實的，供奉在道觀中的道教神。

從《八洞天》卷一的描述中，我們可以了解道教對於社會的安定作用。在平時，它提供一個可以清修的場所，由於信仰的寄託，被逐出家門的咸氏找到了心靈的安慰，也得到一個安頓形軀的所在，否則她可能只有死路一條。而且她的修養是有效的，後來雖然和丈夫團圓，但她「塵心已淨，凡事都看得恬淡了。」因為恬淡，便也得到了家庭的和樂。在戰亂之時，道觀則提供了一個避難的場所，因為畢竟還有許多叛亂的人對神明還是有所忌諱的。

不像卷一的清修院寫得那麼真實，卷二的山神廟和三元宮都是虛寫的。故事中的主角逃難，「走至紅日沈西，來到一個敗落的山神廟前」，走進去看，已經「先有幾個人躲在內」。如前文所云，戰亂之時，廟觀往往成為人們躲避災難的場所，縱使是一個敗落的神廟，也多少給人們一些安慰。山神本來

本，是羅貫中完整的藝術構思的成果，而二十回本，則是後世書賈對四十回本濫加改削以冒充『古本』的產物。」見《中國神怪小說通史》（南京，江蘇教育出版社，1997 年）頁 368。這裡用的是台北河洛出版社 1970 年的排印本。

是古老的神靈，《山海經》裏面就記載了無數的山神，不過真正讓這些山神和民眾緊密結合的，還是道教徒的功勞，「除了把山神人格化外，道教還屢屢企圖以人神來取代它們。」[53]除了著名的五岳神外，大概像樣一點的山都有山神，其規模大約如《水滸傳》第九回所描述的：「殿上塑著一尊金甲山神，兩邊一個判官，一個小鬼。」[54]逃難的主角和他的兒子，當晚就是在山神廟的「神座旁」和衣而臥的。

後來，主角因無力守城棄官潛逃而被通緝，怕收留他的人知道他的來歷，就騙他們說：「因許下雲臺山三元大帝香願，同荊妻與小兒去進香。」三元大帝又稱三官，也是在民間十分具有影響力的道教神，「天官賜福、地官赦罪、水官解厄」，「因道教將三官大帝的誕辰日編造成在三元日，即上元農曆正月十五、中元七月十五、下元十月十五，故三官大帝又稱三元大帝。」[55]這是道教將三官人神話的結果，民間流傳三官為陳子檮與龍王三女所生的三個兒子，他們的生日就是前述的三元日，職掌「掌握人間禍福，鬼神遷轉。」[56]擁有眾多的信徒，此所以小說中的男主角可以編造「下雲臺山三元大帝香願」的謊言，而能取得別人的相信。

卷五的真武廟在北京城，馬書田先生說：

[53] 呂宗力、欒保群編《中國民間諸神》（台北，學生書局，1991 年）頁 321。

[54] 貫華堂七十回本《水滸傳》（台北，三民書局，1970 年）頁 182。

[55] 同註 46 引書，頁 60、61。

[56] 同註 53 引書，頁 71。

> 舊時真武廟是最常見的廟宇之一，真武的足跡幾乎遍
> 布全國城鄉各地，廣泛地享受著人間的香火。以北京
> 為例，清代的真武廟數量僅次於關帝廟、觀音寺，與
> 土地廟並列第三，有四十餘座。以真武廟命名的街巷
> 多達十四五條，今北京廣播電台（分址）即在阜興門
> 外真武廟。真武影響之大，於此可見。[57]

真武本名玄武，最初在道教中，只是和青龍、白虎、朱雀合
稱為四象的護法神，後來脫離四象之列，被提升為大神，並
且在宋真宗時，避宋聖祖趙玄朗（這個人是憑空捏造的）諱，
改為真武。真武手下有龜蛇二將，兩旁有金童、玉女，「神
威顯赫，祛邪衛正，善除水火之患。」[58]由於「神威顯赫」，
所以信徒很多。在小說中，自小父親離家、母親溺水，蒙鄉
宦收留的新科舉人盛俊，在進京途中和母親重逢，到京後，
遍尋父親不著，心中煩悶，便出城閒行，「走到一個古廟前，
看門上二個舊字，乃是『真武廟』。」進入廟中，「見左邊壁
上掛著一扇木板，板上寫著許多笤訣。盛俊便去神座上取下
一付笤來，對神禱告。先求問父親消息，卻得了個陽聖聖之
笤。笤訣云：

> 「功名有成，謀望無差。若問行人，信已到家。」

笤這個字，《中文大辭典》說：「義未詳。」我們一般寫成「笅」，

---

[57] 同註 46 引書，頁 64。

[58] 見明劉效祖〈重修真武廟碑記〉，轉引自同註 46 引書，頁 77。

也可以寫作「筊」或寫作「珓」，也就是「杯珓」，就是台語的「拔杯」。筶訣，即杯珓辭，容肇祖先生說：「杯珓的起源，在唐代已通行了，但吉凶是沒有定辭的。由籤詩的通行，而杯珓也有詩了。」[59]可見杯珓辭是受「籤詩」影響而產生的，所謂「陽聖聖之筶」是珓詞的吉凶之名，陽聖聖是上吉，陰聖聖則為下吉，容先生曾引述〈聖蹟圖誌〉後的杯珓辭，如陰聖聖為：「扁舟泛五湖，臨去又趑趄。生計彼時有，誰知做隱倫。」又陰陰陽（中平）說：「欽差出雁關，歷遍萬重山。此志雖無二，回朝髮已斑。」[60]和小說中筶訣類似，都比籤詩簡單（籤詩多為七言）。小說中的這個筶訣後來得到應驗，盛俊在京城得到父親的訊息，說他已經回到家了，文中有兩句插詞謂：

> 果然靈筶無差錯，真個行人已到家。

這兩句插詞說明了真武大帝在民間的受到信奉，也驗證了前引馬書田先生所說真武信仰的影響力。

《快士傳》卷八的城隍廟也算是頗為靈驗的，不過有點被動，似乎是被逼急了才來造福人民。城隍本來也不是道教神，隍是護城河，所以自古城隍就是城市的守護神，隋唐以後，城隍信仰普遍流行，城隍成為「直接對上帝負責的地方最高神」，「道教也千方百計把祂納入自己的體系之中，以祂

---

[59] 容肇祖〈占卜的起源〉，載《容肇祖集》（濟南，齊魯出版社，1989年），頁 51。

[60] 同前註。

為剪惡除凶，護國安邦，旱時降雨，澇時放晴，并管領一方亡魂之神。」[61]馬書田先生歸納民間有關城隍的活動有：住廟祛病、審夜堂（開堂審鬼）、發路票（給鬼引魂回籍）、燒王告（替百姓伸冤）、鎮壓災疫和求雨等，[62]可見求雨是城隍爺的工作之一。在《快士傳》卷八，丁推官在鄭州署印，遇到了連月的亢旱，丁推官先請法官登壇祈雨無效，自己每天在烈日下步行祈禱，還是無效，於是：

> 又手書疏文一通，親自齎往本州城隍廟中焚化了。拜禱畢，指著城隍神像說：「我與神雖陰陽各異，然俱有地方民社之責。今上天降災下民，豈可坐視不救？我今與神約，若三日內無雨，我當與神像一齊鎖繫烈日之中，以請命於天。」

結果三日之後，還是沒有下雨，丁推官便真的拿著鐵鎖到城隍廟，「正待要與神像同鎖，忽然雲興雷動，頃刻間，大雨傾盆而降。」好像是受到威脅之後才勉為其難同意顯現神蹟的，所以我說鄭州城隍還頗為靈驗，只是有點被動。

城隍身為最高的地方神，所以地方上的大小事情祂都必須向祂的上司報告。城隍的上司是誰呢？在《八洞天》卷三中，祂是另一位道教大神東嶽帝君。篇中的主角莫豪，因為「善於譏刺，有傷厚道，已經奪其兩目，使為瞽人。」後來因為莫豪「悔過自新，多作造福文字」，有功於揚州和杭州，

---

61 同註 53 引書，頁 239。
62 同註 46 引書，頁 247。

所以兩州的城隍向帝君申文,「求復其兩目之光」。於此可見,城隍是東嶽帝君的部屬,祂們審理的案件,「最後都要匯總到東岳來」[63],而且據說還要透過東嶽帝君的部下「速報司」,金朝詩人元遺山說:「世俗傳包希文以正直主東岳速報司,山野小民無不知者。」[64]可知當時流行的說法,是以包拯為速報司的,但清人富察敦崇的《燕京歲時記》則說:「相傳速報司之神為岳武穆,最著靈異。」[65]是到了清代,速報司又變成岳飛了。不過在本篇小說中不稱速報司,只稱「判官」,謂:「有一個判官自外而來,捧著兩卷文書,跪啟帝君道:『南直揚州府城隍、浙江杭州府城隍,都有申文到此。』」

　　本篇小說還寫了「三耳道人」聞聰替冥官斷獄的故事,從小說的描寫看來,作者於陰曹地府,沒有接受:泰山傳說和酆都傳說等「都被新興的十殿閻羅王的傳說所取代了」的說法[66]。小說中並沒有出現「閻羅王」,只說是「冥官」,謂聞聰「時常夢到陰司,替冥官斷獄」,因為斷得很好,有一天,「夢一金甲神將,傳東嶽帝君之命,召他前去。他隨著神將來至一座寶殿之下,朝拜畢,帝君傳宣旨入殿中賜坐,說道:『聞卿善斷冥獄,今特召卿來,有話要問。』」顯然,聞聰先前進入的陰間,不是「泰山」的寶殿,請他斷獄的冥官,也

63　同註 53 引書,頁 338。

64　元遺山《續夷堅志》(北京,中華書局,1986 年)頁 2。

65　富察敦崇《燕京歲時記》(台北,廣文書局,1981 年)頁 45。

66　鄭志明〈西遊記的鬼神崇拜〉,載《神明的由來－中國篇》(嘉義,南華管理學院,1997 年)頁 288。

不是東岳帝君,所以帝君才會說:「聞卿善斷冥獄。」事實上,冥官的數量應該是相當多的,而東岳帝君也不是一直都是同一個人。孫光憲《北夢瑣言》載:「世傳云人之正直,死為冥官。道書云酆都陰司官屬,乃人間有德者卿相為之,亦號陰仙。」[67]既然正直的人死後能成為冥官,當然冥官就不只一個人了。而據洪邁的《夷堅志》,有孫點、石倪、徐楷、雷度等人相繼為泰山府君(即東岳帝君)[68],可見在民間傳說中,擔任東岳帝君的人也是不斷在變動的。

據這篇小說的描述,東岳帝君在斷完獄案之後,還要等候上帝的裁決才能定讞。聞聰替帝君斷了幾個千古以來的懸案,帝君十分滿意,謂:「卿言俱極合理,當即上奏天庭,候旨定奪。」又如聞聰原因修仙無方,弄壞了雙耳,帝君雖然感謝他斷獄如神,卻也不能自作主張讓他恢復聽力,而是等到上帝嘉許他的「斷獄之明」,才「特命復矣(此字有誤)兩聰」的。但也有例外,例如替莫豪抽換兩目,使其復明,這件事沒有向上帝請示,就直接執行,可見東岳帝君還是有其一定的作主權的。

前引《北夢瑣言》的話,說:「人之正直,死為冥官。」其實正直的人死後何止可以成為冥官,更可以成仙成神,《八洞天》卷七寫生哥的父母,「一以文章被禍,一以節烈捐軀,已脫鬼錄,俱得為神。」這裡只說為神,沒有明說是什麼神。

---

[67] 孫光憲《北夢瑣言》(台北,新興書局筆記小說大觀本)卷七,頁1509。

[68] 龔斌《鬼神奇境》(瀋陽,遼寧教育出版社,1990年)頁178。

《快士傳》卷十四載丁士升，「生前為治水之事，盡瘁而死」，上帝憐他清忠，「封為水神」；卷六載董濟謂：「上帝憐我生前好義，封我為此間土神」，卷十四則說他被封為「土穀之神」。可見，天界、人間和地府三界是互通的，人死為鬼，邪惡的人受到酷刑，正直的人可以為冥官，也可以成仙成神，至於神仙呢？祂不但在人間來去自如，有時還會被貶謫為人，例如聞聰本來就是「蓬萊仙種，暫謫人間」，等他塵緣一了，又可以重「返瑤宮去了」。這樣的三界觀便成為民間「善惡報應」的形上基礎之一，「為了避免這些不堪忍受的酷刑……，為了享受成仙了道和今生輕鬆自由的快樂，你就必須按照道教所規定的規範思考、行動、生活，也就是『諸善奉行，諸惡莫作』。」[69]

　　關於道教的儀式，在《快士傳》一書中有道士洪覺先「登壇祈雨」的情節，不過沒有詳細描寫。又寫他扶乩請仙，為虞二府指示所失官銀的過程，雖然這次扶乩是董聞和道士串通好，專為騙撫台大人而設計的，但其結果雖假，過程的描寫卻很逼真：

> （洪覺先）就于壇前書符念咒，作起法來，喚一個小道童與自己一同扶乩。案上鋪放黃沙，焚香點燭。少頃，見乩兒漸漸轉動，磨了半晌，忽然寫出一行字道：「吾乃葛仙翁也。」虞二府假意向前問道：「果然是葛仙翁麼？若果是仙翁，我有一事欲問。」只見乩兒運

---

[69] 劉道超《中國善惡報應習俗》（台北，文津出版社，1992 年）頁 51。

動，寫出四句道：

> 子欲請仙仙故至　卻問仙翁是不是
> 可笑龍池心不誠　若還疑我我當去

虞二府看了，慌忙下拜道：「龍池不知仙翁下降，適間言語唐突，伏乞寬恕。

今有懇請，只因春間解送官銀一萬餘兩，中途被盜劫去，望仙翁明示下落，與道賊蹤跡，以便追緝。」祝告罷，只見乩兒上又寫出四句道：

> 怪爾後恭前倨　爾可暫時迴避
> 可請撫公問吾　吾當明告其事

撫公那時親在壇前看見，安得不信？便令虞二府退過一邊，自己向前整衣作禮，默禱了幾句。只見乩兒又寫道：……撫公再要問時，只見乩兒連書「吾去也」三字，便不動了。

就這樣，好像是葛仙翁向撫台說出失銀所藏之處，其實是董聞和虞二府事先告訴洪法師的，只因為是劫銀的大盜送還的，不好明說，才透過這樣的一個儀式，讓極為迷信的撫台大人相信虞二府的清白而已。但在眾目睽睽之下，乩兒如何會轉動，又能寫出詩句？扶乩又稱扶鸞，宋光宇先生說：「扶鸞的儀式是由乩手（正鸞生）經過請鸞的儀式，由神靈附於

人身推動木筆或桃枝在沙盤中寫字，旁邊有唱鸞生逐字報出，由錄鸞生寫下，就成為一篇乩文。」[70]不過宋先生所說的，是目前台灣扶乩的儀式，和《快士傳》所描寫的不太一樣，前者是一人扶筆，後者是兩人（洪法師和小道童）共扶，據賴宗賢《台灣道教源流》一書的記載，扶鸞的方法有五種：

一、　天壇：上空懸筆，下放沙盤，仙佛臨壇時，鐵筆自動下
　　　降沙盤，不用人扶，縱橫寫出字來。

二、　法壇：須童貞體且長齋不葷者一人，雙手扶木筆，待仙
　　　佛臨壇，即能不由自主寫出。

三、　仙壇：由長齋者二人共扶乩筆。

四、　神壇：不避葷酒，衹須誠心即能請壇。

五、　鬼壇：任何人皆可扶動，如碟仙、筷仙等。[71]

二人共扶乩筆的稱為「仙壇」，洪覺先扶乩的方式當屬此法。

（二）神仙道教

前面說過，道教信仰大概可以分成上層社會的「神仙道教」，以及下層社會的「民間道教」，以上討論的是五色石主人小說有關於民間道教信仰的部分，內容可算是頗為豐富的。而關於「神仙道教」的部分就較為簡略了，其原因在於這兩部小說主要寫中下階層民眾的生活，較少觸及上層社會

---

[70]　宋光宇〈書房、書院與鸞堂〉，載國科會發行《研究彙刊－人文及社會科學》八卷三期，1998 年，頁 374。

[71]　賴宗賢《台灣道教源流》（台北，中華道統出版社，1999 年）頁 206。

士大夫階層的內心世界，還有一個原因，是明代中葉以後，雖然民間道教仍然盛行，而上層化的道教已經漸漸衰落了[72]。

《八洞天》卷三寫聞聰酷好「仙家修鍊之術」，「妻室也不肯娶，常閉戶獨坐，做那養真運氣的工夫。」但由於不得其法，修鍊的結果，「竟把一雙耳朵弄聾了。」後來因自恨修鍊不得法，所以才「往臨安天目山訪道去了」。

聞聰所用的是道教的「內丹修鍊」，內丹修鍊最重要的工夫是「守一」，即守住真元，「就是集中精神的修鍊法門」，這種修鍊應該不會有什麼後遺症才對，「現在醫學已證明人類在『放鬆、入靜、與深呼吸』等過程中，確能產生各種奇特的能力。」[73]但聞聰為何會造成耳聾？是否因為自做聰明，輔以「外丹」，也就是服食金丹，由於丹藥含有大量的砷、鉛、汞等金屬，結果如古詩上所說的：「服食求神仙，多為藥所誤。」（〈古詩十九首〉之十三〈驅車上東門〉）由於小說中未言明，不敢妄猜。至於後來他所要去訪道的天目山，是道教的「三十六小洞天」之一，《雲笈七籤》卷二十七載：「周迴一百里，名曰天蓋滌玄天，在杭州餘杭縣屬，姜真人治之。」[74]

《八洞天》卷七出現一個具有法術的道士，叫做「碧霞真人」，住的地方叫做「碧霞洞」。碧霞這個稱號，多半是受

---

[72] 卿希泰〈中國道教的產生、發展和演變〉，載《道教與傳統文化》（北京，中華書局，1992 年）頁 65。

[73] 李豐楙《探求不死》（台北，久大文化出版社，1987 年）頁 102。

[74] 《雲笈七籤》，台北，商務印書館《四部叢刊子部》影印正統道藏本，頁 301。

到道教神「碧霞元君」[75]的影響。這一位碧霞真人，已經修煉
至接近神仙的境界，其神通可分兩方面來說明：

首先是變化。李豐楙先生曾根據葛洪《抱朴子》〈對俗〉
篇，把神仙變化之術區分為：化石為水、消金作液的金丹變
化；召致蟲虵、合聚魚鱉的法術變化；入淵不溼、蹈刃不傷
的神通變化；以及變易形貌、興雲吐霧的幻術變化。[76]碧霞真
人在近似金丹變化方面的表現為：他交給保護幼主逃難的王
保一個小盒子，道：「這盒內有丹藥一粒，名為銀母。你可把
此盒貼肉藏好，每朝可得銀三分，足勾你一日之用。」說是
金丹變化，其實這種「丹藥」化為「銀」的方術，屬於「黃
白術」，早期的道士煉金丹是用來服用的，所以才要「消金作
液」，變成液體之後才能服用。黃金和白銀本來都是服食之士
的上等仙藥，葛洪在《抱朴子》〈仙藥〉篇說：「仙藥之上
者丹砂，次則黃金，次則白銀。」[77]不過到了後世，黃白術慢
慢轉向「謀財致富」的方向[78]，一些道士煉一些假金、假銀來
騙人，其實煉出來的或是鍍金，或是「汞和其他物質生成黃

---

[75] 傳說碧霞元君為東岳大帝的女兒，宋真宗封為天仙玉女碧霞元君。
　　道教稱該神乃應九氣以生，受玉皇大帝之命，證位天仙，統率岳府
　　神兵，督察人間善惡。見同註 39 引書，頁 308。

[76] 李豐楙《不死的探求－抱朴子》（台北，時報出版社，1998 年）頁
　　405。

[77] 葛洪《抱朴子》（收在《鶡冠子》等廿三種）（台北，世界書局，1979
　　年）頁 45。

[78] 胡孚琛《魏晉神仙道教》（北京，人民出版社，1990 年）頁 252。

色氧化物（如 Hg O）及鹽類的反應。」[79]小說中提到的銀母，就是《拍案驚奇》卷十八〈丹客半黍九還、富翁千金一笑〉篇中的「母銀」，「先將銀子為母，不拘多少，用藥鍛煉，養在鼎中。須要九轉，火候足了，先生了黃芽，又結成白雪。啟爐時，就掃下這些丹頭來。只消一黍米大，便點成黃金白銀。那母銀仍舊分毫不虧的。」[80]不論是銀母和是母銀，都可以每天生出銀子來，在物理上當然是不可能的，《拍案驚奇》卷十八寫的是騙局，《八洞天》寫的則是神通，和道士煉丹是有段距離的，何況《八洞天》中的銀母原來每天會生出三分銀子，供王保主僕用度，後來小主人長大，「那銀母丹盒內每日又多生銀三分」，這真是神乎其技了。碧霞真人還會變化器物，「袖中取出兩個白丸，望空一擲，卻變了兩把長劍。」這種變化，也見於《太平廣記》卷一百九十六引《北夢瑣言》〈許寂〉篇：「俄自臂間抽出兩物，展而喝之，即兩口劍。」[81]而袁枚《新齊諧》（又名《子不語》）卷八的〈姚劍仙〉篇更為接近，篇中的劍仙「口吐鉛子一丸，滾掌中成劍，長寸許。」[82]但碧霞真人能憑空消失，「比及寒光散處，道人不見了。」這些變化在我們看來都是不可思議的，不過在道教大師們看來則只是雕蟲小技，《抱朴子》〈遐覽〉篇所錄存的《墨子五

[79] 同前註，頁 249。

[80] 石昌渝校本，凌濛初著《拍案驚奇》（杭州，江蘇古籍出版社，1990年）頁 307。

[81] 宋李昉等編《太平廣記》（台北，古新書局，1977 年）頁 401。

[82] 袁枚《子不語》（台北，星光出版社，1989 年）頁 234。

行記》、《玉女隱微》、《白虎七變法》等多載此類變化神通。[83]

　　其次是劍術。真人在把白丸變成雙劍之後,「接在手中,就廟門前舞將起來。但見寒光一片,冷氣侵人,分明是瑞雪紛飛,霜花亂滾。」劍術固然高明,不過如果只是這樣的劍術,並看不出和道教法術的關係,但再看他教王保的小主人生哥的劍術,就知道這不是一般的劍法,生哥說:「初學劍之時,命我在石崖上奔走跳躍,習得身子輕了,然後把劍法傳我,有咒有訣,可以劍裡藏身,飛騰上下。學得純熟之後,常書符在我臂上,教我往某處取某人頭來。我捏訣念咒,往來數百里之外,只須頃刻。」其劍法要配合符咒和口訣,這就蒙上了道教色彩,本來在道教的思想中,「符與劍同具法術功能」[84],訣,又稱「握訣、捻訣、捏訣、法訣、手訣、神訣」,是「道法基本方法之一……指在手掌和手指上捐某些部位或手指之間結合成某些固定姿勢」[85],咒,「乃施用咒語以行法術的觀念」[86],這些符、劍、咒、訣互相配合,才能所向無敵。唐人傳奇〈紅線〉篇中的紅線,「胸前佩龍文匕首,額上書太乙神名,再拜而行,倏忽不見。」[87]也是配合法術,才能「以夜漏三時,往返七百里」,取得田承嗣枕邊的金盒。

　　碧霞真人具有如此高明的神通和劍術,其實已接近神

---

[83]　同註 77 引書,頁 98。

[84]　同註 76 引書,頁 375。

[85]　劉仲宇《道教的內秘世界》(台北,文津出版社,1997 年)頁 110。

[86]　同註 76 引書,頁 382。

[87]　王夢鷗《唐人小說校釋》(台北,正中書局,1985 年)頁 278。

仙，其境界誠令人嚮往，所以王保在完成保護幼主的任務，並當了三年官之後，即棄了官職，「要去尋訪碧霞真人，入山修道……仍舊懷了這粒銀母靈丹，飄然而去。」後來有人看見他「童顏鶴髮，於水面上飛身遊行」，顯然法術已成，得道成仙了。

　　「道教的根本目的在於成仙，其信仰和方術都與這一目的有著直接的關係。」本來道教信仰的目的在於成仙，然而，「到了明代，信仰和方術的目的發生了很大的改變，只是為了在現實的社會生活中得到更多的利益和更大的滿足。」結果，「符咒禁忌、去病禳災、祈晴止雨、養生送死，以及觀風望氣、相卜降乩之類，都成了人們信仰需求的熱門貨。」[88]於是儒、佛、釋三教合流，仙佛相混，結合著原始的巫術崇拜，充斥在民間的日常生活之中，我們在五色石主人的小說中，看到了民間道教的盛行，以及神仙道教的衰退，其原因就在這裡。

二、佛教信仰

　　明清兩代是佛學衰落的時代，明末雖有四大高僧（雲棲袾宏、憨山德清、柴柏真可、藕益智旭）主張三教調和，但還是難挽頹勢，楊惠南先生曾說：「這些衰相，明末的雲棲袾宏雖已力圖振挽，但他何嘗想到那正是佛教儒化、道化必然的趨勢？……入清已後，情況更加慘淡。碩果僅存的禪與淨土兩宗，在雍正皇帝的壓迫下，也只剩下了淨土宗。更何況，

---

[88] 任繼愈主編《中國道教史》（上海，人民出版社，1990 年）頁 625。

即使是淨土宗，也不曾受到清朝帝王的善待。」[89]然而佛學雖衰，民間有關佛教的活動卻十分興盛，而這些佛教活動如前所云，是「是含迷信化、低俗化」的「庶民佛教」，雖然陳義不高，卻與民眾的生活緊密結合，因此反映在通俗小說中的內容也相當豐富。

在五色石主人的兩部小說中，佛教的寺庵出現不少，如《八洞天》卷四的觀音庵、卷五的寶月庵、卷六的青蓮庵、卷八的隆興寺和大相國寺，卷二和卷八還出現無名的寺庵，《快士傳》卷一則有大力庵。

今人一般把僧寺和尼庵（或作菴）對稱，「庵」用來稱呼「尼姑供佛修行做法事之處」，「就是其門面、庭院再大，也稱之為『庵』或『庵寺』，以示與僧人所居之處的區別。」其實本來庵只是指奉佛修行的小寺，是僧尼通用的[90]，在五色石主人的小說中便是如此，《八洞天》卷四中的觀音庵是住和尚的，篇末說主角岑觀保，「感觀音菩薩托夢顯聖之奇，捐資修理庵院，又捨些銀錢與庵中和尚為香火之資。」卷六青蓮庵的住持是了緣和尚、《快士傳》卷一的大力庵，主角董聞第一次走進去時，「見一個胖大和尚，赤著身子在日頭裡捉蝨」，這三座庵院住的都是僧人。可是卷五的寶月庵，則「庵中只有三四個女尼」，卷八的無名庵院住的是法名五空的尼姑，這

89　楊惠南〈一葦渡江‧白蓮東來－佛教的輸入與本土化〉載《中國文化新論宗教禮俗篇－敬天與親人》（台北，聯經出版社，1982年）頁53-54。

90　王景琳《中國古代僧尼生活》（台北，文津出版社，1992年）頁5。

兩座庵院才是專住尼姑的。但庵無論如何還是指「小寺」較多，在著名的佛教寺院中極少有稱為庵的。

五色石主人小說中出現了兩座佛教的大寺院，其一是開封府的大相國寺，其次是隆興寺。

大相國寺即相國寺，位於今開封市的自由路，七十回本《水滸傳》卷五載花和尚魯智深所管的菜園，便在大相國寺內，據載，寺內有「天王殿，高十米，為綠琉璃瓦蓋頂歇山重檐式建築，內置四大金剛、彌勒佛與韋馱塑像。」[91]四大金剛就是四大天王，掌管「風調雨順」，馬書田先生說：「只要有寺廟，就一定有四大天王像。他們都被安置在天王殿中，殿中央為笑和尚彌勒佛，四大天王分列兩旁。」[92]彌勒佛又稱布袋和尚，總是笑口常開，因為形象親切，民間又有「送子彌勒」之說。《八洞天》卷八寫紀衍祚中年無子，其妻強氏對他說：「我前年為欲求子，曾許下開封府大相國寺的香願，不曾還得。我今要同你去完此香願，你道何如？」強氏之所以許大相國寺的香願，自然因為向寺中彌勒佛求子的緣故。至於韋馱，是四大天王部下三十二大將之首，通常供奉在彌勒佛的背後，做武將的打扮。

隆興寺也出現在《八洞天》卷八，本卷故事發生在河南歸德府城（今河南商丘縣），而隆興寺在城南。從小說的描寫看來，這座隆興是相當具有規模的，一來它「有兩個住持」，

---

[91] 任道斌主編《佛教文化辭典》（杭州，浙江古籍出版社，1994 年）頁 487。

[92] 同註 46 引書，頁 520。

二來香火頗盛，「是時正值二月二十九日，觀音大士誕辰，寺中加倍熱鬧」，說「加倍熱鬧」，表示平時就很熱鬧了。不過這一座歸德府的隆興寺可能是作者虛構的，查《中國省別全誌》，歸德府（商丘縣）的寺廟僅有白布寺、關帝廟、城隍廟、文昌廟、財神廟、火神廟、東嶽廟和關帝行宮[93]，真正有名的隆興寺在現在河北正定縣，寺內供奉宋初銅鑄的千手千眼觀音像，高達二十二公尺，世稱大佛，全寺佔地約五萬平方公尺，是名符其實的「大佛寺」。[94]本卷所寫的隆興寺供奉的也是觀音，主角紀衍祚利用夫人強氏入寺聽經，潛回家與婢女廝混，這段情節的插詞中有「仗彼觀音力，勾住了羅剎夜叉；多賴普門息，作成了高唐巫峽」之句，以及前述觀音誕辰寺中加倍熱鬧的情形，皆可證明小說中的隆興寺供奉觀世音。看來，有可能作者是以真定府（即今正定縣）的隆興寺為藍本來寫歸德府的隆興寺的，本書卷四寫的恰好是真定府的故事，作者可能對真定府較為熟悉。

　　綜觀五色石主人小說中的佛教寺庵在地方上扮演的角色，除了提供信仰的中心之外，也時常成為民眾暫時處理喪葬事宜的地方和急難時的避難所。例如《八洞天》卷二，長孫陳的繼配甘氏喪母，由於長孫不願在衙中治喪，謂：「衙署治喪，必須我答拜。我官職在身，緦麻之喪，不便易服。今可停柩於寺院中，一面寫書去請你堂兄甘泉來，立他為嗣，方可設幕受

---

[93] 東亞同文會編《中國省別全誌》（台北，南天書局，1988年）卷八，頁62。

[94] 同註91引書，頁468。

吊。」於是將甘母的靈柩移到寺中，後來甘泉來到，「長孫陳令其披麻執杖，就寺中治喪。」卷五寫盛好仁的妻子張氏帶著老僕、兒子赴京尋夫，途中翻船，三老淹死、兒子失蹤，張氏雖獲救，卻不想活，被人勸住，送她到一個尼庵，「庵主老尼憐張氏是個異鄉落難的婦人，收留他住下。」卷六的晏敖家破人亡，「只得投奔青蓮菴了緣和尚」，後來死在菴內，其親戚晏子開「念同宗之誼，遣人買辦衣衾棺木，到菴中成殮。」《快士傳》卷一的大力菴，則接濟了落難中的董聞。可見當時常有在寺廟中辦理喪事之舉，而救死扶危，更是寺庵常做的功德。丁敏先生曾撰文談及佛教的社會福利事業，其第一條便是「貧病的救護」，第三條則為「喪葬的料理」[95]，其論證多舉史書，其實也可以和通俗小說之描寫相印證。

以下，筆者想籍著《八洞天》卷八的故事，談一談明清時期民間佛教信仰的情形。

本卷故事寫中年無子的紀衍祚，因姪兒無賴，不想立他為嗣，而夫人強氏善妒，所以也不敢娶妾。強氏為了求子，請人鑄了一尊摻金的銅佛在家供奉，但未見靈驗。衍祚看上了婢女宜男，利用強氏到寺廟聽經的機會，勾搭上手，卻就有了身孕。強氏知情後大怒，除了大哭大罵之外，更數落佛像不靈，說：「我這般求你，卻把身孕與這賤婢，卻不枉我這幾時香火了！」結果，第二天佛像就不見了，強氏便把罪過誣賴在宜男身上。後來佛像雖然找到，卻換了一個假的回來，

---

[95] 丁敏〈方外的世界—佛教的宗教與社會活動〉，載同註89引書，頁163-167。

而宜男終於還是被賣給了畢員外。其實真的佛像就是在畢家，原來當時是紀家的惡僕喜祥盜走賣給了畢員外，衍祚拿錢去贖時，畢家鑄了一尊沒有摻金的佛像給他，而紀家並不知情。宜男被賣到畢家之後，畢家原要墮她的胎，被夫人阻止，謂如果到畢家過了十個月方產，就留住這個小孩，因此宜男天天到佛堂拜佛，「願求腹中之孕至十三月方產，便好替舊主人留下一點骨血。」畢夫人單氏告訴宜男，她所拜的，正是那尊被盜賣過來的摻金的銅佛。

不料過沒多久，這尊佛像又被畢家的僕人吉福盜走，原想將佛像鎔化取其中的金子去賣，怪的是，「下了火一日，竟鎔不動分毫」，只好拿到呼延府去當了十兩銀子。單氏和宜男並不知情，依然每天對著佛像燒香禮拜。不久，畢家敗落，畢員外病重，臨終時叫單氏將宜男送回紀家，此時宜男已經產子，紀衍祚的夫人強氏已經病故，宜男母子平安回到紀家，紀衍祚如獲至寶。

後來朝廷為鑄錢，降旨民間，凡銅鑄的佛像都要繳官。紀衍祚的姪兒於是出首，告叔父私藏銅像，官府拘提，衍祚說佛是摻金的，且神靈顯應，鎔化不得，誰知官府將銅佛鎔掉後，並沒有半分金子在內，衍祚大驚，經過追查才知道真的佛像已賣到呼延府，呼延府因案家產被沒收，佛像已經籍沒入官了。衍祚的姪兒害叔父不成，一不作二不休，將宜男所生的兒子盜走轉賣，紀衍祚痛失愛兒，遍尋不著，而宜男一直生病，未能再產下一男半女。衍祚回想當初曾許下開封大相國寺香願，不曾還得，「或因這緣故，子息難招」，於是前去還願。途中拾金不昧，到開封後竟然找回兒子。

　　紀衍祚的姪兒盜走叔父的兒子之後，本以為可以承嗣，誰知叔父找一個兒子回來，於是告到官府。官府在審案過程中，查出其姪兒的種種惡行，加以懲治，並查出銅佛的下落，竟真的無法鎔化。官府找來隆興寺的住持靜修和尚，靜修合掌宣偈，謂：「佛本虛無，何有色相？假金固是假形，真金豈是真像？咄！真真假假累翻多，從此捐除空障礙。」宣偈完，銅佛就鎔化了。衍祚要把金子捨給靜修，靜修不收，謂：「我出家人要金子何用？你只把這金去做些好事，便勝如捨給老僧了。大凡佛心不可無，佛相不可著。只因你將金鑄佛，生出無數葛藤。自今以後，須知佛在心頭，不必著相。」

　　這個故事相當曲折複雜，而由一尊摻金的銅佛貫串其間，銅佛和小說情節的進行若即若離，表現的手法頗為高明。關於寫作技巧的部分，請見下一章的討論，此處則要根據作者以及小說人物對這尊銅佛的態度，探究民間佛教信仰的問題。

　　首先我們看到佛像的出現，是出於求子的需求，這便是世俗化佛教的最佳說明。馬書田先生嘗云：「本來按照佛教的說法，人生在世就是痛苦，所謂『苦海無邊』。修行的目的是為了求得解脫，即跳出『六道輪迴』，不生不死。主張不生，即不能求子嗣……。」[96]但民間的佛教信仰並不去管佛教的教義如何，只把佛當做一般的神來拜，而拜神都不免帶有現實的目的。如果所求不遂呢？便怨佛、謗佛，篇中紀衍祚之妻強氏的表現就是這樣。

---

[96]　同註 46 引書，頁 523。

　　強氏拜的是摻金的佛像，價值高於一般的銅佛，可是並未顯靈。宜男在被賣到畢家後，原先拜的也是這尊被盜的摻金銅佛，後來佛像二度被調包，宜男不知，仍對假的佛像燒香禮拜，然而假的佛像卻能顯靈，保佑了宜男母子，回到紀家團圓。

　　摻金的銅佛後來被賣到呼延府，結果呼延府卻被抄家。呼延太尉被逮之時，其妾鸞姨將佛像盜走，她再嫁給畢員外的同宗畢東璧為妾，同時將佛像也帶到畢家來。宜男所生的兒子被紀衍祚的姪兒抱走後，就是賣給鸞姨充當假兒，以便取寵於畢東璧。鸞姨帶著假兒和真佛到開封和畢東璧會合，不料沒有多久兩夫妻就雙雙亡故了，丟下一個抱來的假兒子，被畢東璧的長子拋棄，而佛像則被取走。最後，紀衍祚尋回兒子，佛像在外流落了一圈後，也回到了紀家。如此看來，這尊佛像不但未能保佑信徒，反而成了不祥之物，所到之處總是家破人亡。

　　為何摻金的佛像不但不靈更招來災禍，純銅的假佛反而靈驗？究竟摻金的是真佛，或是純銅的是真佛？真假應該以什麼標準來認定？以小說中的人物看來，似乎認為摻金的那一尊才是真的，然而正因為貪著佛像中的金子，才會使佛像一再失竊、調包，此所以靜修和尚對紀衍祚說：「只因你將金鑄佛，生出無數葛籐。」事實上，佛家講「諸法皆空」、「一切法空」（《大智度論》卷四六）。法，「泛指認識中的一切事

物和現象」[97]；空，「並非空無所有，而是空而緣起，在認識中顯現為各種現象，雖顯現而當體自性空」[98]。既然一切事物與現象皆非真實、皆無自性，即無所謂真假，純銅的佛像也好，摻金的佛像也好，都只是佛的替身、假像，借用《紅樓夢》第一回所謂的：「假作真時真亦假。」書中人物以假作真，要靠佛像求子、祈福，還不如反求諸己，此所以靜修和尚說：「佛心不可無，佛相不可著。」佛心，就是善良心、慈悲心，有此佛心，何必執著佛像？因此，並不是真的摻金的佛召災，也不是純銅的佛有靈，完全看拜佛的人是否慈善。忌妒而兇暴的強氏無法向金佛求到兒子，多行不義的畢思復無法因為夫人單氏的日夜禱求而得到痊癒，貪財受賄的畢東翁、買別人的小孩充當假兒的鸞姨供奉金佛反而雙雙病故；純良的宜男如其所願十二月產子，拾金不昧的紀衍祚父子得到團圓。上述的情節，可以說是作者用他高過一般世俗的智慧，為這大千世界說法，透過這些情節，我們一方面看到民間佛教信仰的情形，另一方面也看到作者對此一信仰的批判。

作者不但描述、批判了民間佛教信仰中不良的部分，同時也在本篇小說中反映了明清時期僧尼素質大幅滑落的狀況。關於明清時期僧尼素質之滑落，許多佛教史或佛教概論之類的書籍多有提及，素質滑落的原因之一是僧尼人數過多，周紹賢《佛教概論》第九章謂：

---

[97] 陳兵《新編佛教辭典》(北京，中國世界語出版社，1994 年) 頁 30。
[98] 同前註，頁 96。

雖自太祖以來，屢次限制度僧，而僧數仍然繼增，憲宗成化二十二年，此一年之中發給度牒者即有三十二萬人，如此，僧尼素質豈能不低下？[99]

這麼多的僧尼，即使素質不差也難以管理，何況有許多僧尼並非真心向佛，當時有俗諺說：「無法子（就）做和尚」、「和尚見錢經也賣」、「十個姑子九個娼，剩下一個是瘋狂」、「地獄門前僧道多」[100]這些俗諺當然不免有誇大失實之處，當時未必沒有好的和尚和尼姑，但大量不守清規的僧尼充斥於社會則是事實，在通俗戲曲小說中反映尤多，筆者曾觀察《三言》中的僧尼，發現在三十多篇提及僧尼的小說中，一般人對僧尼的印象實在是壞到極點[101]，《古今小說》卷一說：「世間有四種人惹他不得，引起了頭，再不好絕他。是那四種：遊方僧道、乞丐、閒漢、牙婆。」可見遊方僧道是和乞兒並列的，而《醒世恒言》卷三十四更有這樣的話：「老娘人便有不像，卻替老公爭氣。前門不見師姑，後門不進和尚。」言外之意自然是說，如果常和尼姑、和尚來往，便是不能替老公「爭氣」了，可見僧尼在當時的形象是如何的惡劣了。

《八洞天》卷八批判了一對僧尼，尼姑是員外畢思復的姑姑法名五空，和尚是隆興寺的住持之一法名惠普。五空喜

---

99 周紹賢《佛教概論》（台北，商務印書館，1984 年）頁 209。

100 釋聖嚴譯、野上俊靜等著《中國佛教史概說》（台北，商務印書館，1989 年）頁 176。

101 參見拙作〈從《三言》看明代的僧尼〉，《國立嘉義農專學報》第十七期，1988 年 4 月。

歡在富貴人家走動，惠普常托她「往大家富戶說化女人布施作緣」，她便硬拉紀衍祚的夫人強氏入寺聽經，這才有衍祚偷溜回家和丫鬟鬼混的事情發生。又借著進出之便，五空還兼作媒，把已經懷有三個月身孕的宜男轉賣給自己的姪兒作妾，且又謊稱並無懷孕之事，欺騙了姪兒。又把銀子百兩托姪兒放債取利，姪兒稍有閃失，她便落井下石前來討錢，姪兒攀起親情，她便道：「姑娘（按，即姑媽）的銀子好賴，出家人的銀子，倒沒得到你賴哩！」這說明出家人可以六親不認，更是不好惹的。

在惠普和尚的部分，作者拿他和靜修做對比，謂：「靜修深明禪理，不喜熱鬧，常閉關靜坐；惠普卻弄虛頭，講經說法，笑虛男女……。」靜修就是前述不接受贈金，能宣偈鎔化摻金銅佛的高僧，他和惠普同為隆興寺住持，而能安分守己、潛心靜修，相反的，惠普專事外務，還同尼姑來往，請她幫忙「拉信徒」。也許惠普本來也並非惡僧，所以能當上住持，但是可能外務接觸多了，又因定性不足，終至破戒犯罪。

他們兩人的結局是：惠普「與五空有染，五空產病而死，惠普懼罪，不知逃往那裡去了。」五空本不是個謹守本分的姑子，她犯戒身亡，那也罷了；惠普卻是一寺，且是大寺之住持，平常講經說法要度化別人，誰知道卻度化不了自己。而如果連住持都守不住清規的話，其他的僧尼可想而知！

《快士傳》卷一也有一段批評和尚的話，謂：「從來和尚們的東西，是極難吃的，只飲了他一杯茶，便要托出緣簿來求寫，何況飯食？」如此，和尚又多了一項慳吝的惡評。其實，小說中的和尚沙有恒並非如此，他慷慨大度，武藝高強，

屬於英雄豪傑一流的人物,然而,他自己也承認,「其實是掛名出家的,並不靠念經拜懺抄化募緣,只愛使些槍棒、習些弓馬。」怪道這個和尚與別人不同,連當時受他一飯之賜的主角董聞也覺受寵若驚,原來是掛名出家的假和尚。

總之,當時民間對佛教的信仰複雜而充滿了矛盾。人們一方面拜佛聽經、燒香請願,祈求現實的福祉和利益,而對於參加佛教的活動(如觀世音誕辰)是相當熱衷的;另一方面,他們對和尚尼姑又充滿了不信任感,覺得他們慳吝、貪財,甚至於好色淫亂。五色石主人小說反映了明清之際世俗化佛教的一個切面,透過故事情節之進行,生動而富於義蘊。

三、其他民間信仰

有些民間俗神本來和道教無關,後來被拉入道教神明的譜系之中,如城隍、土地、文昌大帝之類皆是。但也有些神明不太具有宗教色彩,如始祖神、行業神、動物神等,還有一些歷史人物、民族英雄或是家廟中的祖先成為地方神,有許多都只是受到民間的崇拜,未列入道教的神明王國之中。

例如《八洞天》卷七有一座雙忠廟,祀的是「春秋晉國趙氏家臣程嬰、公孫杵臼兩個的神位。」這兩位神明,無論是馬書田先生的《華夏諸神》,還是呂宗力、欒保群先生合編的《中國民間諸神》都沒有提到。在中國的廟宇之中,確實有「雙忠廟」,不過祭祀的是唐代的忠臣張巡和許遠,本市(嘉義市)東市場內有建於康熙年間的雙忠廟,俗稱元帥廟,或稱睢陽廟,祀的便是他們二人,並非程嬰和公孫杵臼。根據《史記·趙世家》,公孫杵臼犧牲之後,保存了趙氏孤兒趙武,

程嬰助趙武報仇成功，等趙武到了二十歲成人那一年，程嬰
也自殺身亡，以「下報趙宣孟與公孫杵臼」，趙武感念其恩義，
為他服齊衰之服三年，「為之祭祀，春秋祠之，世世勿絕。」
是程嬰早已享祀，後來成神也就不足為奇了，但他們的神跡
似乎不常見，所以並沒有在民間形成重要的信仰，趙翼曾說：
「凡人之歿而為神，大概初歿之數百年則靈著顯赫，久則漸
替。」[102]程嬰和公孫杵臼的情形便是如此，而在《八洞天》
卷七中，這兩位神明成為忠誠護主的王保主僕的守護神，又
顯靈賜給慈心的太監顏權一部鬍子，使他免於因放走了被選
入宮的少女而遭戮的命運。近代學者的研究顯示，許多神明
的來源或民間信仰的理論受到通俗小說的影響，如《封神演
義》、《西遊記》都是許多民間神祇崇拜的新神話依據[103]，假
如《八洞天》一書能更受到重視，則或許祭祀程嬰與公孫杵
臼的「雙忠廟」，也可能成為重要的神明亦未可知。

　　《八洞天》卷五還出現一個十分罕見的神，叫做「藏神」。
「藏」指的是埋藏在土中的金銀，據小說中的描寫，在挖寶
藏（文中稱為「掘藏」）前，要祭「藏神」，「聞說人家掘藏，
若不先祭藏神，就掘著也要走了的。」小說中人物甄奉桂夢
見有人告訴他可去掘藏，他便去對門的雜貨店問說：「你店中
紙馬裡邊可有藏神的麼？」所謂「紙馬」，據趙翼《陔餘叢考》

---

[102] 趙翼《陔餘叢考》（台北，新文豐出版社，1975 年）第四冊，卷三
　　　十五頁 9。

[103] 參見鄭志明同註 66 引書，第七章、第八章，頁 237-324；曾勤良
　　　《台灣民間信仰與封神演義之比較研究》（台北，華正書局，1985
　　　年）頁 55-151。

卷三十〈紙馬〉條載：「昔時畫神像於紙皆有馬，以為乘騎之用，故曰紙馬也。」[104]又稱為「神馬（兒）」，《燕京歲時記》謂：「京師謂神像為神馬兒，不敢斥言神也。」[105]李喬先生說，神馬「是一種木板印刷的紙神像，民間供奉各種神靈時普遍使用神馬，如門神馬、月光馬、壽星馬、藥王馬、財神馬等……祭祀儀式完成後，神馬都要送到門外焚化。」[106]奉桂問雜貨店老闆是否有畫有「藏神」的紙馬，老闆回答說：「財帛司就是藏神了，你為何問他？莫非那裡有甚財香落在你眼裏，你要去掘藏麼？」財帛司指的應該就是「財神」，至於是文財神（比干、范蠡），還是武財神（趙公明、關公），由於這兩種財神紙馬都「品種頗多」[107]，這間雜貨店老闆賣給奉桂的是那一種，小說中並未明言，因此究竟「藏神」是誰，還有待進一步的考證。

除了上述的神明信仰之外，民間還有一些所謂的「世俗信仰」，「這世界上並非只有宗教信仰，不信教的人也可以有自己的信仰，他信仰的對象可以是自然中的規律和法則，也可以是社會中的人和事。」[108]這些世俗信仰通常成為人生奮鬥的目標，比如說信仰「金錢萬能」的人，便會以追求財富為其終身職志，信仰某位偉人，則會以這位偉人的理想為自

---

[104] 同註 102 引書，第四冊，卷三十頁 21-27。

[105] 同註 65 引書頁 89。

[106] 李喬《中國行業神崇拜》（台北，雲龍出版社，1996 年）頁 84-85。

[107] 同註 46 引書，頁 311。

[108] 成窮《從紅樓夢看中國文化》（上海，三聯書店上海分店，1994 年）頁 88。

己的理想。

很多世俗信仰是受到宗教影響的，比如前文中提及的善惡報應之說，劉道超先生認為是「古代貧苦百姓迷信、愚昧、落後與宿命思想的反映。」也是「本能、負罪感與夢」造成的，而「佛道二教對民間信仰善惡報應的影響極其巨大，尤以佛教為顯著。」[109]這種善惡報應的信仰，是廣大而普遍的，在五色石小說中也是層出不窮的，作者在各個故事的結尾，莫不三致斯旨，《八洞天》卷五便明白道出「可見好人自有福報，惡人枉使欺心」之作意。在卷六更創造了一個有關報應的科舉神話，篇中的人物晏述參加鄉試，各篇都寫得不錯，但因「第三篇大結內有險句礙眼」，所以房師只把他取在末卷，「不想大主考看到此句，竟不肯中他，欲取筆塗抹。忽若有人拿住了筆，耳中如聞神語云：『此人仁孝傳家，不可不中！』主考驚異，就批中了。」後來晏述去謝考，房師、座師談到此事，晏述才知道自己能中是因為「父親積德所致」。說起來這事相當荒唐，以文章取士已經未必能識拔真才了，父親積德和為國舉才又有什麼關連？這樣的科舉神話，充分說明了中國民間的善惡報應信仰是如何的影響深遠了。

另外一種深受民眾信仰的思想是「生死輪迴」，輪迴之說來自佛教是不消說的，周紹賢先生說：

---

[109] 同註 69 引書，頁 21、32、41。

佛家稱生命之主體曰「心識」，亦曰「識性」，謂識性
遠不滅，識性與四大和合之軀命相結合，便為托胎生
身而出現於現世界。當四大和合之軀命隨輪轉而變滅
之後，識性便在輪轉中再緣其他軀命而再出現於現世
界，此之謂生死輪迴。[110]

而輪迴說影響了道教，杜而未先生從《道藏》中摘出了
若干輪迴說的內容，如《太上濟度章》：「應六道四生，展轉
報對，無有窮已。」《中和集》卷五：「禍患只因權利得，輪
迴都為愛緣生。」[111]不過這只能說若干道教人士借用了佛家
的理論來對世人說法。事實上，道教在南北朝以後有所謂轉
輪「五道」之說，何謂「五道」？《老君太上虛無自然本經》
說：「一道者，神上天為神；二道者，神入骨肉，形為人神；
三道者，神入禽獸，為禽獸神；四道者，神入薜荔，薜荔為
餓鬼名也；五道者，神入泥黎，泥黎為地獄名也。」傅鄉先
生說：「人應守五道，如多欲則亂本真，不能還返于道，其神
便入『五道』，善則為神仙，有罪則入地獄。」[112]很顯然的，
這是佛家六道輪迴說的翻版。

而在通俗小說中，這種輪迴轉世之說則是和道教的神仙
之說結合為一，成為神仙下凡投胎為人的模式。按理來說，
佛教修養的究竟是成佛，道教修養的究竟則為成仙，成佛便

---

[110] 同註 99 引書，頁 39。

[111] 杜而未《儒佛道之信仰研究》（台北，學生書局，1977 年）頁 140。

[112] 傅鄉〈漫談道教的幾個基本信仰〉，載同註 72 引書，頁 309。

能斷輪迴進入涅槃，成仙之後便能長生久視，皆不會亦不可能再入輪迴。但通俗文學並不理會此等佛道理論，只憑其無羈無礙的想像力，創造了許多神仙投胎轉世的故事，其例實不勝枚舉。五色石主人也寫了一個頗為淒美的神仙轉世故事，在《八洞天》卷六，有一對'粗聰明絕頂的美麗女子，一為瑞娘，一為瓊姬，二女皆有文才，且互相愛慕。瑞娘很幸運的嫁給了才子晏述，瓊姬卻遇人不淑，許配給無賴子晏敖。瑞娘婚姻美滿，瓊姬則抑鬱而終，瑞娘在瓊姬亡後，十分感傷，賦曲一套挽之，內容淒涼哀怨，晏述亦有詩憐之。後來晏述考場順利，當上大官，封了父母和妻子，那一年，「瑞娘生下一個聰明的兒子，卻正是禹瓊姬轉世。」何以知道轉世之事呢？作者的解釋如下：

> 原來禹龍門（瓊姬之伯父）妻方氏，為聯差了侄女的姻事，送了他性命，十分懊悔，不上一年，抱病而亡。龍門見渾家已死，又無子息，竟削了髮，做了個在家和尚，時常念經禮懺，追薦亡妻並侄女。忽一夜，夢見瓊姬對他說道：「我本瑤池侍女，偶謫人間，念已仍歸仙界，不勞薦度。但念晏述夫婦曾作詩歌挽我，這段情緣不可不了，即日將托生他家為兒，後日亦當榮貴。」龍門醒來，記著夢中之語，留心打聽。過了幾日，果聞得晏述在京中任所，生了一個公子。

從作者的這一段解釋，便知道他對於佛、道兩家的分際十分模糊，而是採取世俗化信仰雜糅而成的民間觀念。禹龍門既然削髮為僧，入了佛門，原不該有神仙思想，但如前所

云，庶民佛教本來就釋道不分，所以他能相信夢中之言。而
輪迴本為佛家思想，禹瓊姬卻以仙界瑤台侍女的身分，一次
又一次的投胎轉世，這都是宗教信仰轉化為世俗信仰的明顯
痕跡。

　　正是這些世俗化的佛、道信仰，或非佛非道的民間信仰，
安慰著廣大群眾的心靈（相信神明的保佑），充實了他們單調
平凡的生活（熱鬧的廟會活動、美麗的神仙幻想），也安定了
社會秩序（善惡報應、因果輪迴）。五色石主人小說以世俗的
角度看待現實的社會人情，為我們展示了當時社會民間信仰
的種種面相，使我們對於明末清初民間宗教信仰的情況增進
了不少親切的了解。五色石主人小說更記錄了罕見的神明信
仰，如「藏神」以及代表忠僕的「程、公孫」二神，鄭志明
先生說：「通俗小說往往就是民間傳說的集大成，除了提供給
一般人消遣外，無形中也進行了神話傳說的再湊合，實際上
有著意識的傳承與文化教導的作用在。」[113]五色石主人小說
雖未能像《封神演義》那樣大規模的表現和創造民間信仰，
但仔細觀察其民間的信仰的描繪，對於明清深層文化的認識
仍是具有相當價值的。

第三節　商業生活

　　傅依凌先生認為中國資本主義的萌芽「當以明代嘉靖
（1522－1566）前後，也就是十六世紀為一轉折點，而首先

---

[113] 同註 66 引書，頁 288。

在江南及沿海地區表現出來。」[114]黃仁宇先生認為這種「資本主義萌芽」的說法應有所保留，他說：「在中國經濟史上言，闡述其比較性則可，盛稱其為質量上之改變則不符事實。」[115]或許說明代中期有資本主義在中國萌芽，是比較誇張的說法，但大量的史料可以證明，當時的商業活動確實是空前活躍的，許多明人筆記敘述了這些活動的情形，其大概內容是：首先因為農產品的商品化和商業性農業的發展，為手工業的發展提供了充足的原料，因而促成了手工業（如絲織業）的興盛。而農工業的發展，提供了豐富的商品，又促成了商業的繁榮。

以商人為寫作對象在過去的小說中是比較罕見的，而到了晚明，由於商業的繁榮，「市民階層的主要代表、商品經濟的體現者——商人，才作為正面主人公第一次在《三言》中大量湧現，成為社會生活的新主角。」[116]在《三言》一書中，大量描寫了商人生活的種種，所以黃仁宇先生才能引用其中的資料，來考察晚明商人的社會生活，寫成〈從《三言》看晚明商人〉一文，他認為：「小說資料可能為歷史之助，因小說家敘述時事，必須牽涉其背景。此種鋪敘，多近於事實，而非預為吾人製造結論。」[117]近代史學家取文人筆記作為歷

---

[114] 傅依凌《明代江南市民經濟試探》（台北，谷風出版社，1986 年）頁 1。

[115] 黃仁宇〈從《三言》看晚明商人〉，載《放寬歷史的視界》（台北，允晨文化公司，1992 年）頁 3。

[116] 歐陽代發《話本小說史》（武漢，武漢出版社，1994 年）頁 207。

[117] 同註 115 引書，頁 6。

史文獻早已司空見慣，但引用通俗小說者仍不多見，筆者在較早的謝國楨先生，以及晚近的余英時先生之著作中，偶見引述[118]，大陸學者在研究明代商業發展時，則引用較多[119]，至於本地學者似尚未對此寶貴遺產多加重視。

　　《三言》以後，隨著朝代的轉移，由於戰亂，江南地區的經濟衰退了，謝國楨先生說：「我們從《蘇州織造局志》上，可以看出，從順治三年起到康熙二十二年（1646－1679），織造業一直減產，到台灣（歸附）以後，蘇州的織造業才恢復起來。」[120]織造業是當時江南地區工商業的基礎，織造業既

---

[118] 如謝國楨《明清之際黨社運動考》（北京，中華書局，1981年）頁8引用話本小說《照世杯》、《二刻增補警世通言》以討論社盟；余英時〈明清變遷時期社會與文化的轉變〉，載《中國歷史轉型時期的知識分子》（台北，聯經出版公司，1992年）頁41引用《三言》、《二拍》；又余英時《中國近世宗教倫理與商人精神》（台北，聯經出版公司，1988年）頁124論及《三言》、《二拍》謂：「這些文學作品如今又成為我們研究明清社會經濟史的重要資料了」。

[119] 如童書業《中國手工業商業發展史》（台北，木鐸出版社，1986年）頁261引用《醒世恒言》卷十八、263頁引用《二刻拍案驚奇》卷三九、《石點頭》卷四；陳學文《明清社會經濟史研究》（台北，稻禾出版社，1991年）頁41引用《石點頭》卷四、頁89引用《醒世恒言》卷十八；傅依凌《明清時代商人及其商業資本》（台北，谷風出版社，1986年）頁64引用《警世通言》卷二十二、頁68引用《拍案驚奇》卷十五；吳承明《中國資本主義與國內市場》（台北，谷風出版社，1987年）頁297引用《金瓶梅》第二十回、《石點頭》第八回；以及載於《明清資本主義萌芽研究論文集》（台北，谷風出版社，1987年）中的多篇論文。

[120] 謝國楨〈明末資本主義萌芽的出現及其遲緩的原因〉，載《明末清初的學風》（台北，仲信出版社，1980年）頁72。

衰，商業活動自然也就趨緩了。商業活動趨緩的現象，立刻反映在人情小說上面，以話本小說為例，兩百多篇的話本小說中，以描寫商業生活為主的僅有十數篇[121]，可以說商人已經從話本小說的舞台中淡出了。

儘管如此，五色石主人的《八洞天》一書，仍有兩篇寫商人家庭的故事。

卷四寫開絨褐氈貨店的家庭。黃仁宇先生謂：「明代商人多係繼承祖業，……父子舅甥相繼，是為常態。幼輩在十餘歲時，即伴行學習經商。……但商人子孫並非必須經商。……棄商而以舉業入仕，實為明代富商子孫之常情。」[122]上述情形，皆可在本篇故事中得到印證。

小說開頭介紹出場人物岑敬泉：「積祖開個絨褐氈貨店，生理甚是茂盛。」故知其生意是祖先傳下來的。他有兩個兒子，「敬泉只教長子岑麟幫做生理，卻教次子岑翼學習儒業。」其目的，自然是希望兩個兒子中，一個繼承家業，一個能「以舉業入仕」，仕與商若結合，便能如虎添翼，「官員有權，商賈有錢，兩者一但結合，財富便迅速地集中至他們手中。」何況，「對商人來說，家中出了個秀才便自感身分驟變，對官府的敬畏之心也頓減。」[123]秀才已是如此，若能中舉、中進士而當官自然更佳。明代以舉業入仕的商人子弟很多，如鹽

---

[121] 參見同註 40 引書第三篇第三章。

[122] 同註 115 引書，頁 7。

[123] 陳大康《明代商賈與世風》（上海，上海文藝出版社，1996 年）頁 133、135。

商之子汪道昆當上了兵部尚書、織戶出身的張瀚當上了吏部尚書、棉商之子李賢甚至還入閣掌政，文壇名人李夢陽也是商賈出身，其餘當上地方官的商賈後代更是不勝枚舉。[124]可惜岑敬泉的小兒子岑翼是扶不起的阿斗，「不知費了多少銀子，只是不能入泮」，連一個秀才都考不上，更別提舉人、進士了。

　　岑翼在入京納監的時候，染上花柳病，在回鄉途中又感了風寒而病死了，留下一個兒子岑金。岑金孤苦無依，作生意的大伯岑麟將他撫養長大，而且岑麟因為自己尚未生出兒子，「就把侄兒當做親兒一般，到十二歲，便教他學生理。」前引黃仁宇先生的話，說：「幼輩在十餘歲時，即伴行學習經商。」這是指行商而言，岑麟是坐商，同樣也是很早就教姪兒在家營商，而且在做生意方面教得非常成功，「凡看銀色，撥算盤，略一指點，便都曉得。」從十二歲起到十七歲止，岑金差不多把做生意的手段都學全了，「買賣精通，在伯父店中替得一倍力。」可惜的是，生意的手段是教會了，卻沒把為人處世的道理教好，岑金平時便有私蓄，二十七歲時另立店面，和伯父搶生意，並以削價競爭的手段，拉走了老店的顧客，終於把伯父活活氣死了。

　　岑金被訓練成生意第一、唯利是圖的經商者，他的說辭是：「這行業原是祖上所傳，長房次房大家可做，非比襲職指揮，只有長房做得。常言道：『露天買賣諸人做』，如何責備

---

[124] 同前註，頁 135-136。

得我？若說我新店裡會招攬客商，他老店裡也須會圈留主顧，為何不圈留住？」這話其實也有道理，祖傳的生意大家都可以做，而做生意講方法，在商言商，同業競爭本來就可以運用一些有效的手段，用削價的手法吸引顧客上門，並不算是違反商業道德。然而，岑金在伯父家工作多年，得到伯父的信任，不但深知老店的弱點所在，又和那些顧客相熟，他不去開發新的客源，卻去挖老店的牆角，以他對老店的了解，豈有不把老店挖倒的道理？伯父養育他長大，又教會他做生意，他理應知恩圖報，縱使另立店面，也應和老店互相合作，或許能相輔相成，能夠擴大經營，增進營運。但岑金並沒有這樣的眼光，只能短視近利，所以生意雖然做得不錯，卻換來忘恩負義之臭名。

　　在明清時期，最長於做生意的是徽州商人，吳承明先生說：「在徽商中有『伯兄合錢』、『昆季合錢』等記載，這等於是一家合夥，是從家族經商演變而來的，也是一個商人的第二代常見現象。」[125]合夥制度的產生，吳先生認為「是商人資本的一個重要發展」[126]。然而，「徽人的商業道德，頗為時人所稱道」[127]，徽商以外的商人，其表現恐怕未能如此理想，從岑金的例子看來（本篇寫的是北直隸真定府的故事），一家

[125] 吳承明《中國資本主義與國內市場》（台北，谷風出版社，1987年）頁296。

[126] 同前註，頁295。

[127] 傅依凌《明清時代商人及其商業資本》（台北，谷風出版社，1986年）頁74。

合夥未必是當時的「常見現象」。岑金不但未和家族合夥，更不肯合作，反而惡性競爭，這種情形恐怕不會是一個特例，因為商品經濟發達的結果，倫理道德漸趨式微，家族不合睦的情形不在少數，「世無弟兄，財是弟兄；人無親戚，利是親戚。伯伯長，叔叔短，不過是銀子在那裡扳談；哥哥送，弟弟迎，無非是銅錢在那裡作揖。」（本篇插詞）由於利益糾葛，有時家族之間反而合作不易。

岑麟死後，留下一個年幼的孩子岑玉。現在情況倒過來了，岑金如果有一點良心，便該「收他在店中，也像當初伯父教自己的一般，或者也還拘管得轉來。誰想他全無半點熱腸，只放著一雙冷眼，以至岑玉無所事事，終日在三瓦兩舍東游西蕩，結識了一班無賴做弟兄。」岑玉出入賭場，結識了賭場老闆的女兒順姐，偷情後順姐懷孕，服墮胎藥而喪命，死後神秘產鬼子，卻無意間被岑金收養，取名為岑觀保。觀保長大後繼承岑金的家業，「千伶百俐，買賣勾當，件件精通，比岑金少年時更加能事。」可以再一次印證黃仁宇先生所說的：「明代商人多係繼承祖業，……父子舅甥相繼，是為常態。」

還可以就本篇的內容，討論一下有關「伙計」（或作夥計）的問題。

依余英時先生的見解，伙計制度對明清商業發展具有特殊的重要性，他提出了這個制度的三個特點：

第一、 這是一個全新而普遍的制度。以規模和組織言，以前
　　　　中國史上實無前例。

第二、 大賈和「伙計」斷然是現代「老闆」和「雇員」的關

係。（而非「主奴關係」或「封建土地關係在商業上的
一種表現形式」。）

第三、「伙計」、「掌計」（伙計的另一種稱謂）大體都是親族
子弟。[128]

必須說明的是，這裡所謂的伙（夥）計，雖說是「老闆
和雇員的關係」，但不能將其想成「店員」或「職員」，而比
較接近於「經理」，歸莊說：「凡商賈之家貧者，受富者之金
而助之經營，謂之夥計。」[129]也就是有技術而缺資金的商人，
替有資金而缺人手的老闆營運，這樣的人就稱為「伙計」。

《八洞天》卷四中有兩個夥計：一個叫岑維珍，「是與岑
麟通譜的族侄」；一個叫魚君室，是岑麟的夫人魚氏的侄兒魚
仲光的叔子，「單身無靠，依棲在仲光處，仲光冤他做了賊，
逐他出來，在街坊上求乞，岑麟看不過，收養他在家，後來
就教他相幫做生理。」正如余英時先生所言，他們果然都是
老闆（岑麟）的親族子弟。這兩個人都是「生意在行，人頭
又熟」的商場老手，所以後來岑麟過世，店關掉了以後，他
們轉到岑金的店中，岑金「加了束修，傾心任之」。

余英時先生曾根據明代沈孝思的《晉錄》，以及《肇域志》
等資料，說明當時的伙計道德自律之嚴，謂：「伙計也必須建
立自己的聲名，才有前途。」不過他也說：「伙計舞弊的事終

---

[128] 余英時《中國近世宗教倫理與商人精神》（台北，聯經出版公司，
1988 年）頁 154-155。

[129] 歸莊〈洞庭三烈婦傳〉，載《歸莊集》（上海，上海古籍出版社，1984
年）卷七，頁 425。

是不可免的。」[130]而在我們探討的這篇小說中，夥計的道德卻是不太高明的。以魚君室來說，他落難蒙岑麟收留，他的生意是岑麟教會的，岑麟待他實在不薄，但岑麟死後，他不但另找靠山，魚氏托他向岑金請求，比照當初岑麟借本錢給岑金的模式，叫岑金也借本錢給岑玉，魚君室卻借辭推拖，毫不用心。岑維珍更是惡劣，他到岑金的店裡以後，監守自盜，「與家人岑孝同謀，偷了店中若干貨物，自己私把門撬開，只推失了賊。」被追查出來之後，不但毫無悔意，還說：「我雖是遠族，卻還姓岑，就得了岑家東西，也不為過。」並把岑金收養鬼子的事情抖出來，鬧得雞犬不寧，岑金因為這件事，「憤懣之極，怒氣傷肝，遂致喪命。」

上述的例子可以說明，伙計制度在當時其實還有很多漏洞，尤其僱用家族子弟當伙計的結果，有時反而難以控制。因為伙計實際上負「主管」的責任，擁有較大的自主權，從《金瓶梅》第九十九回所載：「兩個主管齊來參見，說：『官人貴體好些？』敬濟道：『生受二位夥計掛心。』……分付主管：『查下帳目，等我來筭。』」[131]可以證明夥計又稱主管，主管可查帳，責任重大。余英時先生在他的文章中提到明代汪道昆的〈吳伯舉傳〉，傳中寫大鹽商吳時英的伙計假他的名義向其他的商人借了一萬六千緡，後來還不出來，最後還是由老闆賠補了事。[132]伙計固然可以替老闆分憂解勞，但由於

---

[130] 同註 128 引書頁 152-153。

[131] 《新刻繡像批評金瓶梅》（台北，曉園出版社，1990 年）頁 1395。

[132] 同註 128 引書，頁 151。

有較大的自主權，像岑維珍那樣監守自盜，或像吳時英的伙計那樣假名借貸的例子當不在少數。

《八洞天》寫商人家庭故事的另一篇是卷五〈正交情〉。

在這篇小說中出現的，也都是坐商（或稱坐賈）。其中有資金雄厚的，也有小本經營的，最有錢的開的是典鋪（當鋪），中等的開雜貨店，其次是開豆腐店、開麵店。

開典鋪的是馮員外樂善，「本係北京人，僑居蘭溪，……家中廣有資財，住著一所大屋，門前開個典鋪。」蘭溪在浙江金華府，北方人到南方來開典鋪，一般以山西、陝西和安徽人為多，傅依陵先生嘗云：「這在當時通稱為質庫、解庫或解鋪，為山西、陝西兩省人及徽人的專業。」[133]如本篇所寫北京人來浙江開典鋪的，較為罕見。據說徽商開典鋪，由於重利盤剝，在明代有「徽狗」的惡名。[134]不過本篇小說中的馮員外，卻是人如其名的「樂善好施」。通常典鋪是無所不典的，尤以衣服為多，《醒世恒言》中的〈賣油郎獨占花魁〉篇，賣油郎嫖妓前就是到典鋪裡去買一件「現成半新半舊的紬衣」，〈張廷秀逃生救父〉篇則寫木匠因荒年失去主顧，「將平日積些小本錢，看看用盡，連衣服都解當來吃在肚裡。」馮樂善資財雄厚，有人用房子來典當也能接受，而且頗有利潤。劉輝有一棟大房子，謂：「原價八百金，今只典得老丈五百兩，尚少三百兩之數。」原價八百兩的房子，只典五百兩，轉手

---

[133] 傅依凌《明清時代商人及其商業資本》（台北，谷風出版社，1986年）頁68。

[134] 同前註，頁70。

就有三百兩的利潤。可惜這棟房子一直空在那裡，馮樂善不堪損失，竟然只以典價五百兩轉典給別人，又讓對方先欠二百兩，不但沒賺到錢，連這二百兩後來也被賴掉，更慘的是，原主來要回房子，他又交不出，只好把那三百兩給他，白白損失五百兩，屋子又沒有了，真的是人善被人欺。

　　馮樂善的行事，好像都和黃仁宇先生所研究的明清商人背道而馳。除了前述的情形之外，他又並未如同一般的商人那般的成為地主。黃仁宇先生說：「如經商成功，或由其他機緣獲致資金，其人通常將一部資金購置田產，而成為商人兼地主。經營典當業者，尤多採取此兼業。」[135]馮樂善可能因為是客居，所以並未購買土地，後來家裡失火，家當燒個精光，「縣中又差人出來捉拿火頭，典鋪燒了，那些贖當的又來討賠，馮樂善沒奈何，把家中幾個丫鬟都賣了，還不勾用，只得把這屋基來賣。」如果當初他能先成為地主，損失就會比較輕微一些，至少還有田地可以變賣，不至落到空無所有的地步。可見「商人兼地主」的做法，不是沒有道理的。

　　馮樂善後來連女兒也賣了，換取盤費回北京去投靠親友。帶著妻兒到北京，而要投奔的人卻已離開，幸有一個開麵店的遠族親戚馮允恭收留了他們一家三口，才得免於饑寒。馮樂善雖然當過財主，此時在人屋簷下也不得不低頭，必須為馮允恭的麵店做事情，「樂善幫他做買賣」，還要「替馮允恭出來討賒錢」。一間麵店還能允許賒欠，後來還要派人

---

[135] 同 115 引書，頁 8。

去討取，這種社會現象其實是滿有趣的。馮樂善後因女婿當官的緣故，「依舊做了財主」，此是後話，又與商業無關，不提。

再說開雜貨店的，叫做盛好仁。也和馮樂善一般的人如其名，是一個名符其實的「好人」。他開的雜貨鋪，賣的東西有：「柴、米、油、酒」，還兼賣「香燭、紙馬等雜貨。」這種雜貨鋪，賣的是日常生活的必須品，包括主食在內。〈賣油郎獨占花魁〉篇中莘瑤琴家中開「六陳鋪兒」，「雖則糴米為生，一應麥荳茶酒油鹽雜貨，無所不備，家道頗頗得過。」六陳鋪就是糧食鋪，她家是開糧食鋪兼賣雜貨，盛好仁的店是雜貨兼賣米糧，大概當時米糧雜貨總是在同一個店中可以買得到的。如同瑤琴家裡「家道頗頗得過」，盛好仁的雜貨店生意也不壞。雜貨店的對面有一間豆腐店，是甄奉桂開的，由於本錢不足，生意不好，盛好仁時常周濟他們，「他店裡有的是柴米，時常賒與奉桂，不即向他索債。」

在筆者所研讀的清初話本小說中，經常出現豆腐店，似乎在當時是頗為普遍的一種行業。單只《八洞天》的八篇小說中，就有兩篇提到豆腐店，除了本卷之外，還有卷八。卷八中有一個王小四，在莊後開了一間腐店，有人把所生的女兒寄養在他家。巧的是，瀟湘迷津渡者編的《錦繡衣》第二戲〈移繡譜〉篇，也寫一個收養了他人女兒的腐店老闆。不同的是，〈移繡譜〉篇中的腐店老闆鮑良，原來是捉魚維生的，拾到了別人丟棄的女兒後，才改開豆腐店。鮑良的腐店是租用一位翰林家的後門樓，他認為開腐店不必在鬧市，「豆腐店不比別店，來的不過近鄰之處，開過三五日，主顧自然都來。」

後來，「開了幾日，那鄰家都到他店中買腐，果然興頭。」[136]

開豆腐店可以做為經商致富之始，《八洞天》卷五載：「常言道：『若要富，牽水磨。』」上述鮑良的例子可以驗證。不過本卷的奉桂卻是「貧苦異常」，為何呢？作者解釋道：「原來豆腐生理，先賒後現，其業雖微，也須本錢多，方轉換得來。甄奉桂卻因本錢短少，做了一日，倒歇了兩日。」原來當時的人買豆腐是不必付現的，大概因為豆腐便宜，現金交易困難（不好找錢），所以隔一段時間才結帳。既然有賒帳，就須有週轉，本錢不足便時常會有週轉不靈的苦惱，一旦週轉不靈，沒有本錢買黃豆，豆腐自然也就做不成了，此所以奉桂「做了一日，倒歇了兩日」，因而「貧苦異常」了。

上述這些對於腐店生意的描寫，不但生動真實，而且親切有味，誠為最佳的社會史料。

後來甄奉桂挖到寶藏，一夜致富，成為財主。得了錢財之後，他的做法是：「自己門前開起一個典鋪，家中又堆塌些雜貨，好不興頭。」可能的原因，是平時他和馮樂善、盛好仁來往，對於他們的生理比較熟悉；開典鋪的另外一個原因，則誠如黃仁宇先生所言：「坐商之資本擴大時，多轉業典當，因其獲利多而冒險性小。」[137]奉桂又認為：「擁財者必須借勢。」所以巴結一個鄉宦郤待徵，要把自己的兒子和郤鄉宦的女兒聯姻，郤鄉宦貪他的財，明明沒有女兒，卻打算：「只說有個

[136] 瀟湘迷津渡者《錦繡衣》（天一出版社影印日本無窮會織田文庫本，1990 年）第二戲〈移繡譜〉頁 20-21。
[137] 同 115 引書，頁 22。

219

小姐在家，等他送聘後，慢慢過繼個女兒抵當他，有何不可？」這種財勢的結合是如何的虛假，可見一斑。

奉桂和郤鄉宦訂下兒女親家之後，便仗其勢橫行於鄉里，「凡買田房，都把郤衙出名，討租米也用郤衙的租由，收房錢也用郤衙的告示。」又放高利貸，盛好仁離家去索債，一去多日，他的家人用房子抵押一百兩，只給九十兩，「只說是郤衙的，契上竟寫抵到郤衙，要三分起息算，說是郤衙放債的規矩。」借一百兩，先十去其一，只剩下九十兩，但利息以百兩本金算，每分是一兩，三分便是三兩，一年三十六兩，三年後利息就超過本金。小說中描寫高利貸的可怕，最詳的是《拍案驚奇》卷十五〈衛朝奉狠心盤貴產〉篇，陳秀才價值千金的房子，只為了向衛朝奉借了三百兩高利貸，一樣是三分起息，三年之後，連本帶利，便奉送給對方了。薩孟武先生的〈殺豬的鄭屠何以能在延安府稱霸〉一文，從多方面詳述高利貸對中國農村和經濟的傷害，他還引用紀曉嵐《閱微草堂筆記》〈如是我聞〉第四章的例子，說：「一個州令受了高利貸的壓迫，竟然無法抵抗，高利貸的權威，在這裡已可看出。」[138]官都怕高利貸，何況一般的平民百姓？在這篇小說中，盛好仁的家人還不起利息，打算棄了房子，換一些路費去尋找好仁，「便將地契換了典契，要郤家找價。奉桂又把所欠幾個月利錢，利上加利的一算，竟沒得找了，只教郤家的人來催趕出屋。」一間值三百兩的房子，只為借了九十兩銀，沒有幾個月的工夫就一無所有了。

---

[138] 載薩孟武《水滸傳與中國社會》（台北，三民書局，1991 年）頁 27。

　　在五色石主人的《快士傳》中，靠著在文字獄案中告密而致富，「掙得家貲巨萬」的列家，也是「專一放債取利」。其規矩是：「每百兩，要除五兩使用。銀色是足九七，明日還時，須要實平實色。」而且，「保人也要除五兩」。算一算，同樣借一百兩只能實拿九十兩，而且借的時候銀色九成七，還的時候卻要求足色，可見借高利貸是如何的委屈了。列家比較有良心的一點是二分起息，不像奉桂定得這麼高，而且「不拘什麼人，只要有保人保了，他便肯借。」為何他那麼大方，不怕借的人賴帳？實乃因為他財大勢大，誰敢賴他的銀子？董聞借得的銀子被偷之後，「列家使者搶將入來，內中一人把董聞劈胸揪住，說道：『你好大膽，才借得了我家銀子去，過得一夜，就說賊偷了。你敢要賴債麼？拿你去見我家大爺。』」討債的管家何等的兇惡，誰惹得起呢？

　　高利貸的可怕，眾人皆知，上述的故事都可以做為小小的註腳。

　　甄奉桂利用鄉宦謀利，鄉宦豈是可以白白讓他利用的？郤待徵先是把奉桂的產業，「揀幾處好的竟自管業」，「奉桂怎敢違拗，只得拱手奉之。」等到奉桂一死，「凡甄家所遺資產，盡數收管了去」。一個老老實實的腐店老闆，當上財主之後多行不義，最後的結果是家破人亡，空無所有。奉桂是死於「背疽」，「此乃五臟之毒，為多食厚味所致。」又「誤信醫生之言，恐毒氣攻心，先把補藥托一托，遂多喫了人參，發脹而殂。」作者評論道：「他若不掘藏，到底做豆腐，那裡有厚味吃，不到得生此症。縱然生此症，那裡吃得起人參，也不到得為醫生所誤。況不曾發財時，良心未泯，也不到得忘恩背

義，為天理所不容。」字裡行間，表達了作者對暴發戶的批判，這種批判其實是有著普遍意義的，因為金錢淹滅良知，正是明代後期社會的真實寫照。

以上我們就《八洞天》中的兩篇小說，探討了當時商業生活的許多小片段，也分析了當時人們對於經商致富的一些想法。

亞里士多德嘗云：「詩人所描述者，不是已發生之事，而是一種可能發生之事，亦即一種蓋然的或必然的可能性。……詩比歷史更哲學更莊重；蓋詩所陳述者毋寧為具普遍性質者，而歷史所陳述者則為特殊的。」[139]此處所說的「詩」可以泛指文學作品，文學作品不是歷史的再現，而是經過概括和加工之後的藝術表現，這種表現具有典型性和普遍性。姚一葦先生說：「詩比起歷史來更哲學、更莊重、更普遍，或者說更真實。」[140]所謂的真實，不在於是否真有其事，而是在當時的社會條件中是否可能發生這樣的事，而社會條件便包括了外在的歷史現實，以及內在的心理定勢。若就社會生活面貌的展示來說，文學作品中又以小說最能夠真實呈現，陳大康先生說：

> 任何文學體裁都不可能像小說那樣廣泛地、幾乎是全方位地同時又相當細致地反映社會生活，而且它向人們展現的，又往往是蘊含著各種有機聯繫的渾然一體

---

[139] 姚一葦譯註《詩學箋註》（台北，台灣中華書局，1981 年）頁 86。
[140] 同前註，頁 88。

的生活畫面。[141]

　　誠然，很少有史書會介紹豆腐店的開店狀況，或一間絨褐氈貨店的盛衰情況。史書會提到高利貸，但它不可能詳述從借貸到還錢的細節，以及如此生動的呈現其對於社會生活的影響。五色石主人小說植根於現實生活，書中所蘊含的現實意義，是值得我們加以挖掘和取用，加以玩味和看重的。

---

[141] 同註 123 引書，頁 312。

五色石
主人小說研究

第六章　五色石主人小說之寫作藝術

第一節　結構藝術

一、長篇小說《快士傳》的網絡式生涯紀錄型結構

　　結構可以分為兩種，其一是內部結構，其二是外部結構。內部結構指的是：「創作一部作品對具體材料的組織安排，它在直接受著內容的影響。」而外部結構主要指的是：「某一文體發展到某一特定階段所具有的大致法規，它在一定限度內可以離開內容而獨立存在。如詩歌要寫得像詩歌，小說要寫得像小說……這像與不像，正說明著是否符合這類文體的外部結構。」[1]就外部結構而言，中國古典小說不但具有「小說」這種文體的要素，還具有其特有的「非情節因素結構」，例如開場詩、入話、楔子、插詞、落場詩等等，在這些方面，《快士傳》一樣也沒有少，是非常典型的長篇古典小說，在形式上沒有任何的突破。就內部結構而言，是由內容與形式輔助結合，實際上以情節的進行來完成，所以又稱為情節結構，這種結構是動態的而不是靜態的，楊義先生說得好：「我們在考察敘事作品的結構的時候，既要視之為已經完成的存在，又要視之為正在完成中的過程。」[2]動態的結構不僅是形式，

---

[1]　金健人《小說結構美學》（台北，木鐸出版社，1988 年）頁 8-9。
[2]　楊義《中國敘事學》（嘉義，南華管理學院，1998 年）頁 38-39。

就內部結構而言,形式與內容是不可分的。

　　王夢鷗先生把小說的情節結構區分為兩大類型:其一是歷險紀錄型,以空間為主,主人公「在旅途上遭遇許多足以例證主人公性格的事件,作為情節上的動因。」其二是生涯紀錄型,以時間為主,「敘述主人公的一段生涯,由少年至中年或老年,其中經過若干歲月遭遇若干事件也就情節上的動因;而這些動因往往又例證著性格的變動。」另外還有兼用兩型的,「也就是主人公一生涯中加入旅行」,如裴爾丁的《湯姆瓊斯》和李汝珍的《鏡花緣》。[3]

　　「生涯紀錄型」的小說在中國的長篇小說史上發展甚遲,明代四大奇書之中,《三國演義》、《水滸傳》、《西遊記》都不屬此一類型,像《三國》和《水滸》,依王夢鷗先生的標準,是「雖有情節,卻不能稱它為結構的……它實際可分為若干段落,另構成獨立的單篇,亦無不可。」[4]至於《西遊記》,則屬於「歷險紀錄型」。中國小說史上堪稱「生涯紀錄型」小說的開山祖的,為人情小說《金瓶梅》。

　　《金瓶梅》在中國小說史上意義非凡,無論其題材表現,或是創作手法,都開創了中國小說的新局面,對於後來的小說影響甚鉅,學者有關的討論不勝枚舉。單就結構藝術而言,鄭振鐸先生早已說過:「除了《金瓶梅》外,《水滸》、《西遊記》都是英雄歷險故事,都只是一件『百衲衣』,分之可成為

---

[3]　王夢鷗《文學概論》(台北,藝文印書館,1982年)第十九章〈情節構造〉,頁201。

[4]　同前註,頁202。

許多短篇，合之──只是一條線串之！」[5]周中明先生說：「從以故事為中心的板塊結構，演變為以人物為中心的網絡結構，這是《金瓶梅》對我國長篇小說藝術結構的一個重大發展。」[6]從以故事為主，演進到以人物為主，實際上就是從「歷險紀錄型」的小說，演進為「生涯紀錄型」的小說，把人物從事件中解放出來，這是明代中期啟蒙思想的一種外現，也是中國小說史上的一大飛躍。

　　然而，《金瓶梅》的藝術成就不僅如此，同樣以人物為主體的小說，未必能像《金瓶梅》那樣構成複雜的「網絡結構」。這種網絡結構，有人給它一個名詞，叫做「趁窩和泥」的筆法。「趁窩和泥」一詞是張竹坡在第十九回回評中提出來的，羅德榮先生如此闡釋：

> 要之，「趁窩和泥」筆法，採用主幹線索在推進中暫時中斷，支線在穿插中橫向拓寬的手法，拖住時間展開空間，借以調合事件在空間中並存而語言卻在時間中先後承續的衝突，從而在「時間藝術」融合了「空間藝術」的因素。[7]

主線就是「窩子」，在支線中穿插的情節就是「泥」。主線分

---

[5]　鄭振鐸《鄭振鐸古典文學論文集》（上海，古籍出版社，1984年）頁453頁。

[6]　周中明《金瓶梅藝術論》（台北，貫雅文化公司，1990年）頁288。

[7]　寧宗一、羅德榮主編《金瓶梅對小說美學的貢獻》（天津社會科學院出版社，1992年）頁61。按，本書為多人合撰，據〈後記〉知本節之作者為羅德榮。

為若斷實連的許多片斷,情節就在片斷與片斷之間穿插,這種寫法,使原來以「時間藝術」為本質的小說,得到了與空間融合的美感。這是《金瓶梅》在結構藝術上的重大成就,對於中國小說的不朽名著《紅樓夢》造成巨大的影響,脂硯齋曾說《紅樓夢》「深得《金瓶》壼(壺)奧」[8](壼奧,指作品中的獨到之處),此言雖然不是針對結構而發,但誠如徐朔方先生所言,脂批「在評及《金瓶梅》對《紅樓夢》的影響時,曾特別強調後者對小說情節結構的重視。」[9]故所謂「深得壼奧」,實可用來指陳情節結構上之影響。

早在《紅樓夢》成書之前數十年[10],五色石主人的《快士傳》已經對這種「趁窩和泥」的筆法十分熟練。《快士傳》的結構,便是用趁窩和泥筆法進行的網絡式生涯紀錄型結構。

《快士傳》以男主角董聞從青年到中年的成長與奮鬥過程為主要線索,其間穿插了其妻舅柴白珩、好友常更生、賢吏丁士升父子的遭遇為副線。正如《金瓶梅》以西門慶為中心,「全書所有的故事情節,其他各色人物,幾乎都是因西門慶這個中心人物而生發出來的,都是以西門慶為軸心而旋轉

8 　見陳慶浩編《新編石頭記脂硯齋評語輯校》(台北,聯經出版公司,1986 年)頁 247。

9 　徐朔方《論金瓶梅的成書及其它》(濟南,齊魯出版社,1988 年)頁 33。

10 　《快士傳》的成書約在康熙十二年(1673)至康熙中期之間(見第二章第五節),而《紅樓夢》八十回本的成書約在乾隆十九年(1751)之前不久(參見朱淡文《紅樓夢論源》(南京,江蘇古籍出版社,1992 年)第二篇第三章〈《紅樓夢》成書過程考索〉)。

的。」[11]《快士傳》也以董聞為中心，以他的出場為始，以他以及他身邊人的遭遇為中間過程，以他的結局為終，論結構的完整性甚至比《金瓶梅》更勝一籌，因為《金瓶梅》的中心人物西門慶在七十九回就縱慾而亡，雖然後繼有人，他的某些習性在後面的情節由女婿陳經濟來接棒，但畢竟故事的重心被轉移，結構在五分之四的地方被切斷，又回復到《三國演義》式的板塊狀結構，這是《金瓶梅》在結構藝術進步方面的不徹底之處。而《快士傳》全無此病，中心人物雖然時隱時現，但始終貫穿，穩居於全書的中心主導地位。

在《快士傳》中，董聞這條主線並非直線進行，而是在被多次隔斷的狀況下曲折發展。前半部，從董聞出場受難、遇貴人董濟、遇奇人常更生、考中秀才，到進京求取功名一直都是單線發展，此時轉寫其妻舅柴白珩在京出醜，為情節之第一次隔斷；接著再敘董聞廷試榜首、衣錦還鄉、為董濟辦後事，到救常奇出獄，轉寫常奇成為山寨之主的經過，為情節之第二次隔斷；以上是兩次主線情節進行中的小隔斷。

此處的小隔斷，或稱為「插敘」，「就是在一個主要情節的進行過程中，忽然插進另一個情節。這插進的情節與主要情節有關，插敘完又返回到主要情節。」[12]與金聖嘆所謂的「橫雲斷山法」類似，金聖嘆說：

11　同註 6 引書，頁 290。

12　賈文昭、徐召勛合著《中國古典小說藝術欣賞》(台北，里仁書局，1984 年) 頁 37。

有橫雲斷山法。如兩打祝家莊後，忽插出解珍、解寶爭虎越獄事；又正打大名府時，忽插出截江鬼油裡鰍謀財害命事等是也。只為文字太長了，便恐累墜，故從半腰間暫時閃出，以間隔之。[13]

金聖嘆用詞甚妙，橫雲斷山，山並未斷，只是暫時被雲遮住而已。不過若說只是因為怕文字太長恐怕累贅而間隔，可能還不足以說明《快士傳》情節的隔斷之妙，因為插入的情節並非突如其來，它仍然有承先啟後的作用。比如說常奇落草為寇，是為前半部有關於他的情節做一收束，從董濟的推崇與介紹之中，他在幕後出場，到與董聞相遇，再寫他為了報母舅之仇，殺了在文字獄案中告密的列氏父子成為朝廷欽犯，被逼上山寨是不得不然的抉擇；同時，也是轉出他離開山寨，前往異國發展的後半段重要情節的關鍵，因為沒有落草為寇就不會遇到路過的太監，也就不會有自宮裝扮太監入華光國為帥的情節。所以說《快士傳》的橫雲斷山手法不是任意為之的，而是情節進行中的巧妙安排，具有古人所謂「過文」的作用，清人唐彪的《讀書作文譜》說：「過文乃文章筋節所在。已發之意賴此收成，未發之意賴此開啟。」[14]不同的是，作者利用主線（董聞部分）的隔斷之處做為副線（常奇部分）發展的「過文」，誠有一箭雙鵰之妙用。

---

[13] 金聖嘆〈讀第五才子書法〉，載貫華堂本《水滸傳》（台北，三民書局，1970 年）頁 40。

[14] 清人唐彪《讀書作文譜》（台北，偉文圖書公司，1977 年）頁 197。

在兩個小隔斷之後，小說接寫董聞的同年丁士升到此任官。這一段丁士升漸漸成為情節進行中的主要人物，董聞退居於輔助的地位，用許多篇幅寫丁士升斷案如神、祈雨得償、治河有功、積勞成疾喪命，直到寫丁公子治喪、虞同知助喪、董聞從中周旋，此時董聞才又回到主導地位，此為主線進行的一次大隔斷。在此一大段之中，董聞之身影若隱若現，雖退居第二線，仍影響著情節的發展。更曲折的是，此一以丁士升為主導的大隔斷之中，又有由董聞這條線穿插構成的許多小隔斷，如路小五騙取金楚胥的古硯被董聞用計騙回、董聞在酒席上羞辱昊泉父子、董聞與常更生的相知馬幽儀結識的經過等。丁士升這條副線既隔斷主線，又被董聞這條主線隔斷，大隔斷中插入小隔斷，頭緒多而不煩、雜而不亂，極見作者之巧思。

此一大段完整結束，線索回到董聞身上，寫他回京任職之前，處理了和尚沙有恒被誣事件。原來馬幽儀被一游方僧人帶走，官府認定是沙有恒所為，要拿他入京銷案，沙有恒向董聞求助，董聞請他安心入京，保他無失，「還有好處哩！」這又是一段重要的小插曲，具有兩重作用：第一、為沙有恒入京，後來徐國公出征華光國時被派赴軍中效力一段，預留伏筆；第二、帶出常奇入華光國為帥，與朝廷為敵，徐國公與董聞出兵征討的後半段重要情節。

事實上，游方僧人事件之後，便進入情節進行的第二次大隔斷。游方僧人是常奇為躲避公差剃光頭髮裝扮成的，他帶馬幽儀回到山寨後，不願困居山中，正好有太監經過，於是自宮，用太監的牙牌路引為護身符下山，遇到華光國公主

而進入華光國成為元帥，率領十餘萬大軍進犯中原，並撰一檄文召告天下。此一大段全寫常奇事，董聞退居幕後，等常奇的檄文傳到京師，莊翰林推薦董聞為征討大軍的監軍，主副線便又巧妙的結合在一起。

這兩次情節的大隔斷，並非獨立存在的，它和《三國》、《水滸》的板塊狀結構不同。在《三國》，寫曹操的部分可以不管孔明，寫劉備的部分可以忽略孫權；在《水滸》，有所謂的「武十回」、「林十回」，也都是可以獨立成篇的。它們是板塊狀的多線式發展，各個板塊有不同的中心人物。《快士傳》則不然，在大隔斷中，中心人物仍在情節中不斷穿插，何況兩大隔斷的主導人物也是由中心人物生發出來的，而《三國》、《水滸》中各板塊的中心人物則是獨立的。

現在回到《快士傳》。五色石主人頗能掌握情節發展的曲折翻騰之妙，那邊的犯軍已經兵臨城下，這邊的官軍也已經蓄勢待發，眼看一場干戈即將發生，情況何等緊急，作者此時偏不直接寫入戰爭，卻蕩開一筆，轉而接寫柴白珩的愚行，並引出負面人物大集合，共同對付中心人物董聞的情節。《中國古典小說藝術欣賞》一書有一個妙喻，叫做「不要在胡同裡趕豬」，因為有句歇後語說：「小胡同裡趕豬——直來直去」，這種直來直去的作品，是「很難引起人的興趣，甚至會惹人討厭」[15]的。

這段插曲同樣是非常重要的一個「過文」，一方面承接前

---

[15] 同註 12 引書，頁 167。

文，為書中負面人物路小五、宿積、杜龍文完成結局；一方面開啟後文，為真相大白、誤解澄清後的柴、董關係預留伏筆。在杜龍文部分，在前文中他替柴白珩打點選官事，由於未獲得約定的報償，派人阻攔致使白珩誤了選期（卷四），之後的行蹤不明，故先補敘他偽造文書被拿獲，而在解京途中，柴白珩將「杜龍文」誤聽為「董聞」，加以嘲笑，使杜龍文對他懷恨在心，伏下了後來杜龍文逃走，對柴白珩展開報復的線索。在宿積和路小五部分，在前文中，他們因盜取董聞借銀一案，被各判了兩年和三年徒刑（卷七），刑滿後，宿積和改名為伍輅的路小五投靠改名為土尚文的杜龍文，一起對付董聞和柴白珩。結果事敗，負面人物除了宿積只遭到閹割之外，其他人皆被處斬，而柴白珩終於澄清了對妹婿董聞的誤解而大徹大悟。

　　走筆至此，作者忽然現身，說了一段相當具有後設 (metafiction) 性質的話。他說：

> 說話的，說到這裡，不但莊翰林完結了首人公案（指查出是誰誣告董聞通敵），又使柴白珩明白了董聞心跡，已是十分快暢了。只是杜龍文與路小五兩個移名改姓的惡人，都已受了惡報，復了本來面目，倒有了結局。還有一個常更生，雖也改換了名字，卻是英雄豪傑，尚流落外方，未有歸結，不曾復得原名，還其故我。他本與董聞為結義弟兄，如今他便曉得董聞，董聞那裡曉得他？正要和他對敵，後來卻怎地相通？如何會合？看官住著，待在下慢慢說出他兩個相通會合的機緣來。

　　後設是當代文學理論中相當後現代（postmodern）的名詞，然而，Patricia Waugh 氏曾在其"Metafiction"一書中說：「儘管『後設』這個術語可能是新的，而實踐卻是同小說本身一樣古老。」[16] Patricia 氏給後設小說一個別名，叫做「自我意識小說」，又說：「後設的最小公分母（共同之處）同時在創造小說，並且對小說的創造進行陳述。」[17]蔡源煌先生說過類似的話，他說：「後設小說不僅是小說，交代故事內容，同時也對該篇小說的作成有所說明。」[18]這種寫法，也見於李漁的話本小說〈合影樓〉，楊義先生早已發現在這篇小說中，「使用了一種有點類似西方元小說（Metafiction 即後設小說）的敘事方式，讓路子由跳出小說之外來評述這篇小說。」[19]五色石主人在《快士傳》卷十三的結尾處，則是自己跳出來，評論自己寫到此處的「暢快」之感，並把故事中的人物提出來分析一番。這一段深具「自我意識」的後設語言，不僅讓讀者與作者直接面對，參與了他創作的心靈世界，它同時也有一個宣示作品後段結構的作用在。作者告訴我們，負面人物與正面人物的鬥爭業已結束，小說的大波瀾業已完成，但還有一個重要的線索尚未交待，後段的結構將由董聞這條主線，

---

[16] Patricia Waugh "Metafiction"錢競、劉雁濱譯《後設小說》（台北，駱駝出版社，1995 年）頁 6。

[17] 同前註，頁 7。

[18] 蔡源煌《從浪漫主義到後現代主義》（台北，雅典出版社，1991 年）頁 194。

[19] 楊義《中國古典白話小說史論》（台北，幼獅文化公司，1995 年）頁 241。

和常奇這條頭緒頗為紛煩的副線來共同完成。

　　第十四卷以下開始寫戰爭，正如作者所預示的，交戰的雙方原本是老朋友，而一方知道，另一方卻不知道。就在這種撲朔迷離的氣氛中，兩軍正式交鋒，因此這場戰爭打得你謙我讓、半真半假，一點火藥味也沒有。然而，就在這樣的戰況中，作者一面將主副線串連，以便構成大結局，一面將前文中的小線索一條一條的收拾起來，完成所有的聯絡照應。

　　《快士傳》的結構技巧是相當高明的，特別是前後伏應和首尾呼應的技巧，楊義先生說：「敘事過程實際上是以單線性的語言文字去描寫多維性的大千世界的過程，它對世界的多維性……不可避免地需要不時地切斷某一線頭，插入另一線頭，而在若干篇幅之後還得重提原先的線頭。要使眾多線頭在切斷和重提之間不致雜亂無章，就必須精心地在切斷時埋下伏筆，在重提時作出呼應，從而獲得斷中有續，續而不亂，細針密縷，血脈流貫的審美效應。」[20]而《快士傳》中便有頗多高明的伏筆，以及自然的呼應。

　　例如當兩軍對峙，即將接戰的當兒，「忽報老國公處送家將一員沙伏虎到軍前效用」。沙伏虎的出現，便具有應前伏後的妙用。沙伏虎就是大力菴中善待落難時的董聞的掛名和尚，他的武藝高強在卷一已經詳細介紹，之後沈寂不見，到卷十一因被誤會帶走名妓馬幽儀而遭押解進京，當時董聞告訴他入京無妨，徐國公愛才，定不誤他，這些線索片片斷斷，

---

[20]　同註 2 引書，頁 74。

若隱若現，誠有如「草蛇灰線」[21]一般，在此時接合，果然他成為老國公的家將，現在來軍中效力。不僅如此，他還帶來家書，原來小徐國公的夫人病故了，「國公看罷，慘然下淚」，經董聞勸慰要他以國事為重之後，方才作罷。這裡閒閒一筆，不經意的話就看過去了，其實已埋下後來華光國的月仙公主有意於董聞，董聞以已有妻室婉拒，轉而為國公作媒時所言「明公冰絃甫斷，鸞膠未續，正可結此良姻」時的伏筆。

再如常更生與董聞相認，接受招降，月仙公主與國公成婚，兩國的對抗以喜劇作結之後。常更生後來又說服寇尚義接受招安，為國平息戰亂，立功不小，以為可以如願已償掛帥邊庭，雖不能蔭子（因己自宮），也還「博個封妻」，不料宣德皇帝身邊的太監鄒寵卻從中作梗。董聞教宿積拿出紅線女的手段，盜他床頭印信，嚇得鄒寵不敢不從，終於完成常奇的心願。作者在此再度使用「後設」的語言和讀者對話：

> 從來奇奇怪怪的事，正妙在使人猜想不出，若先對你說了，便不見得後來的奇幻。你且側著耳朵，待我慢慢的說與你聽著。

作者所預示的「奇奇怪怪」，不僅可用來形容董聞的妙計和宿積的手段，更可以回過頭來讚嘆作者的伏應的筆法。原來早在第一卷柴白珩、路小五騙董聞去借銀子，又教宿積將它偷走，被董濟查出來之時，董濟就不想為難宿積，謂：「雞

21　見同註 13 引書頁 38-39，金聖嘆說：「有草蛇灰線法，‥‥驟看之有如無物，及至細尋，其中便有一條線索，拽之通體俱動。」

鳴狗盜亦有用得著處，凡事留情。」中間宿積仍然和路小五混在一起，做些偷雞摸狗的勾當，路小五、杜龍文等人被誅後，宿積先被囚禁，後來董聞回想起董濟的話所以沒有殺他，只把他閹割後送給常奇做親隨，沒想到此時派上用場。董濟在第一卷不經意說的一句閒話，直到第十五卷（倒數第二卷）才加以呼應，正如張竹坡在《金瓶梅》第八十二回的批評：「八回中便有此簪，只以為點綴之妙，孰知其伏冷脈至此，始悟高文絕無穿鑿之跡。」[22]《快士傳》在卷一寫董濟放過宿積也是冷筆，當時只以為是用來表現董濟的豪風，誰知其能千里伏脈，到全書接近尾聲時加以照應，稱其為「絕無穿鑿之跡」之「高文」，實不為過。其餘類此的大小伏應甚多，不再一一列舉了。

　　總而言之，《快士傳》一書是以董聞為總樞紐，以其從卑微到發達及與柴白珩的恩怨糾纏構成情節線主線，並以由他生發出來的董濟、常奇、丁士升等人的行事橫向推展，然後縱橫交錯，構成網絡狀結構，並透過「隔斷」、「過文」、「伏應」等等結構技巧，將紛煩錯雜的情節線不留痕跡的離、斷、續、合，使結構圓轉推進，其結構是靈活而穩密的。

　　《快士傳》一書還有一條隱伏在細微之處的暗線，這條暗線是以建文遜國以及方孝孺的文字獄案為主要脈絡的，此一部分已詳見於第四章第四節的討論，此處就不再贅述了。

22　張竹坡評本《新刻繡像批評金瓶梅》（台北，曉園出版社，1990 年）頁 1192。

二、短篇小說專集《八洞天》的整體有機組合

從內容的性質看，《八洞天》為話本小說集，從篇幅的長短看，《八洞天》則屬今人所謂的短篇小說集，而且是個人的小說專集，非如《三言》、《二拍》為編輯性質的話本小說總集。

所謂「整體有機組合」，是就整體外部結構來說的。本來將短篇小說結合成冊，就既可以散篇的方式，隨意湊集，或依發表年代，順序編排，並不講求篇與篇之間的聯繫；也可以有計畫、有組織的創作，聯綴許多單篇為一整體，結合成各篇可以獨立存在，篇與篇之間又互相關連的有機組合的方式，此種方式，筆者即名之為「整體有機組合」。

話本小說從「話本時期」走向「擬話本時期」，從街頭巷尾走向文人的書房，「雅化」是一個必然的趨勢。石昌渝先生說：「上層文人參與話本小說創作之日就是它雅化發軔之時。」[23]事實上話本小說一入文人之手，就開始雅化了，就現存最早的話本小說總集《六十家小說》(即《清平山堂話本》)而言，其內容固然保留了「俗」的部分，在外形上卻開始「雅」了，其中的什麼《雨窗集》、《欹枕集》已經文謅謅的，而回目也開始講求對仗，雖然還不十分工整，卻已經不復原來的「俗貌」了。

擬話本的創作蓬勃發展以後，文人從各個方面改造了話本小說，且撇開內容的部分不談，單是最膚淺的表面形式，

---

[23] 石昌渝《中國小說源流論》(北京，三聯書店，1995年) 頁274。

後期的擬話本和早期話本便有截然的不同。尤其到了清初，文人弄巧，對於舊有的形式進行了許多新的嘗試，從外部的整體結構來談，如李漁《十二樓》中的十二篇小說都講有關一座樓的故事、蕭湘迷津渡者的《都是幻》寫〈寫真〉和〈梅魂〉兩個「幻」、最奇特的是《豆棚閒話》，以豆棚下的閒話為線索，將十二篇故事連合成一個有機體，這些小說專集中各篇小說的組合方式，便是筆者所謂的「整體有機組合」。

　　《八洞天》的情形亦然，五色石主人要在這個不完美的世界，創造理想的洞天，他在序言中說：「予故廣搜幽覽，取柱史之闕於紀、野乘之闕於載者，集其克如人願之逸事，凡八則，而名之曰八洞天云。」也就是說，他根據一些佚聞，創造了「八個洞天」，這樣，這八篇小說即是因為皆屬「洞天」而集合起來，構成一個有機的組合了。何況，它們並不是隨隨便便的組合，而是由「家庭人倫關係」組合起來的。組合的方式，前四篇（〈補南陔〉、〈反蘆花〉、〈培連理〉、〈續在原〉）依五倫中「父子、（母子）、夫婦、兄弟（叔侄）」的順序寫親情的美好，第五篇〈正交情〉、第六篇〈明家訓〉反寫違背「朋友、父子（含祖孫）」之義的報應，第七篇〈勸匪躬〉補寫五倫中的「君臣（主僕）」之義，第八篇具有總結性質，主旨在於善惡報應，名為〈醒敗類〉。在前四篇的題目中，作者用「補、反、培、續」當動詞，除了反字之外，都有正面肯定的意義；在後四篇的題目中，作者用「正、明、勸、醒」當動詞，除了明字之外，都含有諫正勸勉的意義。事實上，「反蘆花」是要打破繼母虐待子女的觀念，意義上仍是正面的，「明家訓」是要重新強調家庭教育的重要性，仍有勸正之意。可見本書

在編排上，是做了整體考量的，而且正中有反，反中有正，更使整個結構不致於呆板無趣。

　　由於五色石主人自稱其《八洞天》是為了補《五色石》之所未備的（〈序言〉），過去的學者總是將這二部書並稱，並且以為作者為同一人，其誤我們已經在前面的章節中論過。此處我們還可以補充一點，那就是從外部結構來看，二者也是並不相同的：「五色石」和「八洞天」都有數目字，但五色石是指女媧補天所煉的玉石，不是指五篇小說，和「八洞天」的八個洞天指八篇小說不同；其次，《五色石》中有一半是才子佳人小說[24]，不是以人倫親情為主軸，而這些才子佳人小說是散排於書中的，並沒有像《八洞天》依照一定的次序，這是二者的第二個不同。當然，《五色石》的編排也有一定的次第，它是採取傳統的回目對仗方式，如：第一篇的〈二橋春〉對第二篇的〈雙雕慶〉；第三篇的〈朱履佛〉對第四篇的〈白鉤仙〉；第五篇的〈續箕裘〉對第六篇的〈選琴瑟〉；第七篇的〈虎豹變〉對第八篇的〈鳳鸞飛〉。這種篇目對仗，只能將前後二篇做表面上的連結，全書各篇並不能構成筆者所說的「整體有機組合」，這是二者在外部結構上的基本不同。

　　總之，《八洞天》一書的外部結構是一個整體，大致上以「五倫」為基座，形成環狀的有機組合結構，是經過作者費心之巧妙安排的。

---

[24]　參見拙著《清初前期話本小說之研究》（台北，學生書局，1998 年）頁 404。

三、《八洞天》各篇的結構分析

　　短篇小說的情節一般說來不宜太過複雜,「短篇小說由於限於篇幅及人物,其所表現的主題當較單純,故事情節自應簡單。……基於篇幅的理由,短篇小說故事情節的發展,採用單線式的時機遠較長篇為多。」[25]不過《八洞天》雖屬短篇小說集,但每篇字數都在一萬五千以上,一般來說出場的人物都不少,因此有時也出現較為複雜的情節結構,而未必是單線的。

　　單線的結構,為了避免單調需要一些小的穿插,羅盤先生說:「小的穿插並不等於複線式,複線式的情節是可以單獨發展的,像過去舊式章回小說中常有『說書的一張嘴難說兩家話,此處按下不表,且說──』這種情形才算複線式情節。」[26]在《八洞天》的八篇小說中,多數採用單線結構,有的穿插若干小衝突,有的採用單線起伏的波浪式結構,但也有採複線式的,其間又有若干的不同。

(一)單線穿插式結構

　　屬於單線結構,而其中穿插若干衝突或事件的,可稱為「單線穿插式結構」。在《八洞天》中,屬於此種結構的有下述的兩篇。

　　(1)卷一

25　羅盤《小說創作論》(台北,東大圖書公司,1990 年)頁 103。
26　同前註。

卷一〈補南陔〉是以魯惠的際遇為主要發展線索的單線結構小說，但其情節之發展決不單調，因為有一組糾葛在情節中間不斷穿插。所謂糾葛，威廉氏認為：「是指二條興味線的糾纏，糾纏的結果，為保持小說的通一性起見，其中的一線必須被另一線所節制。」[27]兩條興味線才能造成糾葛，但由於此一糾葛並非本篇小說的主要情節，主要人物並不在這場糾葛之中，而是在外面影響著糾葛的發展和結局，因此它只能做為插曲，而無法形成複線結構。

這篇小說的糾葛是發生在魯惠的生母石氏和姨娘楚娘之間，從父親娶回楚娘，大小老婆便衝突不斷，而且不斷的「加力」[28]。起先為了父親魯翔到廣西赴任是否要攜眷，石氏認為魯翔處處迴護楚娘，已對她心生不滿；魯翔出門後，石氏便經常「尋事要奈何楚娘，多虧公子魯惠勸解」，魯惠自此時開始發揮他的影響力；魯翔遇害的消息傳回來之後，石氏認定是楚娘所剋，要逼她轉嫁，如果楚娘同意，衝突便沒有了，但楚娘有孕在身，豈肯轉嫁？公子魯惠也不肯。楚娘生下小孩，石氏有不利於孺子之心，賴魯惠多所關照；後來孩子因出痘而亡，石氏再逼楚娘出門，楚娘仍然堅持守節，魯惠只好將她安排到道觀中出家，此時已到衝突的頂點了；不料發生王則之亂，石氏逃入楚娘住持的道觀，如果楚娘有報負的

---

[27] 威廉著、張志澄譯《短篇小說作法研究》（台北，商務印書館，1976年）頁39-40。

[28] 王夢鷗先生說：「我們所謂的『加力』，當然是指『糾紛』之愈益嚴重化。」見同註3引書，頁198。

想法，衝突可能延續，但楚娘卻不計前嫌，接納了石氏，衝突自然就緩解了。其實魯翔未死，為公子魯惠所尋回，回來後，石氏促請楚娘回家，「自此石氏厚待楚娘，不似前番妒忌了。」糾葛告終，石氏要趕走楚娘的情節被楚娘堅持留下來的情節壓過，正是威廉氏所謂的：「其中的一線必須被另一線所節制。」

剛才說過，本篇小說的正主魯惠並不在糾葛之中，小說的重點在寫魯惠安頓好了楚娘之後，出發到父親遇害的地方扶柩的情形。魯惠找到了父親的墳墓，卻無力遷葬，暫住在團練昌期家中，與昌期之女月仙有了婚約，中間一大段寫詩詞唱和、佳人私窺才子等事。五年後，獲狄安撫之賞識，用為記事參軍，並正式和月仙訂親。此時魯翔忽然出現，父子相認後，自云五年前被擄，今可導引官軍直搗賊營，戴罪立功。事成後，父子回到家鄉，夫婦母子團圓云云。

這篇小說的寫作手法有一點是很值得稱道的，就是金聖嘆所謂的「弄引法」，他說：「有大段文字，不好突然便起，且先引一段小文字，在前引之。」[29]小說要寫魯惠，卻從魯翔寫起，由魯翔娶妾這件事，引出魯惠安頓家庭、出門扶柩、與月仙訂親等等重要情節出來。如果一開始就直接寫魯惠，那麼魯翔娶妾的事便要用追敘法來補寫，情節會變得很拖沓。金聖嘆評論《水滸傳》說：「《水滸傳》不是輕易下筆，只看宋江出名，直在第十七回，便知他胸中已算過百十來遍。

---

[29]　同註 13 引書，頁 39。

若使輕易下筆，必要第一回就寫宋江，文字便一直帳、無擒放。」[30]本篇的魯惠約在全篇小說的六分之一處才出現，這同樣也是作者「胸有成竹」盤算好的。此外，這一段還另有妙用，蓋作者寫魯翔的部分，寫到他被賊兵所殺（其實是被擄）就戛然而止，後來突然出現便具有令人驚喜的效果。也就是說，它不但是「引」，又是「伏」，這些地方都十足展現了五色石主人在情節安排方面的高明手法

總之，本篇小說以主角魯惠的遭遇為主線，前有一大段弄引，同時做為伏筆，中間有由他的母親和姨娘之間的糾葛不斷穿插，在總束時，伏應、糾葛的解除和主線的發展同時完成。由於穿插的效果，使得單線結構完密而不死板，其寫作手法是頗足稱道的。

（2）卷七

卷七〈勸匪躬〉篇的結構和卷一類似，都是由一個事件引出主要人物，同時又伏下後面的情節，此外，又穿插了若干事件，使單線情節的發展得到擴充，從而豐富了全篇小說的內容。

本篇的最初事件，是米家石舉發李真「私題反詩」，造成文字獄案，都督尹大肩索賄不成，將李真全家殺害，只留下一名孤兒生哥。此一事件並非小說的正題，本篇小說的要旨是在藉著表揚護主的王保，來發揚忠義的情操，文字獄只是此一主要情節的引子。

30　同前註，頁 34。

　　王保護持幼主的過程，充滿了神異的色彩，例如為了哺育而生出雙乳、遇見道人送他銀母、道人把生哥帶走教他劍術等等，都是依照時間先後，採用「正敘」的方式交待情節。接著，插入了兩三個事件，首先是尹大肩和米家石逢迎金海陵，要廣選民女入宮，造成舉國騷動，然後是尹、米二人被殺，接著，又有太監來傳旨說停罷選女之事。這些事件都是重要的「過文」，做為承上啟下之用的。然後回到主線，寫道人將生哥送回，且由生哥追敘他在道人那裡的生活，以及補敘殺死尹、米二人的經過。由於這些插敘、追敘和補敘，避免了情節的單調平板，例如先寫害死李真一家的兩個罪魁禍首被殺，王保聽到的消息是：尹大肩被斷頭，牆上留下「殺人者米家石也」七個字，海陵王大怒，將米家石處斬。其實殺死尹大肩和留下字跡的，都是練成劍術之後的生哥，作者不直寫這一石兩鳥的手法，留到後來才由生哥自己說明，情節的進行自然就顯得曲折有致，不會「小胡同裡趕豬－直來直去」了。

　　剛才所說的「過文」，一方面解決了生哥的仇人，另一方面引出了生哥的妻子冶娘。作者為了讓冶娘出場，其實做了相當費心的安排，由海陵王的廣選民女入宮，引出了慈心的太監顏權，但作者又不是直接介紹他出場，而是先在前面起了一個頭，說有太監來傳旨罷選民女，事實上，並非聖旨要罷選，而是顏權矯詔私下放走這些女子，而冶娘，也就在這一批被放走的女子之間，由於無家可歸，顏權收留了她，將她女扮男裝，在鄉下租房居住，而正好就住在生哥的隔壁。以下便進入生哥和冶娘相處的情節，後來王保和顏權作主，

讓他們完婚。然後是平反李真的冤情，皇帝嘉許王保的忠義，任命他為太僕丞，生哥平定了尹大肩的妻子牛氏的作亂，當上大官，以及李真夫婦成神，這些都是採用正敘的方式，依序推展情節。最後回到主線，以王保棄官修道成仙做結。

綜觀全篇小說，乃是以義僕王保貫串全局，中間穿插小主人生哥的復仇、成婚、平反的過程，是很標準的「單線穿插式結構」。

（二）單線波浪式結構

卷二〈反蘆花〉以主角長孫陳的遭遇為情節主線，一路到底。當然，其中不可能沒有伏筆和插曲，否則就成了流水帳了。然而，本篇小說並不以結構的複雜取勝，事實上，這是一篇以人物性格帶動情節發展的優秀小說。

關於本篇主角長孫陳的性格，我們在下面的章節中還會做詳細的分析，此處只能簡單說明。長孫陳的性格十分軟弱，遇事退縮，所以飽受命運的擺弄。代掌縣印遇到兵亂，他逃走；逃的路上夫人跳井，他阻止不了；在別人家中躲藏，人家要招贅他，他無法拒絕；路逢臥病無法上任的同鄉，要他頂替就任官職，他同意了；再婚後，繼母和前子不和，他無力調解，只把兒子送到別處以避免衝突；繼配病故，前丈人逼他再娶，他又不敢抗拒。總之，他被環境牽著鼻子走的經過，形成了全篇小說的情節結構。

葉朗先生曾說：「在《水滸傳》中，的確可以說，情節就是典型性格的歷史。」又說：「小說的情節，是為表現小說主

人公（主要人物）的性格和命運的。」[31]小說人物和故事情節
是辯證的存在，二者是互為依存的，通常以人物為主體的小
說，情節結構是隱藏的存在，但隱藏並非沒有，而因為不留
痕跡，反而更能見其高明。在本篇小說中，長孫陳這條興味
線始終貫串全篇，情節的發展並不曲折，但作者運用了收放
的技巧，以一緊一鬆、一起一落的方式向前推展，所以故事
不會顯得平淡，在前段的情節中又設下了一個巧妙的伏筆，
使結局出人意表，因此結構雖然簡單，閱讀起來卻精彩可觀。

　　所謂的鬆緊起落，在本篇是以「危機－解除」之形式表
現的。

　　長孫陳是一個教諭，也就是縣學中的教官，因新縣官未
及上任而權署縣印，不料正好遇到兵亂，一個文弱書生那有
能力擔負守城之責？只好逃離。逃難的途中，夫人辛氏為了
怕拖累他們父子，投井自殺，長孫陳搶救不及，強忍悲痛，
攜子勝哥入廟中躲藏，好不容易賊兵退走，想要回衙時，卻
發現自己因為守城不力，竟成了通緝犯。兵亂、喪妻，又成
了通緝犯，長孫陳的境遇可謂悲慘至極，這是一落；父子在
走投無路之時，遇到秀娥的家人，收留他們、照顧生病的勝
哥，甚至於將秀娥許配給剛喪偶的長孫陳，危而安、苦而樂，
這是一起。

　　長孫陳留下勝哥，往見當大官的前丈人，想要和他「商
議脫罪復官之計」，不料走到半途，卻聽說岳父已經入京，進

31　葉朗《中國小說美學》（台北，里仁書局，1987 年）頁 110、128。

京是自投羅網，路上盤查甚嚴，出來的路引是秀娥的堂哥弄
來的，現在想退回秀娥家已沒有「打回的路引」，長孫陳進退
兩難，再一次陷入困境，這又是一落；卻在飯店中遇到生病
的孫去疾，孫本來是要到節度使嚴武那裡去赴任的，便要長
孫陳頂自己之名前往，長孫陳獲得嚴武的重用，把家人接來
安頓，並且和秀娥正式成親，長孫陳不但絕處逢生，還後福
無窮，情勢為之一起。

　然而好景不常，起先是秀娥和勝哥感情不睦，長孫陳左
右為難，只好把勝哥送到他處，接著派人去打撈前妻辛氏的
骸骨不著，難以安葬，已是美中不足，五年後，秀娥為了母
親的過逝哀傷過度，一病而亡，遺留下一子一女，長孫陳再
度喪偶，要獨立撫養三名年幼的子女，情況悲悽，文勢再度
往下沈落；長孫陳奉旨進京，見到了前丈人辛拾遺，丈人怪
他對女兒無情，逼他再娶姪女，長孫陳有勝哥的前車之鑑，
實不願意因續娶而使三名子女再受後母之苦，卻又不敢拒
絕，迎娶那天，長孫陳先在兩位亡妻靈前祭奠，頗為感傷，
其情景之描寫相當感人，就像是生離死別一般[32]，文勢至此，
沈落到了谷底。誰知事出意外，這回長孫陳所娶的不是別人，
就是他的元配辛夫人。原來辛氏自殺獲救，難怪撈不到她的
骨骸，而辛公父女有意試試女婿的真心，所以故弄玄虛，新
婚之夜才道出真情。情節發展至此，可謂撥雲見日，大見光
明，小說最終以大起作結，團圓美好。

---

[32]　詳細內容請參見第三章第一節的討論。

就這樣，全篇小說情節的推展是一波未平一波又起，文勢開闊起落。作者在其間弄巧的部分，是設下一個辛氏自殺獲救的伏流，最後和長孫陳這條主線匯合，完成了巧妙而自然的波浪式單線結構。

（三）雙線交錯式結構

（1）卷三

卷三〈培連理〉篇的結構屬於「雙線交錯式」，更精確一點說，應該是「主副線交錯式」。

小說一開始兩個中心人物便登場了，其一是主角莫豪，另一是莫豪的好友聞聰。莫豪是個文才敏捷的窮秀才，聞聰的興趣則在於道教的仙家修煉之術。這兩人一儒一道，寫文章的寫瞎了眼睛，修煉仙術的煉壞了耳朵，是一對十分有趣的組合，小說由他們兩人的遭遇構成主線和主要副線。這兩條線時而相遇，時而各自發展，構成一個交錯式的雙線格局。

在主副線同時起頭之後，正如前引羅盤先生所說的：「說書的一張嘴難說兩家話。」必須從其中一頭開始寫起，在這裡，作者選擇由副線先發展。寫聞聰雖然煉壞了耳朵，修道的意志仍然堅定，後來「別了莫豪，往臨安天目山訪道去了。」

然後放下此線，接寫莫豪愛用文字損人，因而染患目疾（表面上說是因為喝酒造成的），但也因文字因緣，認識了才女七襄，卻在訂親之後，被庸醫所誤，成為全盲。七襄並不嫌棄他，仍然依約成婚，婚後夫妻恩愛，七襄勸他莫再做損人文字，莫豪聽信愛妻之言，替一些官宦寫了許多為民興利的文章，後來浙江布政使聘他為書記，代撰了不少減課稅、

寬刑獄的疏章，忽然一夜夢見判官來為他抽換雙眼，醒來時
兩眼復明，竟得重見天日。而七襄在家，忽然接到莫豪惡耗，
說他已經在杭州病故，原來是七襄的表哥黎竹假造凶信，要
哄七襄改嫁給富翁古淡月，以便從中取利。七襄親往杭州求
證，莫豪成婚前便已目盲，根本不認得七襄的容顏，七襄見
莫豪兩眼炯炯有神，亦不敢相認，布政使夫人又從中戲弄，
一面騙說莫豪果然已死，要介紹才子給七襄，一面騙莫豪說
要為他介紹佳人，但七襄和莫豪皆不為所動，此時夫人道出
真相，兩人反不肯相信，認為夫人要哄他們成親。布政使夫
人弄巧成拙，不知如何是好。

　　以上一大段情節，皆是主線的發展，但其中暗藏伏線，
作者並不道出。在此進退兩難之時，代表副線的人物聞聰出
現了，接著便補敘聞聰離開後的經過。表面上看來，聞聰和
莫豪兩線是平行發展的，實際上卻早已有過交錯，因為莫豪
之所以能夠兩眼復明，是莫豪為東嶽帝君斷案的結果。聞聰
在入天目山之前，便經常夢斷冥獄，入天目山後，仍時常被
東嶽帝君請去斷案。許多歷史上的懸案，都被聞聰在夢中一
一斷完了，後來有揚州和杭州城隍申文，要為莫豪平反，謂
其當初因為多作損人文章，所以奪其兩目，現已悔過自新，
作了許多造福文字，當復其兩目之光。但莫豪所作造福文章
和損人文字不成比例，難以定奪，故請聞聰判斷，聞聰分析
兩者的分量，為莫豪說了許多好話，這才使莫豪得以復明，
而聞聰也功德圓滿，不但開聾，更多出一隻神耳。這隻神耳
極為神奇，「無論遠近，但心中想著何人，想著何地，便聞此
人之言，此地之事。」所以聞聰能夠及時出現，來為布政夫

人解危，以促成莫豪夫婦的團圓，而小說的兩條情節線亦再度交會。

會後再分，莫豪進京當官，聞聰則飄然遠去。但小說最後，仍以兩人的結局做為最後的交會，莫豪加官進職，夫人受封，後來從張邈遢處聽說聞聰業已歸仙界，因而急流勇退，悠遊林泉。雖說是一儒一道，可說都是功德圓滿、殊途同歸。

兩條線一主一從，一大一小，以合－分－合－分－合－分－合的形式交錯進行，其中第二次的合為暗合，最後一次的合為虛合。這種交錯式結構，借用某位批評家的話說：「作家的審視眼光，已經從單向變成了立體的審視。」[33]因為它不僅是機械式的交會，而是具有詳略、輕重、明暗、實虛等等的變化，五色石主人的結構藝術可以說是頗具造詣的。

（2）卷六

卷六〈明家訓〉篇也是屬於雙線交錯式的結構，作者一開始就說：「如今待在下說一個孝還生孝，逆還生逆的報應，與眾位聽。」這一孝、一逆的兩對父子，便構成互相交錯穿插的兩條主線。

本篇的進行方式和卷三略有不同：卷三是兩條線一正一副，一主一從，同時在小說一開始便出現；本篇則為兩條分量相當的主線，無正副主從之分，但先後交錯發展。至於結局的部分，則同樣都是兩線一起收束。

本篇從逆子晏敖寫起，寫他由於外祖父的溺愛，在制中

---

[33] 傅騰霄《小說技巧》（台北，洪葉文化公司，1996 年）頁 139。

匿喪中了秀才，又乘喪畢姻，不為父母守喪，他又忘恩負義，棄外祖父於不顧，此外，他還不肯安葬父母，將父母的棺木胡亂掩埋。「晏敖如此滅棄先人，那裡生得出好兒子來？自然生個不長進之子來報他。」接下來便寫他的兒子奇郎不肯用功讀書，卻學著父親終日賭錢。

由奇郎的不肯用功讀書，引出了一個好學生晏述，再正式介紹其父晏子開出場，拉出了另外一條主線來。此時，兩條線是以對比的性質串在一起發展的。負的一面，父親晏敖各嗇異常，對老師極為刻薄，兒子奇郎不學無術，光會投機取巧；正的一面，父親晏子開敦厚善良，把老師請回家中，「獨任供膳，并不分派眾鄰」，兒子晏述聰明好學，文采斐然。這兩條線在這裡有很長的會合，一直到有一次晏敖和晏子開與老師晏子鑑同去掃墓，子鑑見晏敖寧可花錢買梅樹，不肯為父母親遷葬，任由父母的棺木露出墳土，深惡其人，和他斷絕來往，亦不肯再教奇郎，兩條線才開始各自發展。

以下接寫晏述的部分，寫子鑑欣賞晏述，想將外甥女瑞娘許配給他，不料又有禹家來託子鑑，也要把姪女瓊姬許配給晏述，引出一段兩個才女互較文才的插曲，以及瓊姬為媒所誤，禹家將她轉許給奇郎，以致瓊姬抑鬱而終的悲劇。不過奇郎在這裡是虛寫，兩條主線只是虛合。然後是晏述十六歲考上秀才，十七歲和瑞娘成親，十八歲中舉的經過。又寫晏述因父親子開生病，想放棄會試，而子開強逼他動身，沒想到出門後，子開病勢轉劇，瑞娘寫信喚晏述回家，謂：「功名事小，事親事大。」這些情節都是要和前面晏敖的匿喪入泮做一對比，但鬼使神差，送信的人途中生病，晏述順利完

成會試回到家，不但父親的病好了，考上進士的喜單也貼過了。晏述的部分，至此告一段落，以下接寫奇郎。

相對於晏述的孝順，奇郎卻因偷家裡銀子，害父親晏敖將假銀納官，被關入監牢，奇郎怕父親怪罪而離家，母親因籌銀救晏敖出獄而溺斃，晏敖出獄後，無家可歸，後來死在青蓮菴，了緣和尚將他身上的一串白玉素珠放中棺中陪葬，奇郎竟將素珠竊走，同黨還連棺材也盜去了，使晏敖的屍體被野狗啃食，奇郎被捕獲處斬，這便是逆子的結局，而他們父子二人的屍體，都是晏子開父子收拾的，這是兩條主線最後的交合。

本篇小說由兩條明顯的主線構成，採輪敘的方式，「就是說完這一頭，再說另一頭；說完另一頭，又說這一頭。也就是甲事件與乙事件輪流敘述。」[34]但在輪敘時並非毫無交會之處，在說這一線時，有時會提到另一線。全篇小說的情節以：甲——甲乙——乙（甲）——甲——甲乙的方式進行，甲線為晏敖父子，乙線為晏子開父子，兩條情節線三次會合，其中有一次為虛合。全篇的佈局組織相當的嚴密，然而錯落有致，並沒有機械、生硬、套公式的感覺。佛斯特說：「事先安排好的都是假的。」[35]小說的結構局若讓人覺得有「事先安排好的」的感覺，就不算是高明的了。

---

[34]　同註 12 引書，頁 37。

[35]　見佛斯特著、李文彬譯《小說面面觀》（台北，志文出版社，1978年）頁 89。

（四）複線接力式結構

卷四〈續在原〉篇的結構不是一條線索貫串到底，而是一人寫完接寫一人，故筆者名之為「複線接力式結構」。

一般而言，這種結構的進行方式較適合於長篇小說，典型的例子為中國小說中的《儒林外史》，鄭明娳《中國古典小說藝術新探》一書稱之為「以人物為主，走馬換將式之複式結構」，且謂：「彼不以故事情節統御通篇，乃以主題提綱全書；主題一以貫之，構式則極複雜也。」[36] 短篇小說的興味線本來不宜過多，中心人物尤不宜「走馬換將」，然而〈續在原〉篇的情況比較特別，其主題是寫五倫中的「兄弟親情」，而且是廣義的兄弟關係，包括了叔侄及堂兄弟，關係較為複雜，採用這種複雜的結構方式，無疑是經過作者特別的深思熟慮的。

〈續在原〉篇的故事情節可以分成三段，第一段寫岑金、第二段寫岑玉、第三段寫岑觀保，他們三人的關係極為微妙，岑金是是岑玉的堂哥，岑觀保是岑玉未婚而生的兒子，實際上應該是岑金的侄兒，卻無意間被岑金認養。

第一段寫岑金的忘恩負義：父親死後，他的伯父岑麟撫養他，又教他做生意，自立門戶後的岑金搶走了伯父的生意，把伯父活活氣死；伯父留下一個兒子岑玉，岑金不肯教養他，使他走上邪路。第二段寫岑玉的墮落：寫他的好玩、好賭，以及和賭場主人的女兒私通，使其懷孕，拿藥給她墮胎，卻

---

[36] 鄭明娳《中國古典小說藝術新探》（台北，時報文化公司，1987 年）頁 211。

將她害死了；他又設計強姦為人收生的陰娘娘，結果自己反因此而染上陰症，一命嗚乎。第三段寫岑觀保的孝義：岑觀保是岑金在觀音菴後面野墳拾回來的，岑金因為剛死了出生的嬰兒，就將觀保當作親生兒子來照顧。觀保十分聰明伶俐，生意在行，岑金死後便由觀保當家。觀保不像岑金的刻薄，對親戚非常照顧，連對伯祖母（即岑麟的夫人、岑玉的母親）也極為孝順，後來家中的伙計抖出當年抱回野墳孩子的往事，觀保向陰娘娘的媳婦小陰娘娘查問，才知道自己原來是個鬼胎，他的父親就是岑玉，母親是墮胎死掉的賭場主人女兒，他所孝順的伯祖母其實是親祖母。此時賭場主人已死，只留下老妻許氏，觀保將她迎回來孝養，又把父親和賭場主人的女兒合葬，在他身上，了結了前面兩代親人的恩怨。

這三個段落分量相當，而各有中心人物，發生在他們身上的故事是獨立的，卻又是連貫的，因為他們彼此之間有親情恩怨的糾纏。作者在最後點出主題，謂：「岑金負了伯父的恩，不肯收管岑玉，誰知天教他收了岑玉的兒子，可為兄弟不睦之戒。」三個段落都圍繞著「兄弟之情」做種種敘寫，主題固然是一貫的，但主要人物並未貫串終篇，而是一人引出一人，所以為「接力式」的結構。

（五）複線鐘漏式結構

卷五〈正交情〉篇的故事情節比〈續在原〉篇更複雜，出場的人物也更多。作者採取了兩組相對性情節交叉後逆向發展的「鐘漏式結構」，其結構方式高明巧妙，足供後人取法。

「鐘漏型」結構是英國作家佛斯特提出來的，法郎士的

《泰絲》，以及亨利詹姆斯的《奉使記》都屬於這種結構[37]，
康洛甫的《長篇小說作法研究一書》也討論過這兩篇小說的
型式。[38]鐘漏型的結構是指兩種相對性的情節，如善與惡、貧
與富等，在經過一個交會點之後，互往相反的方向發展，善
的變成惡、惡的變成善，貧的變成富、富的變成貧等等，其
圖式如下：

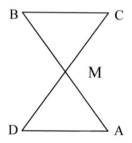

M為交會點，在經過交會點後，A往B的方向發展，C往D
的方向發展。例如在《泰絲》這部小說中，佛斯特如此說明：

> 書中有兩個主要人物：禁慾主義者伯福魯士和妓女泰
> 絲。伯福魯士居住在沙漠之中，小說開始時他已經獲
> 得救贖而且生活快樂；泰絲則在亞歷山大過著罪惡的
> 生活。他有責任去拯救她。他們在小說的中心一幕中
> 見了面。

---

[37] 同註35引書，第八章〈圖式與節奏〉頁135-149。

[38] 麥紐爾·康洛甫著、陳森譯《長篇小說作法研究》（台北，幼獅文
化公司，1979年）頁22。

> 他成功了：因為與他的見面使她進了修道院獲得了救
> 贖；然而，也因為與她見了面，他卻掉進罪惡之中。[39]

〈正交情〉篇的情形稍有不同，它不由兩個人物交會發展，而是兩組人物。這兩組一正一反的人物之境遇恰成對比，正面人物是由順境進入逆境再回到順境，反面人物則倒過來，由逆而順，最後又回到逆境。第一組反面人物由暴發戶甄奉桂的家庭組成，奉桂這一家由窮而富，但為富不仁，最後家破人亡。第二組正面人物由馮、盛二家組成，這兩家正好相反，他們是由富而窮，又由窮而富。這兩組人物構成的情節，互往相反的方向發展，而交會點則在一個介於正反之間的關鍵人物的家裡，這個人物是因貪被劾閒住在家的鄉宦郤待徵。

圖中的A點至M點，是指奉桂一家由窮而富的過程，M點到B點，則為由富而窮，最後他的兒子淪為乞兒和僕役；C點至M點，則為開典鋪的財主馮樂善，以及開雜貨鋪的小生意人盛好仁，由富貴而破產，甚至於賣掉女兒、失去兒子，M點到D點，則為盛家失散的兒子盛俊，經由科舉而重振家門的過程。

郤鄉宦這個人物非常特殊，因為他既促成馮、樂二家敗亡，又致使這兩家再度昌盛。他是以惡人的姿態出現的，奉桂就是仗他的勢，才能成為鄉里之大患，但他無意間買了馮樂善的女兒小桃，又無意間救了盛好仁被水流走的兒子盛俊，這一買、一救，改變了許多人的命運。

---

[39] 同註36，頁136。

　　一場大火，加上奉桂的恩將仇報，馮家破產賣女兒當盤費回京投靠親人；而盛好仁進京討帳之前托給奉桂掌管的銀子，被侵吞一空，火災之後，盛家母子也變賣房子，進京尋找好仁，誰知在途中翻船，盛夫人獲救而住進尼菴，盛俊則漂流到下游，被一個官宦救起。買馮家女兒小桃的，以及救起盛俊的，卻都是和奉桂狼狽為奸的郤鄉宦。買小桃是為了和奉桂結親，救起盛俊後喜歡他的聰慧，因此用心調教。

　　郤鄉宦收養盛俊不久，奉桂就病故了。郤待徵把奉桂的兒子甄福帶回來住，於是甄家、馮家、盛家的後代，在郤家交會了，這裡就是鐘漏圖式中的M點。從這一點開始，甄家開始走下坡：首先郤待徵將甄家的大部分財產收為已有，藉口說要做為甄福將來讀書、結婚的費用；接著，由於甄福的資質駑鈍，書讀不來，考試作弊，終因受不了老師的嚴格管教，從郤家逃跑了。相反的，馮、盛二家開始轉運：盛俊在郤待徵的調教下，中秀才、中舉人，郤待徵又把原來要嫁給奉桂兒子甄福的馮小桃，許配給盛俊；接著，盛俊進京會試，在途中尋回母親，在京中找到岳父（即馮樂善），又高高的中了進士。此時郤鄉宦過去的惡行被舉發，虧得盛俊這個新進士替他打點，才免於一劫。另一方面，盛好仁流落多年之後回到家裡，發現人事全非，料不到兒子竟當了官，十分驚喜。最後，馮、盛兩家因盛俊之故，得重復舊業，俱得富貴團圓，而奉桂的兒子則先為乞兒，繼為僕役，情況比父親當年更加悲慘。

　　分析本篇小說，可以看出五色石主人非凡的組織能力。在一個小小的短篇中，寫盡了四個家庭的興衰，如果採取單線發

展的格局，是很難完成這個任務的。鐘漏結構的交會式發展，正好用來表現這二正、一反，以及介於反正之間的關鍵家庭的悲歡離合，因此雖然頭緒紛煩，卻能煩而不亂，之所以能達到此種效果，結構藝術在其中扮演了極為重要的角色。

（六）形、意組合式結構

在《八洞天》八卷中，卷八〈醒敗類〉篇的結構是最耐人尋味的。這篇小說頗富哲學的意蘊，它藉著一個家庭中的承嗣問題，結合了對佛教的信仰態度，探討了真假、實虛的生命哲學。它的結構，是由一連串形象化的家庭事件，以及一尊作為主題寓托的意象化的佛像組合而成的。

皮薩列夫說：「什麼是結構呢？這首先就是要確定一個中心——藝術家所注意的中心。」[40]金健人先生說：「注意中心是凝聚生活積累的焦點，由這焦點，決定了組織材料的角度；由這組材角度，又決定了材料的取捨、行文的方向、運筆的虛實、布排的疏密。這是一條虛擬的將作品中直接出現的一切導向總目標的中軸線，是將題旨的明確性與內含的豐富性協調統一起來的保證。」[41]

〈醒敗類〉這篇小說便是以一尊摻金的銅佛為注意中心，恰如明代小說〈蔣興哥重會珍珠衫〉中的珍珠衫、〈杜十娘怒沈百寶箱〉中的百寶箱，以及〈十五貫戲言成巧禍〉中的十五貫，它們分別以「珍珠衫」、「百寶箱」、「十五貫」為

---

[40] 皮薩列夫〈現實主義者〉，載《古典文藝理論譯叢》卷四，頁 112。
[41] 同註 1 引書，頁 190。

注意中心一樣。楊義先生曾分析〈蔣興哥重會珍珠衫〉中的珍珠衫說：

> 其中的人物如蔣興哥、王三巧、陳大郎、薛婆、平氏、
> 吳傑以及在他們之間發生的故事，都是處在形象敘述
> 的層面的。而那件珍珠衫，則處在點染人物、貫通情
> 節，以及蘊含世俗哲學的功能層面。它帶形象性又不
> 僅僅是形象，它比一般形象多了一點詩和哲理的味
> 道。……這件「珍珠衫」就是貫穿全文的中心意象。[42]

注意中心，因為是意象化的，所以楊先生稱之為中心意象，而跟珍珠衫（其餘如百寶箱、十五貫等亦然）比起來，〈醒敗類〉篇中作為中心意象的銅佛出現的次數更多，和情節的關係更緊密，它才是名符其實的「是一條虛擬的將作品中直接出現的一切導向總目標的中軸線，是將題旨的明確性與內含的豐富性協調統一起來的保證。」

　　本篇小說情節發展的脈絡是：紀衍祚中年無子－夫人強氏為求子而鑄佛－衍祚趁強氏入寺聽經和丫鬟宜男偷情－宜男懷孕，此為第一段；強氏怪佛像不靈－佛像失蹤－宜男被賣到畢思復家，發現佛像也盜賣至此，此為第二段；宜男和佛像在思復家，思復卻遭遇一連串不幸：生病－破產－喪命，此為第三段，其間，宜男產下一子，而銅佛再度被盜賣至呼延府；強氏病故－宜男母子被送回衍祚處－姪兒紀望洪為求承嗣告他非種亂宗－告不成，又告衍祚私藏銅佛－發現銅佛

---

[42]　同註 2 引書，頁 299-300。

是假的，此為第四段；紀望洪盜走宜男所生的兒子還郎－進士畢東鵷的小夫人鸞姨買走還郎充當假兒，此為第五段（後文會補敘：鸞姨是從呼延府嫁過來的，她來時，將呼延府那尊摻金的銅佛也帶到畢家來了）；衍祚前往開封府還願－拾金不昧－尋回還郎－紀望洪再度告叔父帶回野孩子不讓自己承嗣－畢公子說出來龍去脈，並將銅佛獻出－紀望洪被充軍，其他當初盜佛者皆被判刑，此為第六段；太守將銅佛送至隆興寺－靜修和尚宣謁將摻金的銅佛鎔化，並謂：「須知佛在心頭，不必著相。」此為最後之尾聲。

以上六段加上尾聲，以銅佛始，以銅佛終，銅佛貫穿了全篇小說，其作為「虛擬的中軸線」之地位是無庸置疑的。但這條虛擬的中軸線，是要配合何等的「中心思想」而發展呢？本文的複雜性乃在於，這尊摻金的銅佛在被盜賣的同時，也被人用不摻金的銅佛搊換，而佛像的主人都認假做真，無法分辨真偽。我們曾在前章第二節討論過篇中虛實真假的問題，這真假問題，實在就是本篇小說的中心思想。由於該處僅單就宗教信仰立論，此處還可以進一步配合結構的推展來分析。

相對於佛像的真假，小說中也出現了好幾個有關子息真假的問題，首先是宜男懷了紀衍祚的孩子被賣到畢家，十二月才產子，畢思復此時氣息奄奄，畢夫人要他將差就錯，認養為自己的孩子，以便繼為後嗣，畢思復本來是一個勢利小人，臨終前卻有所覺悟，道：「我一向拜假父、認假兒，究竟何用？今又留這假子做甚麼？」所以決定將孩子送回給紀衍祚。他這麼一送，假的盡去，真的便來，在他死後，家庭反

而得到安頓了。他卻不知，當初他花了十兩銀子買來的佛像，早就被下人換成假的，真的已經轉賣到呼延家了。他一向認假做真，假的佛像做了活生生的印證。

其次是宜男攜子回到家中，衍祚的姪兒不甘本來可以承嗣的美夢破碎，告叔父非種亂宗，說這孩子是假的。後來官府證明孩子為真，他便將孩子盜賣，卻在多年後被叔父尋回，他再次告官，官府又再一次證明孩子的真實性。當時朝庭正要求民間毀佛鑄錢，望洪便告叔父私藏銅像，衍祚說佛像摻銀，並非純銅，不料一鎔之下，方知摻金的原佛已被搬換。要告他假的，卻是真的，要告他真的，卻是假的，假的佛像好像就在那裡嘲弄世人的愚昧。

其實紀望洪是衍祚的親姪兒，本來也有承嗣的資格[43]，他卻遊手好閒，使叔父對他失去信心，所以想盡辦法不讓他承嗣，也就是說，假（姪兒）不是不能成真（兒子），條件是必須要「正」。鸞姨的情形也是這樣，她為了找一個孩子「假充公子去騙主人」，以取寵於畢進士，買來了紀衍祚被盜賣的孩子還郎，結果雖然還郎甚得畢進士的喜愛，鸞姨卻和畢進士雙雙在京城殞命了，畢公子明知這孩子是假的，將他棄置在

---

43 依據《明戶令》：「分析家財田產，不問妻妾婢生，止依子數均分。」如果戶絕（沒有男性繼承者）的話，「果無同宗應繼者，所生親女承分。」換句話說，女兒是排在「同宗應繼者」之後，而姪兒如果承嗣，便是那個「同宗應繼者」了。參見陶毅、明欣《中國婚姻家庭制度史》（北京，東方出版社，1994 年）頁 337-338，以及拙著《清初前期話本小說之研究》（台北，學生書局，1998 年）頁459-460。

京城不顧，卻把鸞姨身邊的真佛像帶走了。鸞姨的假兒子雖然能得到主人的寵愛，真佛像卻不能保佑她的平安。正因為鸞姨的不走「正」路，即使有真佛像在，假的（買來的假子）終究也當不得真（兒子）。

全篇小說就在子息的真假，以及佛像的真假之間擺蕩，如果單從形象化的家庭事件看，其結構是單線穿插式的，主要以紀衍祚的遭遇為主線，穿插有關畢思復、鸞姨等的情節。然而此一單線結構，卻因有另一條意象化的佛像構成的興味線若即若離的粘附，展開成立體的圖像，小說的內容也因而變得更加的豐富而深刻了。

結語

如果說結構技巧是可以單獨存在的，那麼五色石主人肯定稱得上是小說寫作的「高手」。本節深入分析了《八洞天》和《快士傳》這兩部小說的情節結構。就長篇小說《快士傳》而言，它擺脫了傳統的板塊狀結構，改採網絡式，它揚棄了呆板的「歷險紀錄型」寫法，而運用生動的「生涯紀錄型」，在《金瓶梅》和《紅樓夢》之間，《快士傳》的結構藝術應在小說史上佔有一席之地。就短篇小說集《八洞天》而言，我們可以看到作者驚人的創造力，八篇小說用了六種完全不同的結構方式，單線的不平板，複線的不雜亂，更有高明的、深入而立體化的「形、意組合式結構」，將小說的內涵提昇到哲學的境界。

然而，結構技巧畢竟是不能單獨存在的，它還要和其他因素（人物塑造、景物描寫、語言技巧等等）結合。因此，

五色石主人能否成為一流的小說家，此時尚未能成為定論，請續見下文。

第二節　寫人藝術

一、肖像描寫

　　肖像描寫，是指對小說人物的外貌、神情、裝扮等所進行的勾勒和描繪，透過肖像描寫，可以使我們對小說人物得到具體的印象。就一部（篇）小說而言，肖象描寫是重要的，但卻不是必要的，因為肖像畢竟只是人物形象冰山露出水面的部分，個性、性情、胸襟、懷抱、人格、思想等等，才是使人物偉大的重要因素。

　　基本上小說是一種寫人的藝術，古今中外所有稱得上「偉大」的小說，沒有不是創造了許多生動的人物形象的，《三國》中的大小事件也許記不了多少，但孔明智慧、關公忠義、曹操奸雄的形象很難忘掉，《水滸》的智劫生辰綱固然精彩，但比起林沖的受難者形象又何足道？而塑造這些形象時，肖像描寫雖然沒有佔據太大的分量，但卻提供了聯想時的方便，比如說劉備「兩耳垂肩、手長過膝……面如冠玉，唇如塗脂」的帝王之相，關公的「身長九尺，髯長二尺，面如重棗，唇若塗脂，丹鳳眼，臥蠶眉，威風凜凜」的雄姿，孔明「頭戴綸巾，身披鶴氅」的瀟灑，都深印在讀者心中，成為不可抹滅的共同印象。所以說肖像描寫雖然不是必要的，但如果處理得好，的確能使作品生色不少。

　　五色石主人小說在肖像描寫方面的表現可以說是不太高

明的，以《八洞天》八篇小說中主要男性角色的描寫來說，
幾乎找不到令人印象較深刻的，只有卷一的魯惠，先寫他「自
小聰俊，性格溫良」，後來因為遠行為父親扶柩，暫寓在昌團
練的家中，團練有意將女兒月仙許配給他，月仙前來私窺，「見
魯惠身穿麻素，端坐觀書，相貌果然不凡。」並以一段韻文
來描述，謂：

> 眉帶愁而軒爽，眼含淚而清瑩。神情慘淡，縱然孝子
> 之容；器宇昂藏，饒有才人之概。素衣如雪，正相宜
> 粉面何郎；縞帶迎風，更不讓飄香荀令。若教笑口肯
> 輕開，未識丰姿又何似？

配合他帶孝的身分，寫其眼、眉、神情、裝扮，頗為貼切，
然而卻沒有什麼特色，移於他人亦無不可。其他如卷二的長
孫陳是「風流倜儻，博學多才」，卷三的莫豪是「丰姿秀美，
文才敏捷」，卷六的晏述是「十分聰俊，姿性過人」，這幾位
男主角都只有概念化的敘述，已經是面目模糊了，其他各卷
則連類似的敘述都付諸闕如。

　　女主角的部分稍好，用的詞彙豐富多了，比如說卷一的
楚娘，除了說她「極有姿色，又知書識字，賦性賢淑」之外，
又用了一闋詞來描寫：

> 紅白非脂非粉，短長難減難增。等閒一笑十分春，撇
> 下半天丰韻。停當身材可意，溫柔性格消魂。更兼識
> 字頗知文，記室校書偏稱。

從詞句中，我們認識到楚娘的膚色、身長、迷人的笑容、可

人的身材。這些外貌的描寫,雖然還嫌浮泛,但多少給我們
一些形象化的感受。後來當楚娘被迫出家,石氏落難時逃入
她的道觀,見到「有一少年美貌的道姑端坐在雲床上,望之
儼如仙子」,形象便能很自然的接合,這便是肖像描寫的好
處。又如同卷的月仙,作者也用韻文加以描繪:

> 眸凝秋水,黛點春山。湘裙下覆一雙小小金蓮,羅袖
> 邊露一對纖纖玉手。端詳舉止,素稟郝法鍾儀;伶俐
> 心情,兼具林風閨秀。若教玩月,彷彿見嫦娥有雙,
> 試使凌波,真個是洛神再世。

這一大段文字,描繪了月仙的眼眉、手足、神情、舉止,已
算豐富了。傅騰霄先生把常見的肖像描寫手法,歸納為三
種,即:整體式的描繪、局部性的描繪和烘雲托月式的描繪。
[44]這裡對月仙的描繪,可以算是「整體式」的。

可惜的是,除了卷一的這兩位女郎有比較細緻的描寫之
外,其餘各卷都相當的草率。比如卷二的端娘是「丰姿秀麗,
性格溫和」、秀娥則是「年方二八,甚有姿色」,卷三的七襄
則「姿容彷彿天仙,聰明勝過男子」,卷四、卷五沒有女主角,
卷六的瑞娘只說她「才貌雙美」,卷七的冶娘出現時在難中,
所以有這樣的描繪:「卻是個十一二歲的小女子,坐在地下啼
哭,雖則敝衣亂髮,丰姿卻甚不凡。」卷八的宜男因為是丫
鬟,所以說她:「不梳頭,不纏腳。」我們比較這些簡單的描
寫可以發現,與其全面式的虛寫,不如局部式的實寫,冶娘

---

[44] 同註33引書,頁61。

的「敝衣亂髮」至少表現出當時的情境，宜男的「不梳頭，不纏腳」也表現出她的身分。

但無論如何，總體看來，《八洞天》一書的肖像描寫是相當失敗的。

那麼，《快士傳》的情形如何呢？分析起來，《快士傳》肖像描寫方面的成績比《八洞天》好得太多了。

本書對男主人公董聞的描寫是這樣的：

> 那董聞生得眉宇軒昂，性情豁達，自幼倜儻不凡，只是有一件異相，不獨志大言大，食腸也大，飲啖兼數人之食。

「眉宇軒昂，性情豁達」、「倜儻不凡」都是很常見的形容，沒有什麼稀奇的，不過「志大言大」就比較特別了，志大的人不一定言大，「言大」就是說話的口氣大，正是他豁達性情的表現。此一形容，預示他不會以儒生的身分為滿足，而是具有安邦定國之志向的。而且又特別表出他食量大的特點，這一點不但引起了後文的情節發展（因食量大而被岳父譏嘲、在寺菴引起注意、引出了董濟這個重要人物等），也暗合了著名武將（廉頗、薛仁貴）的特徵。這種結合故事情節的人物描寫，是十分具有戲劇效果的。

本書對另外一位主角常奇的描寫，則更為曲折，戲劇效果更佳。作者寫常奇這個人物，大概受到《三國》的影響，其手法近於介紹諸葛亮，其像貌則類似關雲長。當然，在手法上，本書並未能與《三國》的介紹諸葛亮出場媲美，但同樣都是在人物出場以前先透過別人口中的描述，來表現人物

的神秘性。

有關《三國》諸葛亮的人物分析，學者的討論已多，此處不提。在《快士傳》，常奇是由全書中最具有豪傑氣質的董濟介紹出場的：首先，主角董聞請董濟教他武藝，董濟道：「量我曉得甚麼？我有個相知，姓常名奇，字善變‧‧此人弓馬高強，天下第一，你請教他便好。」這是常奇二字第一次出現，但當時董聞並未能見到常奇；接著，在董聞學成文才、武藝，初出江湖歷險歸來後，董濟告誡他出門在外要處處小心，不要托大，要效法他的好朋友常奇。這是董濟第二次提到常奇，董聞說經常聽你提到常奇這個人，他到底是「怎樣一個人」呢？於是董濟再一次描述其人：

> 生得身材魁偉，五綹長髯，弓馬高強，諸般武藝俱能。
> 更有一種絕技，慣使一張彈弓，打得一手好彈子，百
> 發百中，江湖上聞他的名，無不畏服。

第一次只說出他的名字，以及略說及武功，第二次才描述他的長相，並且特別介紹他的絕技。在這段描述中，由於是透過第三者的介紹，而非由作者描繪，當然不可能細描常奇的長相，而只是點出他的特徵（身材魁偉，五綹長髯），此外，再一次強調他的武藝，而在武藝中，又特別表出彈弓。董聞是好武的人，一再聽到如此的描述自然是心嚮往之的。至於彈弓，則是為後面董聞以彈弓認人的情節預伏一筆。

吳士余先生說：「白描繪形，略貌取神。這是中國小說的

傳統敘事技巧。它起源於繪畫藝術，完臻於小說創作。」[45]寫特徵而不細描長相，就是略貌取神的一種手法，寫他武功高強以及彈弓的絕技，則是加強好武的聆聽者的心理定勢，從而產生「渴望一見」的想法。能夠抓住神韻，強調心理定勢，堪稱是高明的寫法。

董聞既有這樣的心理，當他再度出遊時，便到處打聽常奇的蹤跡，然而卻難於一見。後來董聞的隨從和飯店主人為算飯錢發生糾紛，常奇此時出現，只一句話，解決了兩造的爭執，「董聞看那人生得身材長大，一部美髯，臂上挽著一張彈弓，氣概雄偉。因想到，這人是個鬍子，又姓常，又挽著彈弓，莫非就是常奇麼？」這是對常奇長相的第二次描述，不同的是，這是透過董聞的視角來看的，即所謂的「主觀眼」（或稱單一觀點 a point of view），意思是：「透過人物自己的眼睛，來看事物，來思想，來行動。」[46]由於董聞先聽說常奇的高大、長髯，所以自然第一眼看他的身材，接著看他的鬍子，兩者都相合，又聽說他姓常，於是推想他便是自己渴望一見的常鬍子，這是非常自然的。

這裡的討論實際上已經超出了肖像描繪的範疇，而是結合情節去創造人物形象，這當然是要比單純的肖像描繪來得傳神生動的。

在本書人物出場的描寫中，最有趣的是和尚沙有恒。

---

[45] 吳士余《中國小說美學論稿》（上海，三聯書店上海分店，1991 年）頁 97。

[46] 胡菊人《紅樓水滸與小說藝術》（香港，百葉書舍，1977 年）頁 62。

　　一般人對和尚的印象，總是莊嚴肅穆的（濟顛和尚例外），但沙有恒雖然名為和尚，其實是掛名出家的，「並不靠著念經拜懺，抄化募緣，只愛使些槍棒，習些弓馬」，這樣的和尚當然和一般的和尚大相逕庭，但要如何表現他的不同呢？如果說明白了便不夠生動，作者很巧妙的運用了肖像描繪，使其形象傳神的表現出來。作者還是用所謂的主觀眼，寫董聞走入一間寺菴，「見一胖大和尚，赤著身子，在日頭裡捉虱。」這個和尚，第一眼看來是胖，第二眼看到他光著身子，這已經夠特別的了，而他不但不是在念經，竟然「在日頭裡捉虱」，這個假和尚可謂原形畢露，卻也表現出了他的不修邊幅、不拘小節的豪邁形象。

　　至於本書主要的女角（她雖然是最主要的，但實在還稱不上是「女主角」）馬幽儀，也是透過第三者描述和主觀眼的呈現來介紹的。先是常奇的描述，他告訴董聞說在京城有一紅粉相知，「此女姓馬，排行第二，小字幽儀。不但色藝雙全，又難得他有俠氣，能識英雄。」常奇說這話，一方面讚美了馬幽儀，一方面也相當程度的表現出他的自負。「色藝雙全」是一句相當抽象的形容，但這不是重點，重點在於她的「有俠氣，能識英雄」，馬幽儀是名妓，美貌和才藝自然不在話下，但有多少妓女能有俠氣？這才是她的超凡絕俗之處。說她能識英雄，等於自負是英雄，一句話又表現出常奇的不凡氣概來。接著，又透過柴白珩的視角來形容她的丰姿，柴白珩是個不學無術的「白丁」，以下是他的眼中所見：

比雪肌還潤，如雲髮似描。眼兒帶笑心兒巧，眉兒含韻容兒俏，衫兒穩稱身兒掉，啟口黃鶯低叫。舉袖移裙，玉笋金蓮雙妙。

後來，董聞也在耳聞其人多年之後，見到了這位女中豪傑。當時因為董聞救了她，她前來拜謝，「董聞連忙扶起，看他丰姿雅淡，舉至（止）端詳，彷彿良家體態。」我們透過柴白珩的眼睛，看到的是皮膚白、頭髮黑、眼眉俏、裝扮得宜、聲音迷人、手足皆妙的嬌麗女子，而透過董聞的眼睛，看到的卻是一位高雅端莊的女士。每個人欣賞的方向不同，真的是觀其所見，知其為人。常奇見其俠氣，白珩見其嬌麗，董聞見其端雅，這些觀察不但不衝突，反而有相加相乘的效果，使馬幽儀奇女子的形象，顯得異常深刻而豐厚。

另一位女要角則為華光國的月仙公主，因為是異邦女子，所以裝扮不同，常奇見到她的模樣是：

秋水為眸玉作肌，一灣貂尾鬢邊垂；半神綽約誰堪比，疑是昭君出塞時。

後來和董聞對陣時，作者又插入一大段對她的描寫：

粉面偕雪刃爭光，玉手與霜刀並耀。貂毛一段，彎彎的圍在烏鴉鬢邊，雉尾兩根，飄飄的插在盤龍髻上。腰間束一條扣玉環的細細獅蠻帶，足下穿一雙嵌金線的小小鳳頭鞋。眉比春山楚楚又如弓影曲，眸同秋水溶溶更似劍光新。太公蒙面斬妲己，當日武夫眼中恐未嘗見此佳麗，紅拂改粧隨

李靖，今朝元帥府裡又安能有此妖嬈。管教兵卒手酥
麻，應使將軍心炫亂。

這裡描寫的，是戰場上的裝扮，而在描寫姿容時，也配
合戰場上的氣氛，使月仙公主在嬌美之中，又帶著一分俊偉
的英氣。這不是以董聞的視角看的，而是作者以全知的觀點
描繪的，之所以如此詳細描繪，目的在引入徐國公在關上看
見讚嘆，後來和她聯姻的情節。和前面常奇所見，一詳一略，
頗能將月仙此一番邦公主的形象傳神的表現出來。

《快士傳》的這些主要人物的肖像描繪，女性的部分較
為詳細，男性的部分則大都僅用簡潔的筆觸去勾繪（所謂的
白描筆法），但都能配合情節的需要來安排，顯得相當的自
然。吳士余先生嘗謂：「用簡潔、渾厚的文學白描所勾勒的人
物輪廓，雖不能給人以細致的直感形象，但通過讀者豐富的
藝術聯想，所體驗到的人物形象，卻更富有韻味和質感。」[47]
誠然，如志大言大食腸也大的董聞、身材櫂偉美髯豪邁的常
奇、光著身子在太陽下捉虱子的胖和尚沙有恒、莊秀又有俠
氣的名妓馬幽儀、嬌麗中不失英挺的番邦公主月仙，這些人
物形象已經初步的印在讀者的腦海中了。

如果要給五色石主人這兩部作品的肖像描寫打分數，則

---

[47] 同註 45 引書，頁 98。按，所謂的「白描」，是由金聖提出，而由
張竹坡加以補充發揮的一種美學概念。葉朗先生曾就張竹坡評點
《金瓶梅》的資料，研究「白描」一詞的含義，謂：「所謂白描，
就是指用最少的筆墨，勾出事物的動態和風貌，從而表現事物的生
命，表現事物內在的性格和神韻。」見同註 31 引書，頁 234。

《八洞天》除了卷一之外，其餘各篇都是不及格的，而《快士傳》則算是差強人意。揆其原因，大概因為《八洞天》多屬家庭小說、社會小說，重在寫事件，而非寫人物，至於《快士傳》，則既屬「生涯紀錄型結構」，乃是以表現人物風範為要旨的英雄傳奇小說，自然會較為重視人物形象的刻劃，而在進行肖像描繪時，也會更加用心了。

二、說白表現

在塑造人物形象，表現人物性格的方法中，說白的運用是極重要的一種。陳炳熙先生說：

> 以外貌描寫表現性格是間接的，是一種輔助手段，外貌與性格有某種微妙的聯繫，但畢竟還不是性格本身。以人物的語言（即對話）表現性格才是直接的。所謂「言為心聲」，言談代表心跡，也代表性格。[48]

這話是不錯的，雖然人物的思想或性格可以由作者來描述，但那畢竟還是「說明」，既然是說明，就是二手資料，是作者告訴我們人物如何如何，而不是人物展示給我們認識，在藝術上，二者成就的高下是有著懸殊的差異的。巴赫金說：

> 他人的思想世界，如果不讓它自己說話，如果不展示它自己的語言，是無法如實表現出來的。要知道，為

---

[48] 陳炳熙《古典短篇小說藝術新探》（上海，華東師大出版社，1991年）頁 60。

了描繪具有特色的思想世界，只有這一世界自己的語言，才是真能如實再現它的語言，儘管這語言不是獨自起作用，而是同作者語言合作。[49]

　　也就是說，人物要用他自己的語言來展現他自己，才能如實的表現小說中人物自己的世界，而不是作者的世界。同樣的，也唯有由人物在言談中展示自己，才能如實的表現小說中人物自身的人格特質，而不是作者所描述他心目中想達到的人格特質。事實上，無論在戲劇或小說，說話的口氣、說話的內容，都足以顯現一個人物的性格特色。但小說有一點是勝過戲劇的，即除了對白之外，小說還可以寫出人物內心的想法，戲劇也可以用自言自語的方式來表現，但畢竟不能像小說那樣，可以暫時切斷對話，插入一些人物內心的想法。在此，我們將人物內心想法這種無聲的語言，也列入這一小節來討論。

　　五色石主人小說《八洞天》的說白，一般說來是相當流暢的，但有一個較大的缺點，就是有時不夠通俗。例如卷一魯翔的僕人吳成遇見團練昌期的僕人季信，問他從何處來，季信如此回答：「我主人蒙狄安撫青目，向在他軍中效用。近日方回原任。今著我回鄉迎接夫人、小姐去，故在此經過，不想遇著你。」在這段話中，「蒙……青目」、「向在……效用」、「方回原任」都是文言句法，一般讀書人也不會如此說話，

---

[49] 巴赫金著，白春仁、曉河譯《小說理論》（石家莊，河北教育出版社，1998 年）頁 122。

何況季信是一名僕役，如果用這樣的語言去推測說話人的身分，豈非大謬不然了嗎？這是明清文人創作擬話本常犯的毛病，《石點頭》卷六有一位長壽女，是織席人家的女兒，不幸淪為乞丐，她不僅沒讀過書，作者還說她「只曉得著衣吃飯，此外一毫人事不懂」，後來有個叫朱從龍的人收留她，有一天對她產生邪念，長壽女竟變色道：「灑掃有書幃之童僕，衾裯有巾櫛之女奴。越石父願辭晏相而歸縲紲者，恨不知己也。謹謝高門，復為丐婦。」這樣一段對仗工整、巧用典故的文字，從一個不識字的丐婦口中道出，豈不可笑？《八洞天》至少還不至於如此離譜。

但如果撇開對白中文言化的缺點，《八洞天》一書的說白還是有許多可取之處的。特別是結合對話的口氣以及內心獨白的描述來表現人物性格，有不少成功的例子，值得我們提出來分析、討論。

例如卷一魯惠的夫人石氏，當丈夫考上進士娶妾回來時，內心相當不悅，可是又不願在丈夫面前發作，當丈夫說因為地方不平靜不能攜家眷同行時，便試探丈夫說：「我不去也罷，只是你那心愛的人若不同去，恐你放心不下。」這當然是反話，不過希望丈夫能夠表態，以鞏固自己原配的地位，魯翔卻不曉得妻子話中的用意，解釋說：「他有孕在身，縱然路上太平，也禁不得途中勞頓。」作者在此說明道：

> 這句話，魯翔也只是無心之言，那知石氏卻作有心之聽，暗想道：「原來他只為護惜小妮子身孕，不捨得他路途跋涉，故連我也不肯帶去，卻把地方不安靜來推托。」轉輾尋思，愈加惱恨。

　　自古以來描寫妒婦形象的小說很多，但很少能寫得如此婉轉有致的，尤其是內心獨白的部分，一方面恨極（暗罵「小妮子」），一方面怨極（怪丈夫偏袒），其實都是自己的多心猜疑。試探的語言、猜疑的想法，都使人物性格生動的展現出來了。

　　又如卷二的長孫陳，此人我們在論小說結構時談論過他的軟弱性格，他總是任人擺佈，總是被環境牽著鼻子走，當時我們是以情節的推展來和他的性格互為辯證，此處我們可再從內心獨白的表現來進一步認識。長孫陳在逃難途中失去妻子，帶著幼兒寄住在姓甘的人家，由於他是失機官員，處境相當艱難，就騙甘家說自己是進香客，但很快就被識破了。甘家的女兒秀娥對長孫陳頗有好感，甘母乃請姪兒甘泉前來提親，長孫陳先是拒絕，道：「極承錯愛，但念亡妻慘死，不忍再娶。」甘泉開始分析利害，長孫陳開始猶豫：

> 暗想：「我本不忍續絃，奈我的蹤跡已被他們知覺，那甘泉又是個衙門員役，若不從他，恐反弄出事來！」又想：「我在難中，蒙甘母相留，不嫌我負罪之人，反欲結為姻眷，此恩不可忘！」又想：「欲討路引，須央浼甘泉，必從其所請，他方肯替我出力！」躊躇再四。

　　從第一次的「暗想」，他不續絃的想法已經動搖了，原因是怕拒婚會為他帶來危險。第二次的「又想」，是在給自己找解釋，用甘家對自己的恩惠，來沖淡自己對妻子的情義。到了第三次的「又想」，回到現實的考慮，實際上已經妥協了。經過這一而再，再而三的心理呈現，長孫陳優柔寡斷的個性

躍然紙上，而他貪生怕死的想法也表露無遺，比作者再多的形容都來得有效。這種心理描寫的手法，其實是中國古典小說寫作技巧進步的一種表徵，蔡國梁先生說：「文學創作的獨創性基於形象和典型的獨創性，而把握人的心理活動的特點和進行多樣化的心理描寫，則是它的重要手段之一。」[50]長孫陳這個人物，算是五色石主人創造得相當成功的一個典型人物，關於他，我們在後面的文章中還會有更進一步的討論。此處單看作者運用心理描寫的手法，已足以使這個人物與眾不同了。

卷四有一段十分精彩的對話，這段對話將一個伯父的厚直和一個姪兒的滑利，生動的表現出來。伯父是岑麟，他將弟弟的兒子養大，並且教會他做生意，姪兒岑金卻想另立門戶，來和伯父討本錢，岑麟心中不悅，但也無奈，所以辦了一桌酒席，請親朋好友來做見證。

岑麟先發制人，開口道：「自先父及亡弟去世之時，姪兒尚在襁褓，全是我做伯父的撫養成人，娶妻完聚，又用心教他生理，才有今日。他要分居，我就買屋與他住。分居之後，我就與他束修，並不曾虧他。不想他今日忽然要去，又要我付本營運。我今已年老，兒子尚小，姪兒若要去時，須寫一紙供膳文書與我，按期還我膳金，我然後借些本錢與他去。眾親友在上，乞做個主兒。」岑麟雖然先提及自己對姪兒的養育之情，但並不以此要求回報，而純以生意人將本求利的

50　蔡國梁〈明代擬話本心理描寫敘論〉，載《明清小說探幽》（台北，木鐸出版社，1987 年），頁 158。

眼光，說是「借」本錢姶姪兒，要姪兒分期攤還。這些言語，有條有理，面面俱到，顯然在心中準備已久。岑麟不愧是一個老成的生意人，不佔便宜卻也不肯吃虧。

但岑金不等眾親友回話，便接口道：「姪兒向來伯父教養，豈不知感。但祖公公在日，原未曾把家私兩分劃開；父親早亡，未曾有所分授。母親死時，姪兒尚幼，所遺衣飾之類，也不知何處去了！今伯父自當劃一半本錢與姪兒，此是姪兒所應得，何故說借？」岑金果然是伶牙俐齒，他從兩個方面質問伯父：第一，祖父的財產為何沒有分為兩份而由伯父獨得？第二，母親死後的衣飾為何全都不見？這麼一來，等於將伯父的恩情一筆勾銷，他所說的「豈不知感」，完全是言不由衷。但他當然並不指望伯父真的將財產分成兩分，他只是給自已增加談判的籌碼，最後的目的就是要伯父「給」他本錢，說是他「應得的」，而不是「借」。

岑麟本來就不太高興，聽到這一席話後再也控制不住，勃然大怒，說出當初岑金的父親岑翼讀書、應考、納監花掉了多少銀子，都是在他的店中支取的，又說岑金的祖父欠下多少客債，也是自己代償的，岑金母親所留的衣飾辦喪事都不夠用，那還有留下？最後說：「我向日把親兒一般待你，你今日怎說出這沒良心的話來？」這是岑麟原先不想說的話，因為他只想論是非，不想用親情、恩情來壓姪兒，這是他的厚，但這種「厚」壓不過他個性中的「直」，一急就逼出來了。

岑金的回答是：「據伯父這般說，家私衣飾，都沒有了。但姪兒自十二歲下店以後，到十五六歲，學成生理，幫著伯父，也曾出過力的。自十五歲至廿五歲這幾年，束修也該算

給。」這段話是說給眾親友聽的，可以想像他道出「家私衣飾，都沒有了」時委屈的神情，以後的陳述，便彷彿以一個孤兒的姿態，受到伯父剝削似的，自然能博得親友的同情，最後如願取得三百兩本錢。

這裡不嫌煩瑣，引述了伯姪兩人的許多對話，而這裡的對話，都是看起來相當平凡無奇，不像《水滸》傳中英雄人物的「個性化語言」，能聞其聲而想見其人的。然而，要給人物特殊的聲口其實是比較容易的，像李逵那樣開口也「鳥」閉口也「鳥」，有何困難？真正的困難是在於如何以平常的聲口來表現特殊的性格，那就要從對話的內容去看語言背後的意味，從而觀察出說話者的心態，這才是最難達成的。此處所論的伯姪兩人都是經驗老到的生意人，他們的口才都不錯，而且語言方式也十分近似，但仔細分析仍有不同，岑麟用的是陳述式的語言，岑金用的是分析式的語言，陳述式的語言不會有犀利的感覺，分析式的語言則咄咄逼人，於是，在這樣的對話中，伯父的厚直以及姪兒的滑俐，便在字裡行間流露出來，這種境界是不易達成的。

葉朗先生說：「由於典型性格是在不同的具體環境中展開的，因此，性格化的語言，就不是像某些作者所理解的那樣，僅僅為人物規定一個固定的調門，或者設計出幾句十分單調的方言、土語、口頭語、习慣語，而是要寫出特定情景下的人物的神理氣色，內心世界。」[51]本卷中的伯姪爭產，正合於

---

[51] 同註 31 引書，頁 95。

　　葉先生所說的特定情景，五色石主人沒有設計什麼固定的調門，但卻是能夠充分表現出人物的內心世界的。

　　又如卷五的甄奉桂在馮樂善手中典了劉輝的房子，竟在裏面挖到寶藏而致富，劉輝覺得很懊惱，但也不敢要他還錢，只希望他能將所典的房價付清。奉桂卻耍賴，說：「兄與舍下不是對手交易，舍下典這屋未及半年，豈有就加絕之理！」意思是房子我是跟馮家典來的，你得去跟馮家要錢。馮家的管家看不慣，就插嘴說：「我家主人原典價尚虧二百兩，今日宅上且把這項銀子找出，待我應付劉宅如何？」因為當初馮家以為甄家沒有很多錢，五百兩的房子，只以三百兩典給他，那知他會在裡面掘到藏，現在奉桂有錢了，所以請他把房價還清，那知奉桂卻說：「就是這二百兩，也須待三年後方可找足，目下還早哩！」劉輝要不到錢，和馮管家作別而去，「奉桂送至門首，把手一拱，冷笑一聲，踱進去了。」劉家向他要錢，他就說我和你不是對手交易，你去找馮家；跟他對手交易的馮家要他還錢，他又說，現在還早哩！三年後再說吧！那種口氣，再配合拱手、冷笑的描寫，活脫一個暴發戶的賴皮嘴臉。

　　在《八洞天》一書中，有如上述內心獨白的心理描寫，及以精彩對話表現人物性格的地方還有不少，不及一一討論。總體而言，《八洞天》以對白的運用來表現人物性格的成績是相當不錯的。

　　比較起來，《快士傳》就稍遜一籌了，可能因為英雄傳奇小說較與現實生活脫節，所以對話方面也欠缺現實色彩。尤其幾位英雄人物，說話的口氣都相當的類似，比如山寨主寇

尚義送錢財給路過的董聞時說：「我等綠林好漢，原非專□□
（原字模糊不清）已，正要取有餘補不足。尊相既是個貧士，
特以此少伴行資，幸勿見卻。」又如常奇是豪俠，敢在光天
化日之下復仇殺人，後來又成為山寨首領和統兵的元帥，像
這樣的人物，在看了董聞讚美他的詩後，竟然說：「尊詠甚妙，
但過蒙謬贊了！」而董聞則回答他說：「俚鄙之詞，聊博一笑
耳！」這些對白不但毫無個性可言，根本一點真實感也沒有，
寨主還會說出「特以此少伴行資，幸勿見卻」這樣文謅謅的
對白，簡直是匪夷所思。我們只能解釋說，由於本書是用半
文言、半白話寫成的，對白的部分，作者十之八九採用文言
句法，所以造成典雅有餘，個性不足，這不能不說是本書的
一大弊病。

　　但是《快士傳》的語言，也有運用得相當成功的，那就
是董聞為丁推官助喪那一段。我們在第四章「歌頌英雄豪傑」
那一小節介紹董聞時曾加以詳細析論，說明董聞如何憑其三
寸不爛之舌，替亡友丁士升解決五百兩高利貸的債務，極為
精彩，請參看。總而言之，那一大段，不但在言談舉止中，
充分表現了董聞勇於任事的精神，以及功成不居的風範，也
將董聞指揮若定的才華展現無餘。正如前引巴赫金所說的，
如果不是由董聞自己口中說出，而是由作者來說明，決不能
將其思想性格如實的表現出來。

　　此外，《快士傳》中頗能以說白表現性格的人物，是董聞
的丈人柴昊泉。

　　例如，當女兒不聽他的話改嫁有錢人，定要嫁給窮鬼董
聞時，柴昊泉十分生氣的說：「他若聽我言改嫁富室，我便多

與他些房奩。今既不從父命，要嫁這窮鬼，是他命裡該窮，我一些房奩也沒有。由他到董家受苦去。」後來做五十歲壽誕時，他竟對女兒說：「你若沒衣服穿著，不回來也罷。休要在眾親戚面前削我面皮。」不用見其人，光是聽到這些言語，就可以想像這是個如何勢利、短見的一個人。

不只如此，他還相當的執傲，他一心厭惡女婿，即使女婿中了秀才，他還要說一些風涼話：「今番好了，這條學究的冷板凳有得坐了。只是一件，他的食腸太大，東家請他做先生，供給一個便是供給兩三個，還怕沒人肯請他哩！」這是說，女婿雖中秀才，也不會有什麼出息的，最多教教書罷了，而他的食量太大，恐怕沒有東家肯請他呢！「今番好了」，是言不由衷的「詞語反諷」，即「內涵與表面意義不相同的陳述」[52]，「例如他是醜的，你說他美；他分明是愚笨的，你讚美他聰明之類。」[53]明明要嘲女婿不會有前途，卻說一句「今番好了」，那嘲諷的意味就更加一層，這些話是相當刻薄的。那知道董聞後來一帆風順，官愈做愈大，昊泉才不得不放下身段來巴結女婿，但內心深處還是厭他的，所以後來誤聽兒子的話，以為董聞犯罪被逮，他高興極了，道：「我說這畜生，那裡有富貴在面上。……我如今須不怕他了。」一句「畜生」，吐盡了長時間忍氣吞聲來巴結女婿的窩囊氣，一句「如今須不怕他了」，明白宣示了自己的改變態度不過是「怕」他罷了，

52 林驤華主編《西方文學批評術語辭典》（上海，上海社會科學院出版社，1989 年）頁 89。
53 姚一葦《藝術的奧秘》（台北，開明書店，1979 年）頁 198。

厭惡之心是從沒有改變過的。

　　「一個人的語言，是他獨特的社會身分、獨特的生活經歷、獨特的精神氣質以及具體矛盾衝突中的獨特的內心活動的反映。」[54]《快士傳》中柴昊泉的語言，真的能夠反映他的財主身分、他因暴發戶的生活經歷而養成的勢利觀、他執迷傲慢的精神氣度，以及與女婿的衝突而產生的內心想法。這樣的對白運用，可算是十分成功的了。

　　謝昕等人所著的《中國通俗小說理論綱要》一書歸納了中國古代小說理論家有關人物語言的理論，提出了三個要點，即人物語言的「個性化、口語化、動作化」[55]。五色石主人小說的通俗性是較差的，曹雪芹曾批評才子佳人小說「且鬟婢開口即者也之乎，非文即理」[56]，五色石主人小說則是連綠林好漢都說文言，在口語化這方面確實是有很大的不足的。口語化的不足，連帶使個性化也有所不足，至少在腔調、口吻方面會造成較多的雷同，不過幸好五色石主人能從言語的思想深度和背景內涵，配合內心獨白和具體的矛盾衝突進行對話，所以仍能達到一定程度的個性化效果。至於動作化的部分，我們將留在下一節談「戲劇手法」時再予以討論。

---

[54] 謝昕、羊列容、周啟志著《中國通俗小說理論綱要》（台北，文津出版社，1992 年）頁 156。

[55] 同前註，頁 159。

[56] 馮其庸等校本《紅樓夢》（台北，里仁書局，1984 年）頁 4。

三、戲劇性動作（Dramatic action）

威廉所著的《短篇小說作法研究》一書將小說描寫人物的方法分為三種，即：描寫（description）分析（analysis）和戲劇性動作（dramatic action）。利用戲劇性動作來寫人物，叫做戲劇法，就是「讓各人物從他們的言語和動作中間去自己顯露性格」[57]的手法。言語的部分前一小節已經談了不少，這一小節主要就戲劇性動作來討論。

研究小說理論的學者常提出典型性格、典型人物的重要性，葉朗先生說：

> 一部小說，如果沒有成功地塑造出典型性格，單憑故事情節取勝，那麼，讀者看過一遍，知道了故事情節，便不想再看了。只有成功地塑造出典型性格，反映社會生活、社會關係，才有深度，才能叫人百讀不厭。[58]

什麼是典型人物呢？就是經過藝術概括、鎔鑄，加以典型化的人物。什麼是典型化呢？《中國古典小說藝術欣賞》一書說：

> 典型化，就是作家馳騁藝術想像，把生活中某一類人的性格特徵集中概括到一個人身上，並予以誇大、加深和個性化。只有進行了典型化，使人物既有鮮明的個性又有充分的類的共性，既是獨特的「這一個」，又

---

[57] 同註 27 引書，頁 115。
[58] 同註 31 引書，頁 83。

是一整類人的代表。這才是勝利完成藝術再創造的工作，這樣的人物才是典型人物。[59]

其實哲學家黑格爾早已說過：「一個性格之所以能引起興趣，就在於它一方面顯出……整體性，而同時在這種豐富中它卻仍是它本身，仍是一種本身完備的主體。」又說：「每個人都是一個整體，本身就是一個世界，每個人都是一個完滿的有生氣的人，而不是某種孤立的性格特徵的寓言式的抽象品。」[60]

因此，典型性格就不能只是個性化的性格，還必須是具有代表性的類型化性格。因為具有鮮明的個性，所以令人難忘；因為具有代表性，所以能引人同情。那麼，具有特色的肖像描寫，以及個人化的語言，用來塑造典型人物就有所不足，還必須依賴大量的戲劇化動作，從對立、衝突、掙扎之中來塑造人物性格，才能展現某一類人的共同理想、共同命運。所以狄德羅在《論戲劇藝術》一書中說：「人物的性格要根據他們的處境來決定。」又說：「如果人物的處境愈棘手愈不幸，他們的性格就愈容易決定。」[61]而《中國古典小說藝術欣賞》一書則逕謂：「古典小說中的典型人物，都是在衝突中塑造成功的。」[62]

---

[59] 同註 12 引書，頁 70。

[60] 黑格爾著、朱孟實譯《美學》（台北，里仁書局，1986 年）頁 312、313。

[61] 收錄在《文學理論資料匯編》（台北，華諾文化公司，1985 年）上冊，頁 297。

[62] 同註 12 引書，頁 75。

　　另外，對立的情境也能使人物性格鮮明而突出，作家可以運用對比的方式，表現人物性格的前後矛盾或不同人物之間性格的強烈差異。姚一葦先生曾將藝術上的對比分為「情境的對比」和「人物的對比」，不過二者是不能截然二分的，姚先生說：

> 因為一種情境的產生不能脫離人物，同時人物的表現亦不能脫離情境；吾人係用一連串相關的情境來顯露人物，或者說人物惟有存在於一連串相關事件之中，才是活的人物。[63]

既然在討論人物的對比時，應在情境之中，也就是從小說情節的進行中來討論；而在討論情境的對比時，也應從人物的立場來討論。事實上二者是二而一，一而二的，因此本節不將二者分開，而以人物為主，情境為輔，進行各種對比的討論。

　　筆者在若干年前，曾分就「衝突」和「對比」研究晚明話本小說《石點頭》人物塑造的戲劇手法[64]，覺得頗能深入人物的性格世界，所以此處故技重施，再用此法探究五色石主人的兩部小說。不過由於對象不同，小說的性質亦有不同（如《快士傳》為長篇小說），所以討論的細目自然亦會有許多的殊異。

---

[63]　同註 53 引書，頁 195。

[64]　見拙著《晚明話本小說石點頭研究》（台北，學生書局，1991 年）頁 233-241。

（一）衝突

依據《中國古典小說藝術欣賞》一書的歸納，古典小說中的衝突可以大分為「外在衝突」與「內在衝突」，「外在的衝突，指的是人物與人物、人物與環境之間的衝突。內在的衝突，指的是人物自己內心世界的衝突。」外在的衝突中還可以細分，「以人物的環境而言，就有順境、逆境、困境等區別。以人物與人物之間的衝突而言，就有言語與言語之間的衝突，言論與行動之間的衝突，行動與行動之間的衝突，性格與性格之間的衝突等區別。」[65]

（1）內在的衝突

內在的衝突是指人物內心世界的自我衝突，這種衝突通常是以內心獨白或自言自語的方式表現的。我們在前一小節談到《八洞天》卷二的長孫陳在續絃與否的衝突中掙扎，答應甘家的婚事吧！對不起剛死的妻子，不答應吧！又怕她們會對自己不利，這便是人物的內在衝突，這個衝突後來得到妥協，而長孫陳懦弱和怕死的性格和想法也在這衝突中充分展現。

又如卷三中的莫豪，在與七襄訂了婚約之後目疾復發，求醫無效竟致失明，自想：「晁家只有一女，怎肯配我廢疾之人。不如及早解了這頭姻事，莫要誤了人家女兒！」於是「歎了兩口氣，落了兩點淚」，請媒人去說自己情願退婚。在莫豪的心中，一方面是盼望娶回佳人，另一方面是不願誤了佳人，

---

[65] 同註12引書，頁78。

這兩種想法在內心交戰，最後的抉擇則是犧牲自己，成全別人，這便是以內在的衝突，表現人物的高尚人格。「歎了兩口氣，落了兩點淚」是很傳神的細部描寫，將莫豪心中的無奈生動的表現了出來。

黑格爾說：「衝突要有一種破壞作為它的基礎，這種破壞不能始終是破壞，而是要被否定掉。它是對本來諧和的情況的一種改變，而這改變本身也要被改變掉。」[66]莫豪與七襄的婚姻，被「失明」這個因素所破壞，因而造成莫豪內心的衝突，事實上，小說中沒有明示而吾人可以想像得到的是，在七襄的心中必然也產生不小的衝擊，但七襄決定不介意莫豪的失明，也就是將破壞她們婚姻和諧的破壞「否定掉」。一個衝突事件，可以同時形塑兩個人物的性格，可以看出衝突在小說中是如何的佔有重要性的地位了。

又如卷六，晏子鑑是晏述和晏奇郎的老師，館在奇郎的家裡，奇郎之父晏敖十分鄙吝，子鑑寫了一首詩，暗藏「窗檻稀爛，地板穿斷」八個字來嘲他，晏敖竟於隔日就派人來修補，子鑑大奇，晏敖說詩謎是奇郎猜出來的（其實是晏述告知），子鑑本想放棄奇郎不教的，此時忖道：「不想此兒倒恁般有竅，真個犁牛之子騂且角了。主人雖不足與言，且看他兒子面上，權坐幾時。」子鑑誤以為奇郎是可造之才，可是又瞧不起、看不慣奇郎的父親晏敖，因而在教與不教之間產生內在的衝突，然而基於愛才之心，於是忍耐著繼續教下

---

[66] 同註 50 引書，頁 274。

去。這教壓過不教的結果，便表現出晏子鑑捨己為人的教學精神和高貴情操。

《快士傳》中的董聞，也曾經發生過不少內在的衝突。比如卷六丁士升來請他幫忙轉借銀子，他就感到相當的為難，因為他自己曾經吃過高利貸的虧，他想：「當初只為借債，受了許多累。」現在自己又沒錢借他，「如今教我求那一個？」可是又想道：「他道我是有交游的，所以見托，我既一時應承了，若沒處設法銀子與他，豈不被他笑話？」因而在那裡「尋思無計」。他明明知道借高利貸的後果是很嚴重的，可是借不到的話，又有損於自己交遊廣闊的聲名，這借與不借的兩種抉擇就在心中產生衝突。最後，他選擇實現承諾，為丁士升向余總兵借債，充分表現他的不畏艱難的精神氣度，以及好名的個性。事實上這件事情後來餘波蕩漾，丁士升積勞成疾而病故，全部債務轉壓在董聞身上，造成了董聞的「困境」，「困境」屬於外在的衝突，詳見下文的討論。

（2）外在的衝突

A· 人物與環境的衝突

前引《中國古典小說藝術欣賞》一書認為人物的環境的衝突有順境、逆境、困境等區別，然而人物與順境似不應算是衝突，而逆境與困境亦不易區分，故此處只就困境加以討論。

在文學作品中，困境是極為常見的，就藝術價值來說，困境的起因並不十分重要，重要的是人物如何去面對困境。黑格爾論「物理的或自然的情況所產生的衝突」（即環境的衝

突）說：「單就它們本身來看，這一類衝突是沒有什麼意義的，其所以採為藝術的題材，只是因為自然災害可以發展出心靈性的分裂，作為它的結果。」[67]因之，我們無須去討論困境的本身，而是要去討論困境與人物之間的互動關係。

以《八洞天》卷二中的長孫陳來說，他在接掌縣務之後，即遭遇到一連串的困境－兵亂、逃難、妻亡、子病、逼婚……，我們在論結構時，將該卷結構稱為「單線波浪式」，並說其情節之鬆緊起伏是以「危機－解除」的方式完成。每一次的危機，都是一次困境，每一次的解除，就是一次脫困，這一連串的事件，是對人物性格的最佳考驗。如果人物以無比堅強的毅力，勇敢面對困境，即使失敗了，也能讓讀者心生尊敬和同情，然而長孫陳卻任由環境擺弄，以逆來順受的心態來面對困境，所以他懦弱的性格便很自然的呈現，不待作者的說明。

長孫陳這個人物的性格，是五色石主人小說中塑造得極為成功的一個，在全篇小說中，不斷以各種衝突來表現他的柔弱。最生動的一段，是他的繼配甘氏臨終之前，請求前妻的兒子勝哥照顧她所生的兩名幼兒，並對長孫陳說：「你若再續娶後妻，切莫輕信其語，撇下這三個兒女！」長孫陳哭道：「我今誓願終身不續娶了！」甘氏含淚道：「這話只恐未必！」說完不久就過逝了。對甘氏來說，長孫陳前妻剛死不久，就娶了自己，他說不會再娶，自己怎會相信？長孫陳的怕老婆，

---

[67] 同註 50 引書，頁 276。

甘氏自己最清楚，所以臨終托孤給丈夫前妻之子而非丈夫，明明是對長孫陳不放心的意思。果然後來，長孫陳還是再娶了，可見甘氏的掛慮並非多餘。《中國古典小說藝術欣賞》一書中說：「在典型的創造上，必須正確處理人物性格與衝突的關係，同時又必須嚴格遵循人物性格的自身邏輯，保持人物性格的統一性、完整性。」並舉《說唐》中程咬金的例子，來說明前半部的許多衝突塑造了程咬金的莽撞、坦直、詼諧等形象，但在五十七回卻把他寫成一個「馴順的奴才」，因而「斲喪了典型創造的真實性。」[68]以《說唐》中的程咬金和《八洞天》中的長孫陳做比較，便更容易看出五色石主人塑造典型性格的功力。

相對於長孫陳的軟弱，我們再看《八洞天》卷七中的義僕王保在面對困境時所表現的堅強。

王保的主人因文字獄案而被殺，主母在自盡之前將兒子交給他，希望他「好生保全了這個孩兒」。此時王保面對的第一個困境是：必須保護幼主，然而官兵馬上會來追趕。但王保不慌不忙，男扮女裝，連夜奔逃而去。不料禍不單行，雖然逃出虎口，銀兩卻在途中遺失，王保面對第二個困境，此時不由他不著急，不禁抱著小孩子痛哭，一面哭，一面想道：「莫說盤費沒了，即使有了盤費，這兩個月的孩子，豈是別樣東西可以餵得大的？必須得乳來吃方好。如今卻何處去討？若保全不得這小主人，可不負了主母之托！」觀其想，

---

[68] 同註12引書，頁87-89。

知其人，面對困境，王保沒有一點想到自己，只想孩子沒得
吃，無法保全，有負主母之托，他的哭，不是為自己，而是
為主人，困境展現了王保人格高貴的一面。正因為他是為了
擔心有負主母所托而哭，不是為了恐懼而哭，他的哭便不是
懦弱的表現。他向神靈禱告，上天賜給他雙乳來餵養小主人，
這是奇蹟，不足深談；他又棲身於廟宇，靠乞討度日，艱辛
的撫育幼主，這便是毅力的展現了。

　　大凡遭遇的困境愈多，人物的性格愈鮮明。長孫陳的困
境是一波接一波發生的，而他的表現始終一貫的被動、軟弱，
讀完全篇，人物形象便清楚的烙印在讀者心田，王保的困境
限於小說的前半篇，以後一連串的奇遇（道士贈銀母、教生
哥劍法、助其報仇等等），則完全無助於人格特質的建立，因
之王保的人物形象便不夠豐富飽滿，這是無可諱言的。

　　再看《快士傳》中的董聞在為丁士升轉借高利貸後，丁
士升卻尚未償債就病故，這場困境如何生動的刻劃了董聞堅
毅、果敢、有擔當的英雄性格。董聞自己是無力替他還清債
務的，這件事一定要靠大官的幫忙。他去找丁士升的上司，
即當地的巡撫（撫院）和按察使（按院），把丁士升治河的功
績，歸給他們，兩位高官一高興，便各出二百兩來助喪，五
百兩借款的本金已經解決過半了，不過還差一百兩，以及一
百五十兩的利息。董聞從四百兩中取出三百兩，自己承擔了
二百兩，然後去找當初借他銀子的余總兵，要他將利息免了。
余總兵起初不肯，經董聞的吹捧，並說已在丁士升靈前替他
應許，半哄半騙之下余總兵終於無奈的答應了。這一段甚為
精彩，詳細內容請見第四章「歌頌英雄豪傑」小節之析論。

　　《快士傳》一書刻劃得最成功的人物，自然非全書的第一男主角董聞莫屬，而最能表現董聞人格的，便是一次又一次的困境。而其中很多的困境，又是承擔來的，也就是說，不是他自己的問題，而是為了替別人解決問題而陷入困境的。除了借貸一事外，像他為了救常奇脫獄，也費了很多的心思，先寫他搶錯了犯人，使官府的防衛更加嚴密，再寫他騙一名留鬍子的乞兒入獄，將常奇調包。總之，順著情節的發展，董聞愈來愈能從容不迫的想辦法解脫困境，表現出了高度的智慧和不凡的氣度。但董聞並非天生如此的，其人格是逐漸成長的，屬於佛斯特所說的「圓形人物」[69]，其成長的痕跡，透過前後期面對類似事件時的不同表現最可以明顯看出，我們將在下文討論「對比」時，繼續加以分析。

B · 　人物與人物之間的衝突

　　在小說中，人物與人物之間的衝突往往構成情節的主體，尤其在短篇小說，所以威廉氏謂：「爭鬥是短篇小說格局的中堅。」[70]而即使不是主體，在小說情節中也總是少不了人與人之間的大小衝突。這些衝突又可以細分為：

---

[69]　見同註 35 引書頁 59-68，佛斯特將小說中的人物區分為「圓形人物」和「扁平人物」，Bliss Perry 則稱之為「演進人物」和「靜止人物」，見《小說之研究》（台北，商務印書館，1971 年）頁 91。而康洛甫的《長篇小說作法研究》一書則稱為「變化人物」和「固定人物」，見同註 38 引書，頁 36。見到這些稱謂，二種人物的大致情形應可思過半矣！

[70]　同註 27 引書，頁 34。

1. 言語與言語之間的衝突

前面說過，言語是最能表現人物的思想和性格的，而日常的言語，尚有可能隱藏心事，衝突中的言語，則經常更能表露人物的內心世界。前所討論的岑麟與岑金伯姪之間的爭論，便生動的表現了兩人的不同人格。

又如《八洞天》卷一中的石氏，一心想趕走丈夫新娶的小妾楚娘，後來丈夫死了，楚娘的兒子也死了，她見楚娘日夜悲啼，便說：「你今孩子又死，沒甚牽掛，還不快轉嫁罷！」楚娘哭道：「妾受先老爺之恩，今日正當陪侍夫人一同守節。就使妾有二心，夫人還該正言切責，如何反來相逼？」石氏道：「你不要今日口硬，日後守不得，弄出不伶不俐的事來，倒壞我家風。」作者形容說：「楚娘見夫人出言太重，大哭起來。」這一段爭論在於楚娘不想轉嫁，而石氏逼她出門，一攻一守，攻的咄咄逼人，守的嚴正堅定，攻的尖酸刻薄，守的無力招架。這一硬一軟、一刻薄一善良的性格特質便在言語的衝突中突顯了出來。

2. 言語與行動之間的衝突

這一類的衝突，其實還可以有許多種區別，例如以言語去對抗他人的行動、以行動去對抗他人的言語，或自己的言語與行動之間相衝突等。例如在《快士傳》中，柴昊泉與女兒淑姿之間，便是言語與行動的對抗，柴昊泉叫淑姿另擇富室為配，淑姿則以堅決嫁給董聞的行動相抗。又如丁士升請董聞代他借高利貸，說以後會「加利奉還」，但一直到死都沒有籌到銀子，莫說「加利」奉還，連本金都分毫未還，結果拖累了他的好朋

友。又如《八洞天》卷三中的莫豪，當七襄說要將服侍她的婢女春山做他的小妾時，連口拒絕，說他是個目盲殘疾的人，「一個佳人尚恐消受不起，何敢得隴望蜀！」可是當夜卻在七襄的設計之下，和春山成了夫妻，得知真相後他還說：「你折殺我也，我本薄福之人，幸得佳麗，一之為甚，何可再乎！」但最後還是一夫一妻一妾，過著甜蜜的生活。這些大大小小的衝突，都可以加深我們對人物的印象，不會嫌貧愛富的淑姿、清廉而不善於治生的丁士升、不做非分之想的莫豪，我們在這些衝突中見到了他們的部分人格特質。

3. 行動與行動之間的衝突

就是兩種行為之間的衝突，通常是指互相攻擊的行為。人的言語行動都可以是個性的展露，作家描寫人物的行動應配合性格來完成，不可自相矛盾。且看下面一段董聞與月仙公主對陣的描寫：

> 月仙公主見了董聞堂堂一表，丰姿可愛，因想道：「原來中國有這等好人物，我若生擒得此人，自有道理。」便不等常更生出戰，徑自舞雙刀，縱坐下白鹿，直奔前來。董聞挺鎗來迎，鬥到五十餘合，不分勝負。董聞心生一計，虛掩一鎗，撥回馬，佯敗而走。公主那裡肯捨？緊緊的從後追趕來，董聞掛住了鎗，張弓搭箭，望著公主頭上，一箭射去，正中了他冠上插的雉尾，把那根雉尾射落下來。公主吃了一驚，不敢復追，勒轉了所乘白鹿，回陣而去。兩家各自收兵。

月仙公主是番邦女子，個性活潑大方，絕無中國女子的忸怩之態。在兩人的爭鬥衝突中，月仙公主主動出擊，「直奔」二字，生動的表明了她的愛慕董聞的心情；董聞則一方面不改他以智鬥力的聰明，另一方面又手下留情，只射她冠上的雉尾。行動與性格的一致性，便表現在雙方行動與行動的衝突之中。

4. 性格與性格之間的衝突

《中國古典小說藝術欣賞》一書舉空城計為例，說明孔明之所以能夠彈琴退敵，「就在於兩軍主帥性格的衝突」。[71]在《八洞天》卷五，鄉宦郤待徵之所以能向暴發戶甄奉桂訛詐多金，也是利用兩人性格之間的矛盾與衝突。奉桂巴結郤待徵是為了找靠山，好在地方上作威作福，待徵看準了這一點，自己明明沒有女兒，卻去買一個假的女兒來和奉桂的兒子訂婚，行聘的時候，奉桂送上厚厚的聘禮，待徵的回盤不過意思意思而已。奉桂為了炫耀自己巴結上了有力的鄉宦，遍請親朋好友到家做客，希望待徵到家裡來一趟，「以為光榮」，誰知親友都到了，偏是主客三邀四請都不到，奉桂派人去請，待徵只叫一個閒漢段玉橋來回覆說，因為有人來討二百兩的債務，所以來不了，奉桂此時騎虎難下，只得送二百兩到郤家，待徵這才姍姍而來。

郤待徵和甄奉桂這一對財富和權勢結合的連體嬰，他們雖然聯手為害鄉里，但是在合作中又充滿了衝突和矛盾。他

---

[71] 同註12引書，頁82。

們彼此利用，卻又勾心鬥角，郤待徵就是掌握了甄奉桂仗勢欺人的性格，他想仗勢欺人，就要來巴結自己，所以敢拿翹作態，遲不現身，以伺機斂財。運用性格與性格之間的衝突，可以同時表現兩種人物性格之間錯綜複雜的關係，對於塑造人物生動而豐富的形象是極有效果的。

（二）對比

　　對比的技巧，廣泛的運用於各種文體，「朱門酒肉臭，路有凍死骨。」何等鮮明的將貧富不均的社會異像呈現在讀者眼前？姚一葦先生稱此種對比為「情境的對比」。另外一種對比為「人物的對比」，如李商隱〈富平少侯〉：「不收金彈拋林外，卻惜銀床在井頭。」前一句寫其豪奢，後一句寫其節儉，這是寫一個人物性格中前後不一的矛盾。[72] 除此之外，人物的對比「亦可以表現人物與人物之間的性格對照。這在小說與戲劇中最是常見，聰明的配愚笨的，老實的配刁鑽的，邪惡的配善良的……這一樣的搭配足以使彼此的性格鮮明而突出。」[73] 這種手法，金聖嘆稱之為「背面鋪粉法」，謂：「如要

---

[72]　《唐詩新賞》（台北，地球出版社，1989 年）一書也是以對比來解釋這兩句，謂：「上句說他只求玩得盡興，貴重的金彈可以任其拋於林外，不去拾取。這當然是十足的豪侈。下句則又寫他對放在井上未必貴重的轆轤架倒有幾分愛惜。這就從鮮明對照中寫出了他的無知。」見第十四輯，頁 165。不過若據張相（獻之）《詩詞曲語辭彙釋》（台北，華正書局，1981 年）的說法：「卻，豈也。‧‧卻惜，豈惜也。描寫豪侈，與上句語意一貫。」（頁 72）則這二句話並沒有對比的意思。

[73]　同註 53 引書，頁 194。

襯宋江奸詐，不覺寫作李逵真率；要襯石秀尖利，不覺寫楊
雄糊塗是也。」[74]

　　人物與人物之間的對比，不一定針對兩個相反的人物來
說，相似或相近的情形也可以做對比，此即金聖嘆所說的「正
犯法」，「如武松打虎後，又寫李逵殺虎，又寫二解爭虎；潘
金蓮偷漢後，又寫潘巧雲偷漢……正是要故意把題目犯了。」
[75]此外，就人物本身而言，除了姚先生所說的人物性格的前後
不一之外，還可從其表裏、言行等方面做對比，孫遜先生說：
「每個人都是一個複雜的世界，他們前後、表裏、言行等往
往並不一致。老實樸至的人也會有乖巧奸猾之時，而這種乖
巧奸猾恰又是其老實樸至的特殊表現；權詐人有時也會表現
為講信義，而這種講信義又是其權詐的表現。」[76]

　　以上有關刻劃人物形象的種種對比技巧，在五色石主人
的小說中被充分運用，以下分就「相反人物的對比」、「相似
人物的對比」、「人物自身的對比」三方面加以討論：

（1）相反人物的對比

　　例如《八洞天》卷六，就是以一孝、一逆的兩對父子為
線索完成全篇小說之結構的，我們已經在論結構藝術的部分
談過。如果只單就兩個相反人物來比較，則本篇小說的對比

---

[74] 同註 13 引書，頁 39。

[75] 同前註。

[76] 孫遜、孫菊園編著《中國古典小說美學資料匯編》（台北，大安出
　　版社，1991 年）頁 352。

情形十分特別，在孝行和學業方面，則正反代表為晏述和晏敖，而在品德方面，則又以晏子開（晏述之父）和晏敖為代表。也就是說，本篇小說主要是以一個負面人物和兩個正面人物做對比的。

　　為了更清楚顯示這兩組對比人物的差異性，我們不妨將其表列出來：

第一組：晏敖與晏述

同樣面對科舉	反面人物：晏敖	正面人物：晏述
孝行的表現	不替父母守喪，由外祖父認養為兒子，並為他打通關節，匿喪考取秀才	中舉後父親生病，雖已漸痊癒，仍放心不下，意欲不去會試後雖被父親逼去會試，因掛念父病，不參加殿試便趕回探望
學業的表現	文理不通，宗師歲考，考在末等	聰明好學，十六歲進學，十八歲中舉，十九歲中進士

　　一個匿喪進學，只顧功名，不顧父母；一個只為掛念父病，寧可放棄功名。一個文理不通，幾乎被除名；一個文采斐然，考場順利。一反一正，構成強烈的對比。

第二組：晏敖與晏子開

為人處世	反面人物：晏敖	正面人物：晏子開
對老師的態度	不肯自出館穀獨任供膳，遍拉鄰家小兒來附學，要他們代出束修，輪流供給	獨任供膳，並不分派眾鄰
對親人的態度	1.不替父母守喪，匿喪進學，又在制中成親 2.外祖父對他有恩，他卻盜其資財；外祖死後，不唯不替他治喪，並不替他服孝	1.凡遇父母忌辰，必持齋服孝，竟日不樂 2.晏敖（為其堂弟）家破人亡，屍體被野狗啃食，子開著人另買棺木，將其殘骸，依舊收斂
對金錢的態度	1.父母棺材露出地面，捨不得花錢掩覆 2.用摻銅的銀子騙人，門首常有來要求換銀的小經紀人，晏敖皆不肯認帳	1.子開呼墳丁為其挑土掩好，並替晏敖出錢賞給墳丁 2.子開看不過，常把好銀代他換還，不知換過多少次

　　作者明顯有意運用相同的事件，或類似的情境，將相對性的人物的相反行事進行對比，以達到他頌揚孝行、批判逆行的作意。「『事以互勘而愈明，人以並觀而益審』，人物的個

性往往在對比中表現得更加鮮明。」[77]經由「孝、逆」兩組人物的對比，可以使讀者對小說人物的性行，得到一種參照性的認識。

（2）相似人物的對比

相似人物的對比：如同樣是才子，卻可以有不同的個性；同樣是佳人，卻有不同的遭遇；同樣是英雄，卻有不同的抱負；同樣是奸徒，卻有不同的惡行等等。這種種情形，在古典小說中也是十分常見的。

《八洞天》卷三中便寫兩個才子，他們是一對好朋友，即莫豪和聞聰，莫豪「文才敏捷，賦性豪爽」，聞聰「學識淹博，議論雄快」，兩人的個性有些類似。有趣的類比是，他們一個是儒生，一個是道徒，一個失明，一個失聰，失明的白天在人間為官員草擬疏章，失聰的晚上到冥間為帝君斷獄，同樣都為蒼生造福。後來，失明的復明，失聰的復聰，復明的獲得功名富貴，復聰的如願成仙。最後的結局則是：莫豪在聞聰的影響下，急流勇退，悠游林泉。這兩個人物，可謂相反相成，相得益彰。

同書卷六則有瑞娘和瓊姬兩位佳人，她們不但都是「有才、有貌」的佳人，連身世都有些相似。瑞娘是晏子鑑的甥女，「幼失父母，養於舅家」；瓊姬也「沒有親爹媽」，是禹龍門「把姪女認為己女的」。她們二人，才華和品貌都相當，起先互相較量文才，後來互相欽佩，「兩個女郎雖未識面，卻互

---

[77]　同前註，頁345。

相敬愛，勝過親姊妹一般。」她們唯一的不同是命運，只因為瓊姬許配給了無賴子晏奇郎，使她抑鬱而終，而瑞娘嫁給才子晏述，得享榮華富貴。透過這樣的對比，深刻描寫了瓊姬令人同情的遭遇，也表現了古代婦女不能掌握自己命運的無奈。

在《快士傳》中，這種相似人物對比的運用就更豐富了，例如同為英雄豪傑的董濟和董聞、同為清官賢吏的丁推官和虞同知、同為無恥小人的杜龍文和路小五皆是。

董濟和董聞的關係，有點像《水滸傳》中的晁蓋和宋江，這四個人物都是交遊廣闊、仗義疏財的江湖名士。晁蓋是草莽英雄，宋江則出身於中上家庭，接受過良好的儒家教育，讀過不少聖賢書，自稱：「自幼曾攻經史。」而在《快士傳》中，董濟曾感嘆：「自恨我少時不曾游庠，……終不以文人待我。」董聞則文武雙全，不但秀才出身，後來又在廷試考中榜首，被任命為博士。晁蓋是做為宋江的先導人物而出現的，金聖嘆曾說：「盜魁是宋江了，卻偏不許他便出頭，另又幻一晁蓋蓋住在上。」[78]董濟的情形也一樣，他雖不像《水滸》中的晁蓋先宋江出現，但他出現時就是豪傑，而董聞當時還是個落魄的書生，董聞後來接替了董濟的豪傑地位，董濟則在卷四就病死了，因此董濟也等於是董聞的先導人物。董濟這個人物，是用來襯托董聞的，相對於董濟而言，董聞這個人物可以說是青出於藍而勝於藍。

---

[78] 同註13引書，頁35。

　　至於丁推官和虞同知，他們都是受到民眾愛戴的好官，而且都很有治世的才能，他們先後完成了治河的工作。不過兩人個性全不相同，董聞曾向丁推官的公子分析道：「他（虞同知）與令先尊平日性格不同，令先尊性好清素，他性好豪華，各自一樣。」官位相當、才能相近，又同受百姓喜愛，但這並不影響兩人性格的各自發展，這是同中有異。而在情節的進展中，他們二人的分量也是詳略互異的，丁推官是主，虞同知是賓，有關丁推官的部分有斷案、祈雨、治水等等，虞同知則只是為接下丁推官治水的後續工程而出現，作者故意安排兩人心性的不同，這是以賓陪主的寫法。誠如金健人先生所言，「由一個已經成形的性格，再配置一個特徵相對應的性格，那麼，單純的故事會變得複雜有趣，兩種性格如兩鏡相對，可以彼此交映出無限深度。」[79]

　　而小說中的兩個小人杜龍文和路小五，他們則是異中有同。不同的是，杜龍文是個秀才，路小五則是市井之徒。秀才犯罪，便會運用他的地位和知識，可以賄上買下，幹的是包攬舞弊、偽造文書官防等較高段的不法勾當；市井之徒，則不過是販賣假古董、為高利貸牽線、指使竊賊偷盜財物等等小人行徑。五色石主人描寫罪行，是根據人物自身的邏輯來的寫的，這兩個人同樣都是社會的敗類、國家的蠹蟲，但他們犯罪的手段、程度、對象絕不相同。而當這兩種人狼狽為奸時，兩相對照，益發突出各自的奸險嘴臉。這就像《金瓶梅》寫了應伯爵，又寫謝希大一樣，張竹坡說：「《金瓶梅》

---

[79]　同註 1 引書，頁 170。

妙在善用犯筆而不犯也。如寫一伯爵，更寫一希大；……妙在特特犯手，卻又各各一款，絕不相同也。」[80]陳謙豫先生說「不犯」，便不會「使人物徒具形似，臉譜化，而是寫出了各自的個性特徵。」[81]其實，何止是不會「徒具形似」和「臉譜化」而已，對比手法的運用是可以更進一步深化人物之性格特色的。

董濟和董聞、丁推官和虞同知、路小五和杜龍文，是三組同中有異、異中有同的對稱性人物。透過描寫他們之間行為的對比，有的性格得到進一步的加強（如董聞之於董濟），有的得到相對性的認識（如丁推官與虞同知、杜龍文與路小五），對於人物形象的塑造來說，都是具有極正面之意義的。

（3）人物自身的對比

如前所云，人物自身的對比包括前與後、表與裏、言與行之間的對比。

如《八洞天》卷一中的石氏，先前何等的忌妒，後來又何等的雅量，這一前一後的對照，恰好完成小說部分情節發展的因果邏輯。小說中的楚娘乃是康洛甫所說的「固定人物」，她的賢淑、智慧和寬容的美德，前後一貫，由這前後一貫的美德，使石氏改變了對她的態度，也使她的地位由卑微而尊貴。石氏則是「變化人物」，她在經過一場災亂之後，徹

---

[80] 張竹坡〈批評第一奇書金瓶梅讀法〉，載丁錫根編《中國歷代小說序跋集》（北京，人民文學出版社，1996 年）頁 1097。

[81] 陳謙豫《中國小說理論批評史》（上海，華東師範大學出版社，1989年）頁 112。

底的改變了性行。

《八洞天》中另一個性行前後不一的人物是卷五的甄奉桂，他在掘藏之前是個樸實的小生意人，開了一間豆腐店，經常受到鄰居的照顧，也能心存感激，掘藏致富之後完全變了一個樣，成為刻薄勢利、忘恩負義的奸詐小人。財富使一個人膨脹、虛胖，忘了自己原來的本性，透過前後的對比，暴發戶的嘴臉益發顯得可笑和可厭。

前已言之，《快士傳》中的董聞也是一個極為立體的「圓形人物」，他在成功成名前後的性行也有很大的變化。作者的高明之處在於，透過對面同樣事件的不同表現，生動的表現出人物的人格成長。

這裡所謂的同樣事件，指的是「高利貸事件」。董聞在落魄時，受到路小五的誘引，向列家借了一筆高利貸，後來路小五又指引宿習將錢偷走，使董聞一家陷入絕境。董聞當時既無信心，又缺乏社會經驗，做事情畏畏縮縮，顧前不顧後，只能任人宰割。路小五說借二百兩，他就借二百兩，借到了錢，還問路小五說：「卻是怎生拿法好？」臨別之時，還告訴人家：「我夜間把來藏放枕邊，料也沒事。」這些細節，活畫了一個不知世事的無知書生。然而，等到學成武藝、完成學業、經過社會歷練、高高考取廷式之後，其表現就完全不一樣了。丁推官來請他轉借銀子，同樣是借高利貸，董聞這一次是深思熟慮、成竹在胸。由於丁推官是文官，所以董聞決定向武官借，因為不相統屬，所以可以避免瓜葛；他去找余總兵，一借就是五百兩，如何計息，當面交待得一清二楚；而這一次，他再也不會輕信他人，「接了銀子，便親赴刑廳內

衙，當面交與丁推官。」此時辦事的沈穩老練，和過去的笨拙稚嫩相比，真不可同日而語。

透過同一人物先後行為的對比，使人物性格成長的軌跡歷歷可信。

至於言行、表裏不一的寫法通常用來刻劃負面人物，特別是陰險的小人，所謂：「滿嘴仁義道德，一肚子男盜女娼。」就是言行、表裏不一的最好例子。如路小五和董聞的小舅子柴白珩共謀，要設計董聞去向列家借高利貸，偏來向董聞表示關心，說：「近見令岳這般待你，我心中甚是不平。」明明勾結了飛賊要偷董聞借來的銀子，偏又囑咐他說：「宅上牆卑室淺，銀子不可露人眼目，須收藏好了。」他表面上的言談愈表現得關心，他肚子裏的鬼胎和行為的卑劣愈是令人感到不齒。又如甄奉桂拒絕還錢給劉輝，劉輝臨別出門時，「奉桂送至門首，把手一拱，冷笑一聲，踱進去了。」拱手是表、是明，冷笑是裏、是暗，拱手表示禮貌，冷笑表示不屑，外表的禮貌和內在的不屑，便構成強烈的對比。

結語

以上我們討論了五色石主人小說在人物刻劃方面的表現，在討論中，我們予作者不少的肯定，然而，同時也提出了許多的批評。總體而言，五色石主人小說在寫人藝術方面的成績是不如結構藝術的。以肖像描寫來說，運用了太多抽象的詞彙，真正能夠表現人物形象特色的細部描繪不足；以說白的表現來說，比較好的是內在獨白的部分，頗能展現人物的內心世界，豐富了人物的性格深度，缺點是不夠通俗，

甚至連僕人說話也夾帶文言句法，不夠通俗的結果，使對白缺少個人的語言特徵，無法分辨出個人獨有的口吻和語氣，只能從對話的內涵去了解說話者的身分，這部分雖有值得稱道之處，但未能有效運用聲腔口吻來表現人物的身分和個性，總是一大遺憾；至於戲劇性動作的運用，是三者之中成績最好的，我們雖然只就衝突和對比兩方面討論，已可看出其技巧之圓熟，及其表現手法之豐富。

　　整體而言，五色石主人小說人物的深度和強度是有所不足的。筆者認為，除了《八洞天》卷二的長孫陳之外，其他的人物形象都不免過於單薄。五色石主人寫負面人物較為成功，除了長孫陳的優柔寡斷，卷四岑金的忘恩負義和卷五甄奉桂的翻臉無情都刻劃得入木三分，但岑金和甄奉桂雖然有前後的變化，都還不免有做為十七世紀時所謂的「性格」（humorous）或後人所謂的「類型」（types）而存在的傾向[82]，我們看不到他們內心的掙扎，看不到他們在為惡時的衝突和矛盾，他們仍然不夠「立體」。至於正面人物，造作的痕跡都太明顯了，其中比較可觀的是《快士傳》的董聞，我們曾許他為「圓型人物」，因為這個人物的性格有成長，然而，這個人物仍不足以成為「典型」，仍然不夠「偉大」，原因是他的成功得來太容易了，他成長過程的描寫不足，而成功之後就幾乎不再遇到挫折了，即使面對困境也能輕易解決，何況如前所言，他所面對的困境都是來自於幫別人解決問題，他的人格成長一次之後，就似乎已經功德圓滿，不能在一次又一

---

[82] 見同註 35 引書，第四章〈人物〉。

次的衝突、掙扎之中,加強、加深人格的厚度與深度。董閩
已是如此,其他人物更不待言,像要表揚王保的忠義,卻安
排許多神跡來完成,其忠心護主的艱難大為降低,其感人程
度又怎能不大打折扣呢?

　　成功的典型人物太少,五色石主人小說藝術的成就光靠
美好的結構設計是不足以臻於高明之境界的。

第三節　環境描寫

　　小說的要素,一般認為不外故事情節、人物和環境,向
錦江、張建業主編的《文學概論新編》就提出小說的三大基
本特徵為:「立體、細致的人物形象刻畫」、「豐富、複雜的故
事情節」、「具體、生動的環境描寫」。[83]所以我們在討論完五
色石小說的情節結構和人物形象之後,接著便來談談其環境
描寫。

　　俞兆平先生說:

> 環境是人物活動與情節展開的載體,任何一種小說的描
> 寫都不能離開環境的表現。所以恩格斯曾把「真實地再
> 現典型環境中的典型人物」視為現實主義創作方法的基
> 本界限。小說中的人物與環境的關係有著一種微妙的美
> 學意味,如果說人物的性格是由環境所規範與決定的

---

[83]　向錦江、張建業主編《文學概論新編》(北京,北京師範學院出版
　　社,1988 年) 頁 23-35。

話，那麼環境也可以說是人物性格的外化與延伸。[84]

環境在小說中是如此的重要，甚至於對人物性格有決定性的影響，小說作家自然不能忽略這一方面的經營。偉大的小說總離不開成功的環境描寫，《水滸傳》中的「林教頭風雪山神廟」、《紅樓夢》中的大觀園，都如此深刻的展示著人物的性格。

小說的環境描寫可以包含三個方面，即「自然環境、社會環境和生活場景」的描寫。吳藍鈴女士分析這三種描寫說：

> 自然景物描寫也謂之景物描寫，有人稱作風景畫；社會環境描寫又稱社會背景描寫，是構成小說典型環境最為重要的因素，也是環境描寫的主要方面，有人稱為風俗畫；生活場景描寫是指對人物活動、居住、生活的具體場所，包括內部布局、陳設、裝飾、器皿、用具等方面所作的形象描寫。[85]

這三方面的描寫，其實和主題、人物、情節等是不可分的，而三者之間也經常是交錯結合的，不過為了討論的方便，以下就分從這三個方面分述五色石主人小說的環境描寫。

---

[84] 李澤厚、汝信名譽主編《美學百科全書》（北京，社會科學文獻出版社，1990 年）頁 536，〈小說美〉條。

[85] 吳藍鈴《小說言語美學》（北京，警官教育出版社，1997 年）頁 180。

一、自然景物描寫

在五色石主人的小說中，自然景物的描寫是相當罕見的。尤其在《八洞天》，由於多寫一些日常生活和倫理親情，能夠插入一段景物描寫的機會很少，如果有，也只是配合情節的發展而簡略敘寫，例如卷一寫魯惠前往柳州扶柩：

> 只因心中痛念先人，一路水綠山青，鳥啼花落，適增孝子的悲感。不則一日，來至柳州地面，問到那埋柩的所在。只見荒塚纍纍，其中有一高大些的，前立石碑，碑上大書魯翔名字。魯惠見了，痛入心脾，放聲一哭，天日為昏。吳成亦哭泣不止，路旁觀者，無不墮淚。

「水綠山青」、「鳥啼花落」雖是景語，但都是常見的成句，並不見得高明，不過用在這裡卻頗適合。對於憂傷的人來說，既沒有觀賞風景的心情，而美景偏偏在眼前呈現，確實是足以增加悲感的，這正是所謂的「良辰美景奈何天」。而其父之墓碑矗立在纍纍的荒墳之間，倍增淒涼，「天日為昏」則是情感的投射，是人物的主觀心境的外移。這一段情景交融的描寫，在《八洞天》一書中是不可多得的。

在《快士傳》中，景物描寫多用韻文，如常奇在前往華光國的路上，見到的景象是：

> 平沙漠漠，野草淒淒。飛鳥翔而不下，走獸挺而靡依。崑崙不知何處，宿海杳其難稽。遙瞻京闕千重隔，回首家鄉萬里餘。征夫到此皆揮淚，壯士當斯也皺眉。

獨有英雄心似鐵，掉頭前往更無疑。

前四句其實脫化自李華〈弔古戰場文〉中的「浩浩乎平沙無垠……鳥飛不下，獸挺亡群」等句，同時也彷製了類似的恐怖悽涼氛圍，用以表現常奇為了追求功名，無畏艱險、勇往直前的精神。

《快士傳》卷八還有一段對於旱災的描寫，這段描寫結合了自然的景觀和人物的動態，茲摘錄其前半段如下：

> 田中裂縫，池底生塵。井邊爭汲的，至於相罵；路上賣水的，好似奇珍。逼渾漿來煮羹，都是土氣息、泥滋味；造乾糧來充腹，半是火焙熟、日晒成。客至呼茶茶不出，夜間求浴浴無能。

從前面兩句的旱象寫真，引出了後面的人情反映，以為後來丁推官祈雨的情節做張本。

總體而言，無論是《八洞天》或是《快士傳》，有關自然景物的描寫都是無法自情節中割裂的，也沒有那種可以獨立出來做為一幅風景畫來欣賞的，像《儒林外史》中的王冕畫荷、《老殘遊記》中的黃河結冰等等，那種可以做為寫景散文來欣賞的傳神筆墨，在五色石主人的小說中是找不到的。

二、社會環境描寫

這裡的社會環境，主要指的是小說的社會背景。一篇小說的社會背景，作者可以直接說明，也可以透過小說中人物的對話來呈現，當然也可以透過生動的描寫來表達。而社會

背景往往影響人物的言行、情節的進展，以及主題的呈現，
是環境描寫中最重要的一部分。以下我們從五色石主人的小
說中舉幾個例子來說明。

在《八洞天》卷一，故事發生的場景有兩處，其一是魯
翔的家鄉貝州，其二是魯翔任所所在的廣西。這兩處場景當
時都遇到兵亂，先是廣西有儂智高之亂，繼而貝州也發生了
王則之亂。廣西的部分，魯翔在赴任前夕就對家人描述大致
的情況，謂：「彼處逼近廣南，今反賊儂智高正在那裡作亂。
朝廷差安撫使楊畋，到彼征討，不能平定。近日方另換狄青
為安撫，未知可能奏效。」這段描述道出了渾沌不明的亂況，
使小說一開始就進入一種不安的氣氛之中。接著寫魯翔在赴
任途中，「只見路人紛紛都說，前面賊兵猖獗，路上難走。魯
翔心中疑慮……。」到驛站，驛卒也說：「有廣西鈐轄使陳曙
輕敵致敗，賊兵乘勢搶掠，前途甚是難行。」這些描述，又
進一步加深了小說的不安之感，以致後來有誤傳魯翔死訊的
情形發生。正因為情況混亂，消息不通，才會以假作真。另
一方面，魯翔的兒子魯惠離家遠赴廣西扶柩之後，王則也在
貝州作亂，「據城之後，縱兵打糧三日，城中男婦，一時驚竄。」
在這種背景環境之下，才有魯翔的夫人逃入道觀，反獲當初
被她逼走的小妾的照顧，使其改變態度的情節發展。

所以在這一卷小說之中，社會、時代背景的佈置和描寫
是極為重要的，沒有這兩場兵亂，整個故事情節就要改寫了。
五色石主人同時運用了人物敘述和作者描述的方式來交待背
景環境，在鋪陳小說氛圍以及推動情節的進展這兩方面的效
果都是相當不錯的。

又如同書卷七，故事發生在南宋時代的金國，主角的父親是在金國統治下的漢人書生，且其為人「立志高尚，不求聞達」，而又經常以「筆墨陶情，詩詞寄傲」。這樣的背景安排，實際上已經構成一種「張力」[86]，有志節又愛發表議論的漢人書生在異族的統治下，遲早是要出問題的。文中如此描述：

> 他聞得往年北兵南下，直取相濟等處，連舟渡河，宋人莫敢拒敵，因不勝感悼。又聞南朝任用奸臣秦檜，力主和議。本國兀朮太子為岳將軍所敗，欲引兵北還，忽有一書生扣馬而諫，說道：「未有奸臣在內，而大將能立功于外者。岳將軍性命且未可保，安望成功？」兀朮省悟，遂按兵不退。果然岳將軍被秦檜召回處死。至此南朝更不能恢復汴京，迎還二帝了。李真因又不勝感悼。遂各賦一詩以嘆之。

全篇小說的情節，由告發這兩首「反詩」造成文字獄，然後忠僕攜孤兒逃亡，到道士教孤兒劍法、孤兒復仇等，都是由這兩首詩引起的，而這兩首詩的背景，也就全篇小說的構成環境。作者透過一個特殊人物的觀察和感想，來描述全篇故事的背景環境，其手法是相當高明的。

---

[86] 張力（tension）是新批評的術語，原指「詩中所能發現的全部外展和內包的有機整體」，後來新批評學者奧康納（O'connor）將它擴大為作品諸多因素的關係，參見方珊著《形式主義文論》（濟南，山東教育出版社，1999 年）第八章第一節〈張力論〉。這裡的張力是指兩組相背反力量的緊張關係。

　　至於長篇小說《快士傳》的時代背景，是放在明朝比較承平的宣德年間。當時的社會看重科舉，所以小說一開始便從主角董聞以科舉起家的家庭背景寫起，謂：「他（董聞）曾祖董時榮，洪武中曾舉進士。雖係簪纓遺胄，卻是儒素傳家。到他父親董起麟，困守青衿，家道漸落。」這雖只是董家的背景，同時也就是整個時代的縮影，這段話表明當時的讀書人可以因科舉而尊貴，然而一旦後繼乏人，若還「困守青衿」，便會「家道漸落」。董聞便是在這種矛盾的環境中成長的，一方面他致力於科舉，希望能夠「發科發甲」，以便擺脫貧困，好「揚眉吐氣」。然而，從科舉取功名本是可遇不可求的，董濟曾分析給董聞聽，告訴他：「此中又是一團命數」、「等閒把少年頭騙白了」。於是董聞又兼習武藝，希望能借由事功而揚名。全篇小說便是以允文允武的董聞建功立業的過程為主軸，來完成我們前面所討論的「網絡式生涯紀錄型結構」。作者以極為簡練的筆墨，只用三言兩語便點出社會背景的重點，這可以說是五色石主人小說描寫筆法的一項特色。

　　作為一部長篇的英雄傳奇小說，《快士傳》的社會環境當然並不如此的單純。它至少還包括了方孝孺文字獄案的平反、山東一帶大盜的橫行、鄭州的旱災、儀封縣的治河工程、華光國的起兵進犯等等，必須把這些環境描寫結合起來，才能夠略窺當時社會的更完整風貌。作者在描寫這些單一環境時，大抵仍是採用以簡馭繁的方式，很少一開始就詳加鋪陳，而是隨情節的進展逐步描述，例如儀封的治河，開始只寫：「原來儀封縣界中，河道淤塞已久，亟當疏濬。」至於是如何淤塞的，有何特別的狀況，都不加以形象化的描述，等到後來

丁推官接受了治河任務之後，開始進行勘察，作者才如此描述：

> 此時正值七月中旬，天氣尚炎熱。丁推官不辭勞苦，每日到河邊監督並踏勘舊河道。或遇泥沙堆積之處，轎馬難行，即徒步往來。那些民夫因上官如此勤勞，無不努力向前。

這段描寫有三種作用：第一、交待了治河的時間；第二、描繪了治河的困難；第三、表現了治河官員的努力和用心。這樣的背景環境實際上已經伏下了治河的丁士升積勞成疾的前因，背景和情節的進展是緊密結合的。

五色石主人的小說一般不在篇首詳述社會背景，而是根據情節的發展逐次描繪或說明，這種手法在其他的古典小說中也是十分常見的。

三、生活場景描寫

生活場景，包括了人物活動的場所、住處和生活中具體的物品。和自然景物的描寫以及社會環境的描寫比起來，生活場景的描寫是和小說人物更為切身相關的。一個人經常去的地方、他的住處的裝潢和擺設，以及他日常使用的物品，都可以表現出他的性格特色；此外，有時雖然僅是暫時的棲身之處，也可以借由所在場景的描寫，表現人物當時的處境或心情。

五色石主人對於生活場景的描寫，是比較疏略的。例如以董聞在《快士傳》一書中的地位而言，實在有必要對他的

生活起居多所著墨，才能將其人格特色烘托、渲染得更加的生動，然而翻遍全書，卻只能依著事件的發生，勉強找到若干的蛛絲馬跡。在卷一，從飛賊宿積來盜取董聞銀兩的過程，我們才看到董聞的臥室近窗的地方有個書櫥，然後到了卷九，董聞已經搬到大房子住，有自己的書房了，馬幽儀來訪，「見有古琴一張掛在壁上」，我們才知道董聞有此雅興。書和琴是文人最常親近的，陶淵明便說他：「弱齡寄事外，委懷在琴書。」[87]作者若能描寫董聞讀什麼書、彈什麼曲子，相信對其性格的刻劃，會更加的豐富而生動。

同樣的情形也見於《八洞天》，比如卷一楚娘出家的道觀、卷二長孫陳逃難是躲藏的山神廟、卷四岑家所開的絨褐氈貨店、卷八靜修和尚住持的隆興寺，都是可以詳加描繪的地方。楚娘是觀主，是道觀的代表人物，正如靜修和尚可以代表隆興寺一樣，人物與寺觀應該有一種個性上的連結；長孫陳在慌亂中躲入山神廟，廟中的擺設應該要能夠烘托他的心情；絨褐氈貨店是整篇小說的主要發生場所，怎能不加以形象化的描述？這些地方多為作者所忽略，實在是相當遺憾的。

《八洞天》中生活場景的描寫僅有幾處，如卷六中晏奇郎和晏述上學的學堂，起先是由晏敖所提供的，作者如此描述：「晏敖把一間齊整書房，倒做了賭友往來角牌之所，卻將一間陋室來做館地，室中窗檻是爛的，地板又是穿的。」又如卷七碧霞真人所住的洞府，在那裡學藝的生哥如此描述：

---

[87] 陶淵明〈始作鎮軍參軍經曲阿作〉首二句。

「洞中石床石椅、筆墨詩書等物都備。……每日與我飲食，又不見他炊煮，不知是那裡來的？」前者是為了表現、諷刺晏敖的鄙吝和荒唐，後者是為了表現、讚嘆真人的高雅和神秘，這些都不是太高明的描寫，只能說勉強稱職而已。

全書場景描寫得最好的是卷七的雙忠廟，當時王保帶著生哥逃出了虎口，沿路乞食：

> 看看日已沉西，正沒投宿處，遠望前面松林內露出一帶紅牆，像是一所廟宇，便趨步向前。比及走到廟門首，天已昏黑。王保入廟，抱著小主，就拜台上和衣而臥。因身子困倦，一覺直到天明。爬將起來，看那神座上，卻有兩個神像，座前立著兩個牌位，牌上寫得分明，卻是春秋晉國趙氏家臣程嬰、公孫杵臼兩個的神位。王保看了，倒身下拜，低聲禱告道：「二位尊神是存趙氏孤兒的，我王保今日也抱著主人的孤兒在此，伏望神力護佑！」拜罷起身，抱了生哥，走出廟來。看廟門匾額上，有三個金字，乃是「雙忠廟」。王保自此竟把這廟權作棲身之地，夜間至廟中歇宿，日裡卻出外行乞。

這一座雙忠廟是王保及其小主人生哥的避難場所，在得到碧霞真人的濟助以前，他們就棲身在這裡，其重要性可知，所以作者也就特別用心描寫。事實上，這一大段文字，用「王保主僕暫時棲身在雙忠廟」一句，也就可以清楚交待了，然而，作者卻特加點染，先寫出黃昏時分，再寫「松林內露出一帶紅牆」，在暮晚的霞光之中，遠望綠色松林內的一帶紅

317

牆，自有一種蒼涼的美感，這是作者忙中的閒筆，是逃難的
王保主僕暫喘一口氣的心情寫照。然後寫王保走到廟門時，
天色已黑，既昏黑，便看不見廟名；入廟之後，又因為困倦，
便看不清神像。直到天明，才認出神像；出了廟門，才看見
廟名。這一段描寫，層次井然，頗富神韻，實為五色石主人
小說中難得一見的絕妙小品。至於雙忠廟中的神明，異於一
般的張巡、許遠，而以程嬰、公孫杵臼代替（詳見前一章第
二節第三小節），一方面因為王保棲息在其間，可以有一種激
勵的作用，另一方面則是「以古況今」，用來褒揚王保的忠義。
可見這段描寫共結合了自然景物的點染、人物心情的烘托、
小說氣氛的醞釀，同時又能擔負情節推展之過渡的任務，其
效果是相當不錯的。

結語

　　總體說來，《八洞天》和《快士傳》的環境描寫並沒有突
出的成績，只能說勉強稱職而已，但偶然有也傳神之筆，如
珠玉一般的點綴在其間。金健人先生曾說：

> 中國古典小說，……大多數作品缺少細緻的景物描寫，
> 有的甚至乾脆沒有景物描寫，猶如中國的年畫，不留背
> 景。但沒有景物描寫並不等於沒有背景因素，儘管是籠
> 統地點到一處所在：一個市鎮，一個鄉村；或後花園，
> 或斷橋邊，或廟會上……至少也是一種提示，以喚起讀
> 者的聯想，將未曾寫出的景物予以補出。[88]

---

[88]　同註 1 引書，頁 73。

　　五色石主人小說的環境描寫，除了上文所討論的幾個段片之外，差不多就是金先生所說的那樣。如果能有多幾處像描寫雙忠廟那樣的筆墨，則五色石主人小說就能達到較高的藝術成就，可惜作者在這方面未見用心，而這也是五色石主人未能成為第一流小說作家的原因之一。

五色石
主人小說研究

結　論

　　清初前期[1]的小說界，是以中、短篇夾雜的話本小說，和中篇的才子佳人小說為主要潮流的[2]。這些話本小說或才子佳人小說的寫作方式和明代以改編為主的創作手法有異，他們是以獨創的手法來寫作小說的。[3]劉輝先生分析《儒林外史》、《紅樓夢》等文人創作的長篇小說之所以能夠出現，乃是循序漸進，經過從「短篇說唱」到「文人創作」之過程的。其過程為：

　　　民間創作短篇－長篇－文人加工寫定－作家創作短篇

---

[1]　清初前期，指的是順治至康熙中期約四、五十年之間。

[2]　陳大康先生謂：「清初前期是以中短篇人情小說為主的創作階段。」見《通俗小說的歷史軌跡》（長沙，湖南出版社，1993年）頁192。

[3]　中國的通俗小說源自說話，四大奇書除了《金瓶梅》之外皆前有所承，不是作家獨創之作，而即使《金瓶梅》也有愈來愈多的學者認為它也是從說書故事改編的，是「世代累積」的產物。《金瓶梅》為集體創作說法首先是由潘開沛〈金瓶梅的產生和作者〉（載《文學遺產》十八期，1954年八月）一文提出來的，其說獲得日本學者鳥居久晴的重視，認為是一個卓見，並加以補充，見〈金瓶梅作者試探〉（載《日本研究金瓶梅論文集》濟南，齊魯書社，1989年），在〈金瓶梅詞話編年稿備忘錄〉一文中也說：「這部小說不是某個個人有意識、有計劃地執筆，而恐怕是由眾人寫成的東西。」（同前書，頁139）目前大陸學者主此說最力者為劉輝，其〈從詞話本到說散本〉一文，反復論證《金瓶梅》改編自說唱文學的可能性，所論頗有說服力，文載《金瓶梅論集》（台北，貫雅文化公司，1992年）頁1－46。

一長篇[4]

此一說法是合於歷史之事實的，然而從「作家創作短篇」
到「長篇」之間，還有一個過渡階段，即清初前期逐漸由短
篇拉長至中長篇的過程，而其任務大抵是由前述所謂的「中、
短篇夾雜的話本小說，和中篇的才子佳人小說」來擔負，五
色石主人的《八洞天》即其中重要的一部。此外我們曾經在
〈緒論〉中提及，清初前期也有少量的長篇小說，但多屬改
編或續作，並非獨創，例外的除了《醒世姻緣傳》，就是五色
石主人的《快士傳》了。《快士傳》前無所承，純然是以獨創
手法完成的小說，但它是較短的長篇，僅有十餘萬字，難以
和《儒林外史》、《紅樓夢》等長篇鉅製相提並論，其實也可
以說是由短篇至中長篇過渡階段的產物。

《八洞天》所收雖屬短篇，但字數都不少，如卷五〈正
交情〉篇即接近兩萬字，我們曾分析其結構為「雙線交錯式」，
正因為篇幅夠，才能讓小說多線發展。就形式而言《八洞天》
屬話本小說，就內容來說為「人情小說」[5]，陳大康先生研究
中國通俗小說由改編向獨創發展的過程，認為：「承上啟下是
清初前期人情小說這一整體所擔負的歷史使命。」[6]《八洞天》

---

[4]　同前註所引劉輝書，頁44－45。

[5]　人情小說是指：「以家庭生活、社會生活、愛情婚姻等為題材，以
　　普通的人情事物為對象，反映現實生活的小說。」見拙著《清初前
　　期話本小說之研究》（台北，學生書局，1998年）第三篇第一章第
　　一節〈人情小說的定義及其類型〉頁387-391。

[6]　同註2引書，頁196。

為此一時期短篇人情小說中的一部力作，它和其他的人情小說共同肩負著由改編走向獨創過程中承先啟後的使命。《快士傳》是英雄傳奇小說，書中的英雄雖仍有綠林好漢，但漸失草莽形象，主角董聞更是文士而兼英雄，亦如〈緒論〉中所言，他們最後是出將入相，「功名富貴」取代了「官逼民反」，就英雄傳奇小說的草莽特色而言，也已經起了本質上的變化。

　　總之，《八洞天》和《快士傳》都是過渡階段的產物，因此無論內容或形式都具有承先啟後時期的特色。

　　在主題思想這一部分，《八洞天》主要偏在教化方面，這是晚明以來「勸懲說」的延續，而又有進一步的發展。五色石主人不止在小說中強調人倫親情的可貴，批判了許多悖逆的言行，同時又能提倡婚姻自主，並且歌頌婦女才情，在思想上有其進步的一面。五色石主人在《八洞天》這部短篇小說集中，意造了一個立足於人間世的理想世界，他自己說過：「又安知別一洞天之天，非即此人間世之天也哉！」（〈序言〉）在這個理想的洞天之中，人倫是敦厚的、婦女的才情是受肯定的、男女婚姻是可以自主的，而愚行和惡行則被排除在外。至於《快士傳》，則可以說是從另一個角度，來補充《八洞天》這個理想洞天之不足。因為在人情小說《八洞天》中，還沒有能夠建立一個廉能的政府，也沒有能在人類的精神氣度上樹立典型，因此在《快士傳》中所表揚的賢吏清官，及所塑造的英雄豪傑之超卓形象，便使五色石主人心目中的理想世界更趨圓滿。

　　但並不是說，五色石主人小說的思想意識都是高明、可取的，比如一夫多妻的觀念，就不是現代人所能接受的，又

因主張一夫多妻，而去譴責妒妾之妻（《八洞天》卷一），就更不是能夠尊重女權的作法。此外，五色石主人不能突破傳統的貞潔觀，一再歌頌寡婦守節的可貴（《八洞天》卷一、卷三），這是和明末清初曾經興起的一股同情婦女疾苦的思潮相悖逆的[7]。這些都是五色石主人小說思想意識的局限性，然而作者常能為婦女的處境設想，比如《快士傳》中的董聞能對月仙公主不動心，因為怕她會「自恃其貴，反欲居荊妻之上，這怎使得？」（卷十五）而莫豪在美女當前能說出：「糟糠不下堂，雖則如雲，匪我思存也！」（《八洞天》卷二）仍是十分值得肯定的。

在反映現實生活方面，《八洞天》較《快士傳》更有價值，因為英雄傳奇小說畢竟較富於浪漫色彩，不如人情小說來得寫實。不過我們仍能在《快士傳》中看到明清科舉的實況，以及略窺士風敗落的情形。而在《八洞天》，則比較真實而生動的反映了當時的商業生活及世俗化的佛道信仰，更記錄（甚或可能創造）了罕見的「藏神」以及代表忠僕的「程（嬰）、公孫（杵臼）」二神，豐富了民間信仰的內容。

自從《金瓶梅》開發了人情小說這個新領域，加上《三言》、《二拍》的推波助瀾，中國小說的現實主義精神獲得了空前的發展。五色石主人雖然自己承認《八洞天》是補筆煉閣主人的《五色石》之未備而作的（《八洞天·序言》），其實二書相較之下，《八洞天》更能夠擺脫王侯將相、才子佳人的

---

[7] 見劉士聖《中國古代婦女史》（青島市，青島出版社，1991年）第二一章。

題材，更為真實的表現一般人的喜怒哀樂。尤其在商業生活方面，書中對「坐商」家庭有極為生動的描寫，從較具規模的典鋪、絨褐氈店，到販賣日用品的雜貨店，以至於微不足道的豆腐店，都生活化的呈現在讀者眼前，實為認識明末清初社會的絕佳素材。

在寫作藝術方面，五色石主人小說的結構藝術是最值得稱道的，無論長篇的《快士傳》或短篇的《八洞天》，在情節結構上的設計都有精彩的表現。

《快士傳》的網絡式生涯紀錄型結構，是上承《金瓶梅》，下開《紅樓夢》的樞紐之一。《金瓶梅》打破了《三國演義》、《水滸傳》板塊狀結構的格局，發展出以人物為中心的網絡式格局，深深的影響了《紅樓夢》的結構方式，《快士傳》介於其間，擔負著橋樑的作用。其實《快士傳》的生涯紀錄型格局比《金瓶梅》更為工整，主要人物董聞貫穿全局，不像西門慶在小說五分之四的地方就縱慾身亡了。

《八洞天》外部結構的整體有機組合，是話本小說雅化的一個徵象，也是當時文人創作擬話本的流行趨勢之一。李漁的《十二樓》、蕭湘迷津渡者的《都是幻》、艾衲居士的《豆棚閒話》等，都將書中的各個短篇連合成一個有機體，篇與篇之間似相連屬，每個短篇本身又是獨立的，《八洞天》的情形亦是如此。就各篇結構而言，五色石主人展現了驚人的創造力，八篇小說運用了六種結構方式，單線的不平板、複線的不雜亂，更有別具一格的「形、意組合式結構」。卷八〈醒敗類〉篇以形象化的明線，與意象化的（小說中的銅佛）暗線相交錯，構成一幅立體的圖象，更將小說的內涵提昇到到哲學的境界。

在寫人藝術和環境描寫方面，成績就較為遜色了。

五色石主人小說的肖像描寫一般來說較為簡略，能夠做工筆描繪的十分罕見，尤其是男主角，大多面貌模糊，未能表現出個人的特色。若以《八洞天》和《快士傳》二書做比較，則《快士傳》略勝一籌，畢竟《快士傳》是英雄傳奇小說，在對於書中的英雄形象進行典型化的概括時，在外貌上也會配合著情節的進展，透過不同的視角加以勾勒、描繪。《快士傳》中的兩個主要主角董聞和常奇，予人較為深刻的印象，特別是身材高大、手挾彈弓的常鬍子，十分令人難忘，兩位主要女主角（馬幽儀、月仙公主）的描繪也還算細緻。整體而言，《快士傳》的肖像描寫可以說是差強人意，而《八洞天》則差不多可以說是不及格的。

說白的運用是表現人物性格的重要手段，小說人物應該用他自己的語言來展現自己。五色石主人小說的說白相當流暢，一般說來內容相當得體，能夠較為深刻的表現人物的思想和獨特的個性，更能運用內心獨白的寫法，深入到人物的心理層面，此其長處。不過由於比較不注重人物說話的語調、口氣，無法創造出個性化的語言，又不夠通俗，甚至時常夾帶文言句法，連僕役也不能避免，此其缺失。

至於運用戲劇性動作來刻劃人物性格，五色石主人可說是揮灑自如，各種衝突、對比手法的運用，都相當熟練。

整體而言，五色石主人小說的人物描寫以《八洞天》卷二表現長孫陳優柔寡斷的個性最為成功，不但與情節密合無間，更能深入人物的內心世界。卷四岑金的忘恩負義以及卷五甄奉桂的翻臉無情也刻劃得入木三分，可惜的是，我們仍

見不到這些負面人物的內在掙扎，深度有所不足。至於《快士傳》中的董聞，雖稱得上是豐富而多變化的「圓形人物」，但他成長過程的描寫不足，其成功也得來太易，無法在一次又一次的衝突和掙扎中強化、深化其人格特質，這是十分可惜的。

最後談到環境描寫，五色石主人小說雖然也有幾處精彩、生動的自然景物和生活場景描寫，但和兩部小說的分量實在不成比例，作者在這方面的成就是有所不足的。

當我們說某一部小說是佳作，或某人是一流的小說家時，必須提出足以令人信服的理由。而即使非一流作家的二流作品，仍然有其值得稱許的地方而不應一筆抹煞。本書詳細而深入的探討了五色石主人的兩部小說作品，不得不承認它們有許多的缺失，尤以成功的典型人物太少為其致命傷。此外，過於文言而不夠個性化的說白，過於簡略的肖像描寫和環境描寫，都使小說的藝術成就提昇不起來，這都是無可諱言的。不過，我們仍應對其結構藝術予以高度的肯定，並認為其結構手法值得借鏡，即使現代作家亦可在其中取得滋養。

如前所言，五色石主人的這兩部小說是過渡時期的產物，無論形式或內容都肩負著承上啟下的重要任務。因此，這兩部小說本身的成就雖然不算頂尖，就過渡任務來說則算相當稱職。就短篇人情小說《八洞天》而言，陳大康先生說：「一般地說，各個階段的創作都擔負著這一（承上啟下之）使命，但對剛邁入獨創階段的創作來說，它的承上啟下的作

用就顯得尤為重要，這就是清初前期人情小說在編創方式演進過程中的地位和意義。」[8]《八洞天》的獨創性無可質疑，想要像《三言》、《二拍》那樣為書中各篇小說尋找取材來源簡直是不可能的。[9]至於《八洞天》，不僅其結構藝術可能為《紅樓夢》所取法，就是五色石主人在楔子中所說的：「若說佳人才子，已成套語。」也是曹雪芹：「至若佳人才子等書，則又千部共出一套。」（第一回）此一議論之先聲。

在中國小說史上獲得空前成就，得到最高讚譽的，自非曹雪芹的《紅樓夢》莫屬。然而，《紅樓夢》不是憑空跳出來的，曹雪芹本身的才情和際遇固然是使《紅樓夢》不朽的最重要因素，卻也不能抹煞小說本身的自然發展，以及前人創作經驗的累積。「秋水時至，百川灌河」（《莊子‧秋水》），如果說《紅樓夢》是中國小說史上的黃河，那是因為它能容納百川，五色石主人的小說在小說史上可能只是一兩道涓涓細流，然而對於大河的匯聚眾流來說，其存在絕不是毫無意義的。

更何況，這兩部小說所表現出來的光明理想、勸世主題、精彩情節、縱橫家的議論（董聞為丁推官助喪一段）、史學家的襟懷（平反方孝孺與建文帝的歷史冤案），以及社會認識的價值，皆有足多者。因此即使不攀附《紅樓夢》，五色石主人小說的存在意義也是無需懷疑的。

8 　同註2。

9 　譚正璧先生曾編輯《三言兩拍資料》（台北，維明書局，1983年）一書，日人小川陽一亦編有《三言二拍本事論考集成》（東京，新典社，1981年）。

徵引書目（論文附）

一、版本

（一）五色石主人小說之版本

（1）・《八洞天》

1、台灣天一出版社《明清善本小說叢刊初編》第一輯、上海
　　古籍出版社《古本小說集成》第四批影印清初寫刻本

2、江蘇古籍出版社《中國話本大系》1993年陳翔華點校本

（2）・《快士傳》

　　《古本小說集成》第二批影印清初寫刻本

（二）其他引述之小說、戲劇版本

《搜神記》＼干寶　台北里仁書局1982年汪紹楹校本

《薛仁貴征遼事略》＼佚名　台北，河洛圖書出版社，1981年

《大宋宣和遺事》＼佚名　江蘇古籍出版社《中國話本大系》
1993曹濟平校本

《續夷堅志》＼元遺山　北京，中華書局，1986年

《三遂平妖傳》＼羅貫中　河洛出版社1970年的排印本

《水滸傳》＼施耐庵　台北三民書局影印金聖嘆批貫華堂本

《新刻繡像批評金瓶梅》＼笑笑生　張竹坡評本　台北，曉園
出版社，1990年

《古今小說》＼馮夢龍　世界書局影印天許齋藏板

《警世通言》＼馮夢龍　世界書局影印金陵兼善堂刊本

《醒世恒言》＼馮夢龍　世界書局影印金閭葉敬池刊本

《二刻拍案驚奇》＼淩濛初　《中國話本大系》1990 年石昌渝校本

《石點頭》＼席浪仙　《中國話本大系》1994 年弦聲校本

《西湖二集》＼周清源　《古本小說集成》第二批

《型世言》＼陸人龍　《中國話本大系》1993 年陳慶浩校本

《十二樓》＼李漁　《古本小說集成》第二批

《無聲戲》＼李漁　《中國話本大系》1991 年胡小偉校本

《連城璧》（含外編）＼李漁　北京中華書局《古本小說叢刊》第二十輯

《四巧說》＼梅庵道人　《明清善本小說叢刊》第一輯、《古本小說叢刊》九輯

《五色石》＼筆煉閣主人　《古本小說集成》第二批

《雲仙笑》＼天花主人　《古本小說集成》第一批

《女才子書》＼天花藏主人　《古本小說集成》第一批

《平山冷燕》＼天花藏主人　《古本小說集成》第二批

《續金瓶梅》＼丁耀亢　《古本小說集成》第一批

《豆棚閒話》＼艾衲居士　《古本小說集成》第二批

《清夜鐘》＼陸雲龍　《古本小說集成》第四批

《醉醒石》＼古狂生　《中國話本大系》1994 年程有慶點校本

《五更風》＼五一居主人　《古本小說集成》第四批

《都是幻》＼蕭湘迷津渡者　《古本小說集成》第三批

《錦繡衣》＼瀟湘迷津渡者　天一出版社 1990 年影印日本無窮會織田文庫本

《西湖佳話》＼古吳墨浪子　《古本小說集成》第一批

《照世杯》＼酌玄亭主人　《中國話本大系》1994 年徐中偉、袁世碩校本

《生綃剪》＼谷口生等　李落、苗壯校本　瀋陽，春風文藝出版社，1987 年

《二刻醒世恒言》＼心遠主人　上海古籍出版社《古本小說集成》第二批

《躋春台》＼省三子　《古本小說集成》第一批

《儒林外史》＼吳敬梓　台北，桂冠圖書公司，1992 年

《紅樓夢》＼曹雪芹　馮其庸等校本　台北，里仁書局，1984 年

《子不語》＼袁枚　台北，星光出版社，1989 年

《雨花香》（附《通天樂》）＼石成金　《古本小說集成》第三批

《娛目醒心編》＼草亭老人　《古本小說集成》第三批

《老殘遊記》＼劉鶚　臺北，博遠出版公司中國近代小說全集第一輯

《牡丹亭》＼湯顯祖　台北，漢京文化公司，1984 年

二、書目、筆記、類書

《中國通俗小說總目提要》＼文學研究所　北京，中國文聯出版公司，1990 年

《中國通俗小說書目》＼孫楷第　台北，木鐸出版社，1983 年

《增補通俗小說書目》＼（日）大塚秀高　東京，汲古書院，1987 年

《北夢瑣言》＼孫光憲　台北，新興書局筆記小說大觀本

《太平廣記》＼宋李昉等編　台北，古新書局，1977 年

《日知錄》＼顧炎武　台北，明倫書局，1979 年

《閱世編》＼葉夢珠　台北，木鐸出版社，1982 年

《燕京歲時記》＼富察敦崇　台北，廣文書局，1981 年

三、經部、集部

《尚書今注今譯》＼楊任之　北京，廣播學院出版社，1993 年

《詩集傳》＼朱熹　台南，北一出版社，1973 年

《詩經今註》＼高亨　台北，里仁書局，1981 年

《論語會箋》＼徐英　台北，正中書局，1994 年

《焚書》＼李贄　台北，漢京文化公司，1984 年

《珂雪齋集》＼袁中道著　錢伯城點校（上海古籍出版社，1989 年

《忠介燼餘集》＼周順昌　臺北，商務印書館影印四庫全書本）

《黃宗羲全集》＼黃宗羲　台北，里仁書局，1987 年

《晚明小品選注》＼朱劍心　臺北，商務印書館，1991 年

《列朝詩集小傳》＼錢謙益　台北，世界書局，1985 年

《朱舜水集》＼朱舜水　台北，漢京文化公司，1984 年

《板橋家書》＼鄭板橋著　舍之編　大連出版社，1996 年

《歸莊集》＼歸莊　上海，上海古籍出版社，1984 年

《陳確集》＼陳確　北京，中華書局，1979 年

《小倉山房文集》＼袁枚　台北中華書局四部備要，1980 年

《容肇祖集》＼容肇祖　濟南，齊魯出版社，1989 年

四、史籍、史料、史論

《史記會注考證》＼司馬遷撰、瀧川龜太郎考證　台北，宏業
書局，1987 年

《後漢書》＼范曄　台北，新陸書局武英殿版，1971 年

《明史》＼張廷玉等撰　北京，中華書局，1974 年

《明史紀事本末》＼谷應泰　上海，上海古籍出版社，1994 年

《劍橋中國明代史》＼牟復禮、崔瑞德編　北京，中國社會科學出版社 1992 年

《明史新編》＼楊國楨、陳支平　台北，雲龍出版社，1995 年

《明史偶筆》＼蘇同炳　臺北，商務印書館，1995 年

《南明史》＼南炳文　天津，南開大學出版社，1992 年

《明季南略》＼計六奇　台北，商務印書館，1979 年

《清朝文獻通考》　台北，商務印書館，1987 年

《中國古代婦女史》＼劉士聖　青島市，青島出版社，1991 年

《中國婚姻家庭制度史》＼陶毅、明欣　北京，東方出版社，1994 年

《中國考試制度史》＼謝青、湯德用　合肥，黃山書社，1995 年

《中國考試制度史資料選》＼謝青、湯德用主編　合肥市，黃山書社，1992 年

《科舉史》＼宮崎市定　東京，岩波書店，1993 年

《清代科舉考試述錄》＼商衍鎏　臺北，文海書局近代中國史料叢刊 217

《清朝文字獄》＼郭成康、林鐵鈞　北京，群眾出版社，1990 年

《禁書‧文字獄》＼王彬　北京，中國工人出版社，1992 年

《中國文禍史》＼胡奇光　上海，人民出版社，1993 年

《中國手工業商業發展史》＼童書業　台北，木鐸出版社，1986 年

《中國資本主義與國內市場》＼吳承明　台北，谷風出版社，1987 年

《明代商賈與世風》＼陳大康　上海，上海文藝出版社，1996年

《明清資本主義萌芽研究論文集》　台北，谷風出版社，1987年

《明末清初的學風》＼謝國楨　台北，仲信出版社，1980年

《明清之際黨社運動考》＼謝國楨　北京，中華書局，1981年

《明清社會經濟史研究》＼陳學文　台北，稻禾出版社，1991年

《國史舊聞》＼陳登原　臺北，明文書局，1984年

《中國近世宗教倫理與商人精神》＼余英時　台北，聯經出版公司，1988年

《士與中國文化》＼余英時　上海，上海人民出版社，1987年

《明清時代商人及其商業資本》＼傅依凌　台北，谷風出版社，1986年

《明代江南市民經濟試探》＼傅依凌　台北，谷風出版社，1986年）

《放寬歷史的視界》＼黃仁宇　台北，允晨文化公司，1992年

《陔餘叢考》＼趙翼　台北，新文豐出版社，1975年

《中國省別全誌》＼東亞同文會編　台北，南天書局，1988年

五、宗教類

《雲笈七籤》　台北，商務印書館《四部叢刊子部》影印正統道藏本

《抱朴子》＼葛洪（收在《鶡冠子》等廿三種）　台北，世界書局，1979年

《不死的探求－抱朴子》＼李豐楙　台北，時報出版社，1998年

《探求不死》＼李豐楙（台北，久大文化出版社，1987年

《中國道教史》＼卿希泰主編　成都，四川人民出版社，1992年

《中國道教史》＼任繼愈主編　上海，人民出版社，1990 年

《道教的內秘世界》＼劉仲宇　台北，文津出版社，1997 年

《魏晉神仙道教》＼胡孚琛　北京，人民出版社，1990 年

《台灣道教源流》＼賴宗賢　台北，中華道統出版社，1999 年

《鬼神奇境》＼龔斌　瀋陽，遼寧教育出版社，1990 年

《中國民間諸神》＼呂宗力、欒保群編　台北，學生書局，1991 年

《神明的由來－中國篇》＼鄭志明　嘉義，南華管理學院，1997 年

《儒學的現世性與宗教性》＼鄭志明　嘉義，南華管理學院，1998 年

《華夏諸神‧民間神像》＼宋兆麟　台北，雲龍出版社，1999 年

《華夏諸神》＼馬書田　北京，燕京出版社，1990 年

《佛教概論》＼周紹賢　台北，商務印書館，1984 年

《中國佛教發展史》＼中村元　台北，天華出版公司，1984 年

《中國佛教史概說》＼野上俊靜等著、釋聖嚴譯　台北，商務印書館，1989 年

《明末中國佛教之研究》＼釋聖嚴著、關世謙譯　台北，學生書局，1988 年

《台灣民間信仰與封神演義之比較研究》＼曾勤良　台北，華正書局，1985 年

《中國行業神崇拜》＼李喬　台北，雲龍出版社，1996 年

《儒佛道之信仰研究》＼杜而未　台北，學生書局，1977 年

《中國古代僧尼生活》＼王景琳　台北，文津出版社，1992 年

六、文學史（料）、辭書

《中國婦女文學史》＼陳東原　台北，台灣商務印書館，1990 年

《清代婦女文學史》＼梁乙真　台北，台灣中華書局，1979 年

《明清文學史・明代卷》＼吳志達　武昌，武漢大學出版社，1991 年

《同性戀文學史》＼矛鋒　臺北，漢忠出版社，1996 年

《中國古代小說演變史》＼齊裕焜　蘭州，敦煌文藝出版社，1994 年

《中國古典白話小說史論》＼楊義　台北，幼獅文化公司，1995 年

《話本小說史》＼歐陽代發　武漢，武漢出版社，1994 年

《中國小說發展史》＼譚正璧　台北，啟業書局，1978 年

《中國小說史集稿》＼馬幼垣　臺北，時報文化公司，1983 年

《鏡與劍－中國諷刺小說史略》＼齊裕焜、陳惠琴　台北文津出版社，1995 年

《中國神怪小說通史》＼歐陽健　南京，江蘇教育出版社，1997 年

《中國小說理論批評史》＼陳謙豫　上海，華東師範大學出版社，1989 年

《中國戲曲通史》＼張庚、郭漢城　台北，丹青圖書公司，不注年月

《中國古典小說美學資料匯編》＼孫遜、孫菊園　台北，大安出版社，1991 年

《美學百科全書》＼李澤厚、汝信主編　北京，社會科學文獻出版社，1990 年

《西方文學批評術語辭典》＼林驤華主編　上海社會科學院出

版社，1989 年

《明清小說辭典》＼張季皋主編　石家莊，花山文藝出版社，
1992 年

《佛教文化辭典》＼任道斌主編　杭州，浙江古籍出版社，1994 年

《新編佛教辭典》＼陳兵　北京，中國世界語出版社，1994 年

《詩詞曲語辭彙釋》＼張獻之　台北，華正書局，1981 年

《中國歷史大辭典・明史》　上海，上海辭書出版社，1995 年

《中國歷史大辭典・清史》　上海，上海辭書出版社，1992 年

《西方文學批評術語辭典》＼林驤華主編　上海社會科學院出
版社，1985 年

七、小說理論、小說研究論著、文學理論

《中國通俗小說理論綱要》＼謝昕、羊列容、周啟志　台北，
文津出版社，1992

《中國小說源流論》＼石昌渝　北京，三聯書店，1995 年

《中國小說美學》＼葉朗　台北，里仁書局，1987 年

《中國小說美學論稿》＼吳士余　上海，三聯書店上海分店，
1991 年

《中國古典小說藝術欣賞》＼賈文昭、徐召勛　台北，里仁書
局，1984 年

《古典短篇小說藝術新探》＼陳炳熙　上海，華東師大出版社，
1991 年

《中國古典小說藝術新探》＼鄭明娳　台北，時報文化公司，
1987 年

《中國古典小說導論》＼夏志清著、胡益民等譯　合肥，安徽

文藝出版社，1988

《小說創作論》＼羅盤　台北，東大圖書公司，1990 年

《小說技巧》＼傅騰霄　台北，洪葉文化公司，1996 年

《小說結構》＼方祖燊　台北，東大圖書公司，1995 年

《小說理論》＼巴赫金著，白春仁、曉河譯　石家莊，河北教育出版社，1998

《小說之研究》＼Bliss Perry　台北，商務印書館，1971 年

《小說結構美學》＼金健人　台北，木鐸出版社，1988 年

《小說言語美學》＼吳藍鈴　北京，警官教育出版社，1997 年

《小說面面觀》＼佛斯特著、李文彬譯　台北，志文出版社，1978 年

《短篇小說作法研究》＼威廉著、張志澄譯　台北，商務印書館，1976 年

《長篇小說作法研究》＼麥紐爾‧康洛甫著、陳森譯　台北，幼獅文化公司，1979

《後設小說》＼Patricia Waugh 著　錢競、劉雁濱譯　台北，駱駝出版社，1995

《通俗小說的歷史軌》＼陳大康　長沙，湖南出版社，1993 年

《唐人小說校釋》＼王夢鷗　台北，正中書局，1985 年

《話本小說概論》＼胡士瑩　台北，丹青出版社，1983 年

《金瓶梅藝術論》＼周中明　台北，貫雅文化公司，1990 年

《金瓶梅對小說美學的貢獻》＼寧宗一、羅德榮　天津社會科學院，1992 年

《金瓶梅中的佛蹤道影》＼王景琳、徐匋　北京，文化藝術出版社，1991 年

《論金瓶梅的成書及其它》＼徐朔方　濟南，齊魯出版社，1988 年

《金瓶梅論集》＼劉輝　台北，貫雅文化公司，1992 年

《三言兩拍資料》＼譚正璧　台北，維明書局，1983 年

《三言二拍本事論考集成》＼（日）小川陽一　東京，新典社，1981 年

《古本稀見小說匯考》＼譚正璧、譚尋　杭州，浙江文藝出版社，1982 年

《中國歷代小說序跋集》＼丁錫根編　北京，人民文學出版社，1996 年

《明清小說序跋選》＼大連圖書館參考部　瀋陽，春風文藝出版社，1983 年

《明末清初小說述錄》＼林辰　瀋陽，春風文藝出版社，1985 年

《明清小說采正》＼歐陽健　台北，貫雅文化事業公司，1992 年

《明清小說探幽》＼蔡國梁　台北，木鐸出版社，1987 年

《明清小說‧明代卷》＼徐志平　台北，黎明文化公司，1997 年

《清初前期話本小說之研究》＼徐志平　台北，學生書局，1998 年

《晚明話本小說石點頭研究》＼徐志平　台北，學生書局，1991 年

《話本與才子佳人小說之研究》＼胡萬川　台北，大安出版社，1994 年

《坐遊梁山泊》＼劉烈茂　台北，遠流出版社，1991 年

《人在江湖－一個文本和一種解讀》＼陳家琪　太原，山西教育出版社，1994

《水滸傳與中國社會》＼薩孟武　臺北，三民書局，1991 年

《紅樓夢與中國舊家庭》＼薩孟武　台北，東大圖書公司，1977 年

《紅樓水滸與小說藝術》＼胡菊人　香港，百葉書舍，1977 年

《從紅樓夢論源》＼朱淡文　南京，江蘇古籍出版社，1992 年

《從紅樓夢看中國文化》＼成窮　上海，三聯書店上海分店，1994 年

《新編石頭記脂硯齋評語輯校》＼陳慶浩編　台北，聯經出版公司，1986 年

《文學論》＼韋勒克等著、王夢鷗等譯　台北，志文出版社，1979 年

《文學概論新編》＼向錦江、張建業主編　北京師範學院出版社，1988 年

《文學概論》＼葉鳳源主編　上海，華東師大出版社，1990 年

《文學理論資料匯編》　台北，華諾文化公司，1985 年

《詩學箋註》＼姚一葦譯註　台北，台灣中華書局，1981 年

《藝術的奧秘》＼姚一葦　台北，開明書店，1979 年

《中國敘事學》＼楊義　嘉義，南華管理學院，1998 年

《鄭振鐸古典文學論文集》＼鄭振鐸　上海，古籍出版社，1984 年

《形式主義文論》＼方珊　濟南，山東教育出版社，1999 年

《從浪漫主義到後現代主義》＼蔡源煌　台北，雅典出版社，1991 年

《大眾文學》＼尾崎秀樹著，徐萍飛、朱芳洲譯　中國社會出版社，1994 年

八、其他資料、論著

《中國文化之精神價值》＼唐君毅　台北，正中書局，1981 年

《讀書作文譜》＼唐彪　台北，偉文圖書公司，1977 年

《美學》＼黑格爾著、朱孟實譯　台北，里仁書局，1986 年

《中國禁書大觀》＼安平秋、章培恒主編　上海，文化出版社，1990年

《清代各省禁書彙考》＼雷夢辰　北京，書目文獻出版社，1989年

《古書版本鑑定研究》＼李清志　台北，文史哲出版社，1986年

《心理學》＼張春興　台北，東華書局，1988年

《德・才・色・權》＼劉詠聰　台北，麥田出版社，1998年

《中國古代遊俠》＼王俠　台北，商務印書館，1998年

《忠觀念研究》＼王子今　長春，吉林教育出版社，1999年

《英雄與英雄崇拜》＼卡萊爾、何欣譯　台北，台灣中華書局，1988年

《中國善惡報應習俗》＼劉道超　台北，文津出版社，1992年

九、單篇論文（含學位論文）

《清代女詩人研究》＼鍾慧玲　政治大學博士論文，1981年

〈徐述夔及其一柱樓詩獄考略〉＼陳翔華　《文獻》24期，1985年第二期

〈金瓶梅的產生和作者〉＼潘開沛　《文學遺產》18期，1954年八月

〈金瓶梅作者試探〉＼鳥居久晴　載《日本研究金瓶梅論文集》齊魯書社，1989

〈金瓶梅詞話編年稿備忘錄〉＼鳥居久晴　載《日本研究金瓶梅論文集》

〈徐述夔《野菊》詩注〉＼于樹華、繆素萍　1994年《文獻》第一期

〈《五色石》、《八洞天》作者考〉＼于樹華、丁祝慶　1994《明

清小說研究》4

〈《八洞天》和徐述夔〉＼宣嘯東　1990 年 3、4 期合訂《明清小說研究》

〈徐述夔及其《一柱樓詩》獄考略〉＼陳翔華　《文獻》1985 年 2 期

〈五色石主人與《八洞天》〉＼陳翔華　書目文獻出版社《八洞天》附錄 1985

〈從筆煉閣小說中尋覓筆煉閣〉＼李同生　《明清小說研究》1990 年第一期

〈說明代宦官〉＼張存武　《明史研究論叢》2　台北，大立出版社，1985 年

〈人際關係中人情之分析〉＼金耀基　載《中國人的心理》桂冠圖書公司 1990

〈中國諷刺小說的特質與類型〉＼張宏庸　《中外文學》5 卷 7 期，

〈釋《儒林外史》中提到的科舉活動和官職名稱〉＼伯贊　《文史集林》5

〈論明清江南社會的結構性變遷〉＼王翔　《江海學刊》1994 年第 3 期

〈書房、書院與鶯堂〉＼宋光宇　《研究彙刊－人文及社會科學》8 卷 3 期

〈由《四嬋娟》論洪昇的婦女觀與婚姻觀〉＼徐照華　載《女性主義與中國文學》台北，里仁書局，1997 年

〈明代蘇松地方的士大夫和民眾〉＼宮崎市定、欒成顯譯　載《日本學者研究中國史論著選譯》第 6 卷　北京，中華書局，

1993 年

〈報－中國社會關係的一個基礎〉＼楊聯陞，段昌國譯　載《中國思想與制度論集》台北，聯經出版公司，1979 年

〈何謂諷刺〉＼Arthur Pollard 著，董崇選譯　載《西洋文學術語叢刊》台北，黎明文化公司，1978 年

〈中國道教的產生、發展和演變〉＼卿希泰　載《道教與傳統文化》北京中華書局 1992 年

〈一葦渡江·白蓮東來－佛教的輸入與本土化〉＼楊惠南　載《中國文化新論宗教禮俗篇》台北，聯經出版社，1982 年

〈方外的世界－佛教的宗教與社會活動〉＼丁敏　《中國文化新論宗教禮俗篇》

〈明清變遷時期社會與文化的轉變〉＼余英時　載《中國歷史轉型時期的知識分子》台北，聯經出版公司，1992 年

〈從《三言》看明代的僧尼〉＼徐志平　《國立嘉義農專學報》第 17 期

〈明末清初話本小說對科舉制度之批判〉＼徐志平《嘉義技術學院學報》65 期

〈杜濬小說理論探究及其傳記資料之若干商榷〉＼徐志平　台大中文研究所《中國文學研究》第 8 期

國家圖書館出版品預行編目

五色石主人小說研究 / 徐志平著. -- 一版.
臺北市：秀威資訊科技, 2006[民 95]
　面；　　公分. --　參考書目：面
ISBN 978-986-7080-35-6(平裝)
1. 中國小說 - 歷史 - 清(1644-1912)
2. 中國小說 – 評論

820.9707　　　　　　　　　　95006545

 語言文學類　AG0043

五色石主人小說研究

作　　者 / 徐志平
發 行 人 / 宋政坤
執行編輯 / 林秉慧
圖文排版 / 沈裕閔
封面設計 / 羅季芬
數位轉譯 / 徐真玉　沈裕閔
圖書銷售 / 林怡君
網路服務 / 徐國晉
出版印製 / 秀威資訊科技股份有限公司
　　　　　台北市內湖區瑞光路 583 巷 25 號 1 樓
　　　　　電話：02-2657-9211　　　傳真：02-2657-9106
　　　　　E-mail：service@showwe.com.tw
經 銷 商 / 紅螞蟻圖書有限公司
　　　　　台北市內湖區舊宗路二段 121 巷 28、32 號 4 樓
　　　　　電話：02-2795-3656　　　傳真：02-2795-4100
　　　　　http://www.e-redant.com

2006 年 7 月 BOD 再刷
定價：420 元

讀 者 回 函 卡

感謝您購買本書，為提升服務品質，煩請填寫以下問卷，收到您的寶貴意見後，我們會仔細收藏記錄並回贈紀念品，謝謝！

1.您購買的書名：＿＿＿＿＿＿＿＿＿＿＿＿＿＿＿＿＿

2.您從何得知本書的消息？

　　□網路書店　□部落格　□資料庫搜尋　□書訊　□電子報　□書店

　　□平面媒體　□ 朋友推薦　□網站推薦 □其他＿＿＿＿＿＿

3.您對本書的評價:(請填代號　1.非常滿意 2.滿意 3.尚可 4.再改進)

　　封面設計＿＿　版面編排＿＿　內容＿＿　文/譯筆＿＿　價格＿＿

4.讀完書後您覺得：

　　□很有收獲　□有收獲　□收獲不多　□沒收獲

5.您會推薦本書給朋友嗎？

　　□會　□不會，為什麼？＿＿＿＿＿＿＿＿＿＿＿＿＿＿＿＿＿

6.其他寶貴的意見：＿＿＿＿＿＿＿＿＿＿＿＿＿＿＿＿＿

　　＿＿＿＿＿＿＿＿＿＿＿＿＿＿＿＿＿＿＿＿＿＿＿＿＿

　　＿＿＿＿＿＿＿＿＿＿＿＿＿＿＿＿＿＿＿＿＿＿＿＿＿

　　＿＿＿＿＿＿＿＿＿＿＿＿＿＿＿＿＿＿＿＿＿＿＿＿＿

讀者基本資料

姓名：＿＿＿＿＿＿＿＿＿＿　年齡：＿＿＿＿　性別：□女 □男

聯絡電話：＿＿＿＿＿＿＿＿　E-mail：＿＿＿＿＿＿＿＿＿＿

地址：＿＿＿＿＿＿＿＿＿＿＿＿＿＿＿＿＿＿＿＿＿＿

學歷：□高中(含)以下　　□高中　□專科學校　□大學

　　　□研究所(含)以上 □其他＿＿＿＿＿＿＿＿

職業：□製造業 □金融業 □資訊業 □軍警 □傳播業 □自由業

　　　□服務業 □公務員 □教職　□學生 □其他＿＿＿＿＿

秀威與 BOD

BOD（Books On Demand）是數位出版的大趨勢，秀威資訊率先運用 POD 數位印刷設備來生產書籍，並提供作者全程數位出版服務，致使書籍產銷零庫存，知識傳承不絕版，目前已開闢以下書系：

一、BOD 學術著作—專業論述的閱讀延伸
二、BOD 個人著作—分享生命的心路歷程
三、BOD 旅遊著作—個人深度旅遊文學創作
四、BOD 大陸學者—大陸專業學者學術出版
五、POD 獨家經銷—數位產製的代發行書籍

BOD 秀威網路書店：www.showwe.com.tw
政府出版品網路書店：www.govbooks.com.tw

永不絕版的故事・自己寫・永不休止的音符・自己唱